人间四记

王安忆与海派文学传统

刘芳坤 著

天津社会科学院出版社

图书在版编目(CIP)数据

人间四记：王安忆与海派文学传统 / 刘芳坤著. ——
天津: 天津社会科学院出版社，2020.6 （2021.9 重印）
　ISBN 978-7-5563-0638-1

　Ⅰ. ①人… Ⅱ. ①刘… Ⅲ. ①王安忆-小说研究
Ⅳ. ①I207.42

中国版本图书馆 CIP 数据核字(2020)第 104439 号

人间四记：王安忆与海派文学传统
RENJIAN SIJI：WANG ANYI YU HAIPAI WENXUE CHUANTONG

出版发行：天津社会科学院出版社
地　　址：天津市南开区迎水道7号
邮　　编：300191
电话/传真：(022)23360165(总编室)
　　　　　(022)23075303(发行科)
网　　址：www.tass-tj.org.cn
印　　刷：三河市佳星印装有限公司

开　　本：889×1194 毫米　　1/32
印　　张：8.5
字　　数：229 千字
版　　次：2020 年 6 月第 1 版　 2021 年 9 月第 2 次印刷
定　　价：68.00 元

作者简介

刘芳坤,生于山西省太原市,先后游学于成都、长春、北京三地,2012年毕业于中国人民大学,获文学博士学位。同年起任教于山西大学文学院,现任中国现当代文学教研室副教授,硕士生导师。在《人民日报》《文艺报》《文艺争鸣》《南方文坛》等报刊发表文章多篇,出版有文学评论集《代际风景》。主要学术兼职有:世界汉学学会会员、中国现代文学馆特邀研究员、中国新文学学会理事、山西省作家协会会员。

目　　录

绪论　王安忆的文学史照影

一、选题缘由

（一）实践与个性：文学史维度的观照

选择此论题伊始，笔者惊异于王安忆身上所体现出来的这样一种特性，即一个作家于文学史中所表现出的强大张力。迄今为止，王安忆是中国当代文学史上创作期较为绵长，并在每个"潮流"当中都能获得成功的作家。她的创作始于 1975 年，到 2011 年为止，笔耕不辍，共创作短篇小说 120 余篇，中篇小说 39 篇，长篇小说 13 部。长期以来，对王安忆的定位往往存在类型划分式的理解，她"被视为'文化大革命'结束之后，自 20 世纪 80 年代中期起盛行于中国文坛的'知青文学''寻根文学'等文学创作类型的代表性作家"。① 从纵向讲，她的小说创作轨迹伴随着改革开放以来不断变化的文学思潮，早在 1993 年，李洁非就曾指出，王安忆每每在文学思潮中"再造神话"，获得自己的成功，因此，"迄今为止，她的所有作品都必须分成若干类块来阅读和理解，而她本人也习惯于集中地推出一批属于同一种思路、同一种方式或体现同一种旨趣的作品"。② 如此看来，仿佛王安忆与当代中国文学史一直保持在蜜月期的旅行当中，而这种分段论又显示出一个作

①作者注：这段文字是百度百科对王安忆的简介，维基百科，寻根文学网、新浪网均使用了这样的概括。

②李洁非：《王安忆的新神话——一个理论探讨》，《当代作家评论》1993 年第 5 期。

家在文学思潮面前的某种"自觉性"。于是,对王安忆的研究存在就着思潮论作家、就着断裂论整体的特色。①形成这种状况的原因,首先在于她辛勤笔耕三十多年,创作了大量的短、中、长篇小说及若干散文、文论,累计达数百万字。二十年来,她的文字散见于众多的期刊和报纸,然后由不同的出版社结集出版。但是,截至今日,未有《王安忆全集》出版。许多著名学者、批评家在面对这样一位在当代文坛上丰富又多变的作家时,多采用以点带面,求新求异的批评方式,而在综合定位与整体把握上还存在可研究的空间。正如汪政、晓华所言:"对于王安忆这样的作家,要对其二十多年的创作进行总体性的评论是相当不容易的事情,因为她的变化实在太大,如果只能用一句话去概括王安忆的创作的话,恐怕也只能这么说了,她总是在不断地超越,不断地否定,而且这超越与否定又不是在同一个纵向轴上的,因此,不同时期的王安忆总是不能'一以贯之',总是不能互相说明,不仅王安忆自己不能说明自己,而且时尚与思潮也不能说明她。新时期文学发展到现在,有伤痕、改革、反思、寻根以及先锋(实验)、新写实、新状态、后现代、新历史、新市民、现实主义冲击波,五花八门,有哪一个思潮能够解释王安忆?"②

通过以上简单地呈现,王安忆与中国当代文学史的互动,在内质上存在一定的悖论性。她的创作自觉似乎是源于思潮的实践,写作先行后续的倒置将作家的创作个性掩埋在了孤独的角落。作为一位有独立规划的女作家,王安忆自己的认识也展现出并非蜜月期的愉快。她说:"当我坐在空白洁净的稿纸面前,我要努力忘记自己的观众,我

---

① 作者注:这种思路甚至已经影响到了海外的研究者,例如,台湾政治大学黄淑祺的专著《王安忆的小说及其叙事美学》长近30万字的长篇大作,贯彻了如下颇具代表性的王安忆创作时段划分:(1)1978—1984年"从个人经验出发的小说书写";(2)1984—1989年"人的重新发现与寻根";(3)1989—1993年"小说的心灵世界";(4)1993—2003年"对生活形式的挖掘"。

② 汪政、晓华:《论王安忆》,吴义勤主编:《王安忆研究资料》,山东文艺出版社2006年版,第238页。

要强使自己陷入孤独的绝境,这样我方可自由,我方可静静地面对自己。"①这种"绝境"意识伴随着作家理智的自审和总结,如此看来,文学批评在某种程度上使她的作品成了散落于文学思潮各处的遗珠。那么,又如何使这些创作在文学史的大地上散发积聚的光芒?出于这个考虑,本论题首先深入了这片大地的历史地景——海派文学传统,探寻王安忆小说中经常出现的所谓"上海芯子",这恰恰成为"绝境"中的文学史还原与创作个性绵延意义上的"孤独"拯救。

(二)承传与转型:阐释角度的说明

将海派文学传统作为串联遗珠的线索,虽可避免分段论造成的遗落问题,但是,随之而来将要面对的是,在这一文学传统的承继方面似乎不言自明却又复杂缠绕的创作履历。近年来,文化研究之风盛行,王安忆的创作研究经常被订上一个框架,赋予了更为隐蔽的内涵:"一个女人的故事、一次出走的历险、一次启蒙的完成,这些都并不在故事本身,其隐在的意义指向别处。"②一个作家成了叙事中国的"结构",对她的读解更被固定于"身份认同""空间政治""性别意识"当中。王安忆与上海、海派文学传统的关系在众多的研究成果中反倒成了雾中风景和看似深邃的"镜像",往往失却了几分历史实证的味道,这就为下一步研究提出这样一个要求:透过这些新鲜的理论深入王安忆自身的创作转型与写作承传史的内部机理中。

王安忆作为海派文学传统的继承人的说法,来源于王德威的论文《海派作家,又见传人》,该文"描述了王安忆创作的三个特征:对历史与个人关系的检讨;对女性身体及意识的自觉;对海派市民风格的重

---

① 王安忆:《女作家的自我》,《男人和女人,女人和城市》,云南人民出版社2000年版,第84页。
② 马春花:《叙事中国——文化研究视野中的王安忆小说》,中国海洋大学出版社2007年版,第2页。

新塑造"①。他认为，王安忆的小说创作正是在这三点的回环交错中完成其叙述，以《纪实与虚构》和《长恨歌》为例证，论说了王安忆的市民寄托及其叙事风格，从而重启了中国现代文学史上的海派记忆。王德威的议题，实际上，在海派文学传人与当代文学思潮的流变之间做出了某种隐在有机联系。这一点在程光炜的文章《王安忆与文学史》中做了进一步阐明：

　　一个作家找到文学史上另一个作家，也并不仅仅为摆脱"困境"。王安忆比谁都更明白，一九七八至一九八八这十年中，大部分中国作家实际都是依赖"思潮"而写作的，相当多的人没有后续创造力，许多"著名"作家被人视为没有"代表作"的作家。然而，更大的文学野心也并不是通过一个张爱玲才能获得，说到底，王安忆之"发现"张爱玲，很大程度上是出于"个人写作"的考虑。……

　　但毕竟可以确信，她站在张爱玲的起点，同时难能可贵地意识到了自己与张爱玲的不同。她从 20 世纪 30 年代上海"海派文学"的局限中，发现了自己创作天然存在的种种困境，因而强烈地渴望有一种新的脱身术。②

　　基于对王安忆既有研究成果的考察，本论题试图在王德威先生的"风格"与程光炜先生的"问题"之间找到一个立足点。所涉及的是，王安忆这样一位已经为主流批评所广为接纳的作家是如何完成自己的创作规划和转型，并在继承传统的同时，又在何种意义上成为当代文学史上一个独特的存在。但全文论述载体应是王安忆的小说创作，特别是 20 世纪八九十年代以及 21 世纪伊始的作品，分析求细求实。

---

① 王德威：《海派作家，又见传人》，《当代小说二十家》，生活·读书·新知三联书店 2006 年版，第 21 页。
② 程光炜：《王安忆与文学史》，《当代作家评论》2007 年第 3 期。

二、研究现状

截至 2019 年,中国期刊网可查王安忆研究论文共 961 篇,王安忆可以说是当之无愧的中国当代文学研究"第一热点"。另外,查阅到王安忆研究专著 4 部(其中 3 部为博士论文扩写)。21 世纪伊始,南京师范大学研究生刘影曾对王安忆小说创作研究做了简要述评。在她看来:

20 年来的王安忆小说研究,在微观上的作品细读方面做得较为细致扎实,但在宏观的整体把握上却留下了许多缺憾。大多数研究者满足于对王安忆创作历程的材料罗列与个案分析,而很少思考这样一个创作生命旺盛、作品风貌多变的作家创作历程中多次嬗变发生的内因以及她进行文化选择的价值立场。而单纯地将王安忆列入任何一种思潮流派或者群体,也都有失偏颇。此外,王安忆语言风格的形成原因与特色,应该是一个很值得深入研究的问题,不是寥寥数篇研究文章可以解决的。王安忆的都市观,在研究者越来越重视都市化写作的探讨时,也是一个值得填补空白的课题。还有将王安忆与其他作家进行纵向或横向的比较研究,也很少引起研究者的重视。这些未完成的工作令我们对文学研究者们充满期待,正如我们一直对王安忆充满期待一样。①

这段总结不仅概括出王安忆小说创作研究的不足(这种不足主要体现在前期的论文中多以单个作品为考察中心,放置于时间分段当中论说),还在四个层面上对王安忆研究提出了展望:风格嬗变内因、都市观、语言风格、作品纵向比较。对于研究"王安忆与海派文学传统"

---

① 刘影:《王安忆小说研究述评》,《南京师范大学文学院学报》2001 年第 3 期。

这一论题，如上四个展望具有借鉴意义。

1. 相关学术论文综述

近年来，与本论题相关的研究成果，基本可以分为以下四个类型：

第一，上海书写与怀旧主题研究。"上海"在王安忆的小说创作中绝非仅作为背景存在，而是一直处于核心的位置。但在20世纪90年代之前的批评和创作谈中，对于这一核心命题的研究并未处在核心位置之上。《长恨歌》的发表标志着关于上海"泼洒文字"的极致，同时批评界对上海书写的关注也逐渐成为焦点。罗岗的《寻找消失的记忆》是最早的批评论文，他提出了"怀旧上海"这个关键词，分析了王琦瑶作为上海的"旧物"是如何在时间的洪流中消失，而在作家的描写中怀旧又如何成为一种时尚。他说："'恢复记忆'是作家创作的一种基本动力，书写是和'遗忘'在比赛，面对历史经验的流失，无奈中只能有一种努力，借对破碎、片断经验的书写与记录来赓续那势必被湮没的文化记忆。"①叶红、许辉则进一步对《长恨歌》的怀旧主题进行了细致的分析，指出在《长恨歌》中"怀旧"成为全文的魂。② 这两篇早期的《长恨歌》评论拉开了王安忆上海书写研究的序幕，但是两文均将小说的细读风格最终归于作家的创作观与"怀旧"的理论观念辨析当中，没有对创作的深层文学史意义进行进一步的分析。例如，罗岗的文章敏锐观察到《长恨歌》与《寻找苏青》之间的关联，全文以"传闻"的时间维度与空间维度结构，这本身即是对海派文学传统意义上的"疏解"。围绕着《长恨歌》的文本细读，关于"怀旧上海"的研究可以分为以张旭东和王德威为代表的两个方向。

张旭东借用文化研究的方法，对王安忆及其他上海书写者的上海

①罗岗：《寻找消失的记忆——对王安忆＜长恨歌＞的一种疏解》，《当代作家评论》1996年第5期。
②叶红、许辉：《论王安忆＜长恨歌＞的主题意蕴和语言风格》，《当代文坛》1997年第5期。

意象进行文化阐释,他也对王安忆与张爱玲进行对比,但是他的对比是建立在上海的文化社会学分析基础之上的,例如,在对《封锁》和《“文革”轶事》对比后,他认为:"在张爱玲的作品中,停顿中的城市摧毁了运转中的现代大都市的中产阶级常态和'理性';在王安忆的作品中,混沌中的城市以一种悲伤的意识和一种喜剧性的嘲弄和讽刺向往着、追忆着它的资产阶级半殖民地过去的古老形象。"在《长恨歌》这样的作品中,"王安忆转向了解释自然的辩证的具体历史",在以上海弄堂内的王琦瑶为代表的悲剧中,王安忆"对未实现的中国资产阶级现代性的怀旧又一次指出了为社会主义中国的集体经验在历史叙述中落座的迫切性"①。这种分析的思路源于文本的解析,但最终游离于文学的传统,文中大量引用本雅明对波德莱尔、普鲁斯特的分析来"结构"王安忆上海书写的现代性,可以看出,论者的焦虑来自所谓的后革命时代的乌托邦表现。倪文尖的研究成果在影响学的思考中,将王安忆《香港的情与爱》与张爱玲的小说在微观文本层做了一定程度的落实。他说:"有了'香港/上海'的背景语境,也才可能比较好这二位作家。"在这里,启用的虽然是"双城记"的概念,但分析不限于概念的阐释,更在历史语境中讨论"张爱玲热逐步深入地唤醒了王安忆的都市感觉与城市认同"②。有相当一部分研究者从城市文化中找到了王安忆创作研究的突破口:李新一直比较注重对王安忆创作的纵向总结,她认为"透视王安忆的上海故事,在城与人的关系中,存在于不同生活空间的生活面貌和不同经历、身份、性格、生活观念和命运的人物的本性却是共通的,一是对琐屑细碎的日常生活形态的注重,使之具有了价值化意义,二是在不同性格、命运中体现出对生活的坚韧态度

---

① 张旭东:《上海怀旧——王安忆与现代性的寓言》,《批评的踪迹》,生活·读书·新知三联书店 2003 年版,第 307 页。
② 倪文尖《上海\香港:女作家眼中的“双城记”——从王安忆到张爱玲》,《文学评论》2002年第 1 期。

和为改善生存环境而积极争取的执着"①。柴平的创见之处在于："关乎现代性的上海文学传统，给了王安忆宝贵的精神营养，使她在继承地域文学传统的基础上开始了城市的写作，她的上海非现代性书写，一定程度上超越了我们平常谈及的'海派'文学传统，开创了新的海派文学风格。"②其他以城市文化为主题的研究成果还有很多，③但粗读这些论文，发现阐释每每有重复之嫌，文化视野的开拓性也展示出了解释的悖论性，对流行理论特别是对西方的理论运用或有并不妥当之处。

开启张王对照的文学史脉络研究的是王德威，他奉王安忆为张爱玲传人，并进一步指出：

> 由于历史变动使然，王安忆有关上海的小说，初读并不像当年的海派作品。半世纪已过，不论是张爱玲加苏青式的世故讥诮、鸳鸯蝴蝶派式的罗愁绮恨，或新感觉派式的艳异摩登，早已烟消瓦灭，落入寻常百姓家了。然而正是由这寻常百姓家中，王安忆重启了我们对海派的记忆。④

循着这一思路来考察"海派文学传人"的论文数量远远少于上海文化论题的文章，而且研究者仍多从主题入手，在美学形式方面的突

---

① 李新：《王安忆上海小说：城与人的三种意义》，《山东社会科学》2004 年第 3 期。
② 柴平：《王安忆的上海书写新探》，《南京社会科学》2005 年第 6 期。
③ 作者注：乔丽华《寻找城市的根》、吴义勤等《文本化的"上海"》、俞洁《上海城市的当代解读》、汪伟、方维保《王安忆的都市话语与城市精神史写作》、陈惠芬《全球化背景下的地域性知识重建》、杜学霞《都市生活寓言》、沈永英《上海故事中的空间与怀旧》、马超《都市里的民间形态》、李泓《构筑日常生活的审美形式》、李新《上海的芯子：日常生活的恒久性》、王玉玮《张爱玲、王安忆小说创作中的市民意识比较》、张德丽《上海市民精神的镂刻》、杨娟《王安忆笔下的上海人》、李新《相同的上海世俗不同的精神向度》。
④ 王德威：《海派作家，又见传人》，《当代小说二十家》，生活·读书·新知三联书店 2006 年版，第 20 页。

破和建树甚少。严晓蔚《王安忆："海派文学"振兴的主角》一文从上海的文本地位、人性的思考、民间的叙事立场三个层面考察了王安忆与海派文学传统的关系，认为作家在"拓展海派生长空间、提升海派生长境界"方面做出了很大的贡献。① 还有三篇论文均以《长恨歌》为个案，考察王安忆与海派文学的关系。谢维强和刘东媛的文章均强调王安忆的都市文化观所带来的创作契机上的传承。他们认为：王安忆所要进行描写和突出的，正是海派文化所造成的上海人之深层心理的真实品格，以及这些品格的进行状态，从而完成她对于海派文化的重新理解、阐释的小说创作目标。② 同时，又因为世界观造成的世俗性的不同理解，造成王安忆对海派文学市民观念的发展。③ 张冀的论文指出《长恨歌》展现了海派风格的"摩登女性的情爱秘史"，讲述一个民间版本的"日常生活的浪漫传奇"，全文对王安忆的"芯子"与张爱玲的"底子"人生哲学做出分析，从叙事策略层面厘定了《长恨歌》的海派承传。④ 综上所述，以王安忆的上海书写为核心的海派传承研究的成果不多，尚缺乏对王安忆创作纵向的、整体性的研究。

第二，女性与城市主题研究。自"三恋"与《岗上的世纪》中的"性爱"描写引起了批评界的关注，王安忆在一定程度上被当作女性主义作家，近年来仍有大量使用女权主义理论框架对王安忆进行读解的论文。这部分研究的共识为王安忆"以入世务实的平常心书写着位居社会边缘的'边缘女性'平凡琐碎的日常生活，在传统男性霸权的边缘充分地发掘出女性的柔韧力和生命力，真实而有力地完成了对男性关于

---

① 严晓蔚：《王安忆："海派文学"振兴的主角》，《理论与创作》2004 年第 2 期。
② 谢维强：《寻觅与重现——长篇小说 < 长恨歌 > 对海派文化的诠释》，《武汉工程职业技术学院学报》2003 年第 3 期。
③ 刘东媛：《论 < 长恨歌 > 与海派》，《山花》2009 年第 9 期。
④ 张冀：《论 < 长恨歌 > 的叙事策略与海派承传》，《文学评论》2010 年第 6 期。

女人、城市、爱情等书写的解构,塑造出一群边缘女性的强者形象"①。可见,论者多以王安忆女性化的叙事角度入手,认为作品传达出女性的日常经验和女性心理,从而将女性从男性话语中解放出来,这类论文往往以个别的作品为例,也多有形象学的分析。② 值得注意的是,还有相当一部分研究者从女性化叙事的角度对城市主题进行解读。总体来讲,王安忆笔下的上海是一座女性的城市,而唯有从女性的眼中方可掘进上海城市精神的核心,这种视点是一颗历经沉浮的上海之心的凝练。因此,"城市使女人再生,女性又对城市加进了新的理解"③。这个时期的评论,立足点均在作品文本,很少去挖掘作家的审美价值观念。在文本分析中聚焦点又主要在《长恨歌》和《富萍》。④女人与城市的解读论文的可取之处,在于研究者摆脱了女权主义的批评框架,将王安忆的城市主题内涵有所拓展,"从刘以萍到妙妙再到富萍,王安忆越来越强化叙述的功用,其结果是,作者的视角渐趋开阔,作品人物的生存状态渐趋清晰,她们的行为举止也越来越具有合理性"⑤。

　　第三,小说的叙事与形式研究。关于研究王安忆小说的叙述方式

---

① 李海燕:《王安忆女性书写论》,《湖北大学学报》2004 年第 3 期。

② 作者注:王惠《两性主题:互为他者的冲突的性的救赎——王安忆＜岗上的世纪＞再解读》、张瑗《性·母性:女性身份的文化反省——论王安忆的"三恋"铁凝的"三垛"》、李海燕《王安忆女性书写论》、白军芳、郑升旭《一种女性文学的新启迪——比较＜桃之夭夭＞与"身体写作"》、荒林《重构自我与历史:1995 年以后中国女性主义写作的诗学贡献》、肖晶《王安忆小说的女性意识与女性主义视角》,曾壤《瓦解男权话语的叙事策略——解读王安忆＜长恨歌＞的边缘叙事》等等。

③ 刘敏慧:《城市和女人:海上繁华的梦——王安忆小说中的女性意识探微》,《小说评论》2000 年第 5 期。

④ 作者注:俞洁《上海城市的当代解读——评王安忆的两个长篇＜长恨歌＞与＜富萍＞》、汤洁《女性的城市——论王安忆小说中上海/女性的想象关系》、邵文实《女人与城市·漂泊与寻找》、贾秀丽《王安忆笔下的女漂族——解读＜长恨歌＞和＜富萍＞》、王丽萍《一座女性视域中的城市——读王安忆的＜长恨歌＞》等。

⑤ 邵文实:《女人与城市·漂泊与寻找——王安忆小说创作二题》,《首都师范大学学报(社会科学版)》2002 年第 2 期。

与语言风格的论文为数不少。部分论者对王安忆的创作历程的梳理，弥补了创作整体性研究的不足。季红真认为，在王安忆小说"繁多的主题与多变的文体中，有一个恒定的因素，从始至终地存在于她的作品中。这就是由直觉到形而上的时间形式，具体地说就是流逝与追忆的不断交替。一般来说，王安忆是以流逝的方式建筑自己的外部世界，以追忆的形式构筑自己的心灵世界"①。梁君梅将其小说叙事方式总结为"早期雯雯系列：心灵的独语；美国行后，重视小说技术的理性写作；近期的物质化写作"②。通过对作家的叙事形式的把握和整体性观照，继而可以进入王安忆小说创作观念的探讨。例如，谢有顺从小说的材料、小说家的世俗心、情理说服力三个方面强调了小说的"物质外壳"作为"精神的容器"不可忽视的作用。③ 事实上，王安忆是当代作家中较为重视形式锤炼和创作观念总结的一位，从其早期小说创作的"四不"原则，到《叔叔的故事》《纪实与虚构》等作品、创作谈中对"讲故事"方式的实践，这些努力引发了研究者不同的阐释与评价。黎荔为之阐释道："在关于叙述方式的原则上，王安忆实际坚持了从特殊到一般的抽象方法，摈弃所有还停滞于感性的独特性因素，她最终要达到的总体性效果，是建立一个在感性体验的基础上，经由理性的归纳概括而创造出来的世界。"④同时，论者对王安忆语言风格的特色持不同意见：徐德明指出，从《长恨歌》之后，王安忆的小说语言是一种"众生话语"，太过于接近日常语言。⑤ 吕君芳等学者则认为，王安忆保持了自己独特的风格，是用平淡来达到辉煌。⑥

①季红真：《流逝与追忆——论试王安忆小说的时间形式》，《文艺争鸣》2008 年第 6 期。
②梁君梅：《从独语式写作到物质性写作》，《山东科技大学学报》2000 年第 3 期。
③谢有顺：《小说的物质外壳》，《当代作家评论》2007 年第 3 期。
④黎荔：《论王安忆小说的叙述方式》，《唐都学刊》1999 年第 4 期。
⑤徐德明：《王安忆：历史与个人之间的"众生话语"》，《文学评论》2001 年第 1 期。
⑥吕君芳：《"用平淡达到辉煌"：王安忆小说语言风格》，《安庆师范学院学报（社会科学版）》2001 年第 6 期。

也正是基于对王安忆语言风格层面的不同意见,在王安忆与张爱玲的比较、王安忆对海派文学的继承和发展的论题中,还存在叙事形式的不同理解。目前,此类系统论述并不多见,对叙事形式的讨论往往夹嵌进女性与城市主题的比较当中,似乎研究者已经初步"共识":"张爱玲浓艳而深刻,美丽而苍凉;王安忆则平和而清丽,宁静而温情。"①

第四,小说创作转型与文学史研究。目前,这个方面的研究论文数量不多,这可能也与研究的难度相关。一个创作期漫长、主题类型众多的作家的数次转型,以及与文学史的关联,由一个人牵涉整体的文学史,在中国当代文学史上并不多见,王安忆如此演绎为一个庞大的论题也确实需要一个可行的切入点。从"雯雯系列"、《本次列车终点站》,再到《小鲍庄》、"三恋"这些作品中,王安忆的"寻找上海"似乎也还处在暧昧不明的知青、寻根、女性思潮的包裹之下。1989年,《好婆与李同志》发表于当年《文汇月刊》最后一期,风格迥异于同年的《神圣祭坛》《弟兄们》和《岗上的世纪》。然而,这部作品一直没有受到学界的太大关注。陈华积敏锐地发现了这一变化,他认为好婆与李同志分别代表"上海人"和"外来者",这正体现了王安忆自身的身份归属问题。陈华积认为,作家的转型可以分为主动与被动两种,王安忆属于前者。这种主动的转型主要表现在三点:对市民身份的自觉归属,对城市改革与市民命运的重新探索,以及对"老上海"的重新发现。在进入具体分析时,他主要以发表于1991年的《米尼》为例证,采用了作家与作品交结叙述的分析方式,可取之处在于,他的处理方式已经不同于审美性的解读,也不同于知人论文的精神分析,而是强调作家的价值取向与时代价值观的联系。在笔者看来,文章提出转型的主动与被动之间有时并非楚河汉界,这种划分似乎可以理解为是内外因之

①孙丽玲:《女性叙事话语的两种美学建构——张爱玲、王安忆小说审美风格比较》,《楚雄师范学院学报》2005年第1期。

间相互作用的关系。在 21 世纪伊始,学界对王安忆的创作特色又有了新的转型认识,王晓明的论文《从"淮海路"到"梅家桥"——从王安忆小说创作的转变谈起》,即是交代了王安忆小说转型的外因之所在,王晓明从小说《富萍》谈起,充分挖掘了"梅家桥"在小说后半部分突然出现的意义,并进一步勾勒出 20 世纪 90 年代上海的文化演进与意识形态的特征。评论者得出结论:王安忆的转型是 20 世纪 90 年代复杂的价值观革命的结果。程光炜的研究则是从 20 世纪 90 年代初写起,从内因方面对王安忆的写作依凭做了阐释。他强调,作家的创作谈与小说的互动,从"王安忆与张爱玲、王安忆与女性、王安忆与汪曾祺"三个方面提出的诸种关联,实际上是给文学史给养的问题。而作家身上的文学史负担也许正是转型的某种动力之所在。作家的书单提供了小说创作的养料,这并不是空谈。实际上,王安忆在发表了一系列西方游记后,于 1990 年发表了关注晚清小说《歇浦潮》的文章,并以市民故事为切入点,这仿佛说明她正是从文学传统而非从时行的思潮中汲取养料来完成自我转型。在这些成果中,研究者多深入时代背景中,却未对文学史的传承等问题进行过论述,且其与作家的个人规划和策略之间的通道还有待进一步的挖掘。

2. 学位论文简评

目前,与王安忆小说创作相关的博硕论文已有上百篇,其中,博士学位论文 9 篇,纵观这些论文,特点有二:第一,基本沿袭了研究论文的观点,缺乏新意;第二,论者显然都意识到王安忆研究现状的不足之处在于缺乏整体性研究,所以论文皆求全而乏细,个别论述过于浮泛。以下所列 2004 年兰州大学柴平的博士学位论文《王安忆论》的框架很具有代表性:

第一章 想象与追恋:有关上海的立体写作

第二章 消费主义意识形态的抗拒——小说的时间母题解读

第三章 成长主题:小说的多元成长话语

《王安忆论》的博士论文呈现出文学批评的研究汇总之特点，在章节设计上选择了按照题材分类的方式。在题材类型研究方面较有价值的是河南大学裴艳艳2007年博士学位论文《王安忆小说主题研究》，论文将王安忆的小说创作各种题材类型的篇目做了详细的统计，有重要的参考价值。在对题材统计的基础上，论者主要分析了小说的性别主题、地域主题、民族主题，遗憾的是，论者在进入具体分析时明显有些乏力，对作品的铺排较多，观点较少。最后一章，以《长恨歌》为例对王安忆小说中不同时间段的"上海"做了划分，是颇具意义的，但是在归类之后，没有深入创作机理中，也就在逻辑上缺少了最后一个环节。②

除了在题材方面的发掘，其他的博士论文也注意到在叙事形式层面的探讨。例如，华东师范大学吴芸茜的2003年博士学位论文《与时间对峙——王安忆论》对王安忆的小说哲学、文学批评进行了研究，认为王安忆的著作具有女性古典主义的小说叙事方式。山东师范大学李淑霞的2006年博士学位论文《王安忆小说创作论》则对王安忆小说在不同时期的语言特点和美学风貌进行了总结。例如，论者认为王安忆的语言风格经历了一条嬗变的轨迹："初期阶段的小说是描述性的具体化语言，清新纯净、简洁流畅；中期阶段的小说是叙述性的抽象化语言，繁复缠绕、曲折幽深；近期阶段的小说是叙述性的具体化语言，

---

① 柴平：《王安忆论》，兰州大学，2004年，见于中国知网CNKI中国博士论文全文数据库。

② 作者注：此类博士学位论文还有：南京大学李风2002年《王安忆小说论》、复旦大学陈亚亚2003年《成如容易却艰辛——论王安忆的小说创作》、山东大学李新2004年《王安忆与20世纪中国小说的人性母题》、华东师范大学华霄颖2007年《市民文化与都市想象——王安忆上海书写研究》。

平白素朴、语境悠远。特别是她在小说创作中期阶段的语言风格,体现出创作主体语言意识的充分自觉和对传统语言的革新与创造,而且在王安忆对小说语言的运用与探索、变革与创造之中,也内涵着一种中庸主义哲学意味。"①

综上所述,所有的王安忆研究学位论文均欠缺将王安忆放置于文学史的视野当中去分析,结构方面的松散和类型学的陈旧是核心问题。

3. 研究方法和研究思路

通过对近年来有关王安忆小说创作的研究成果进行梳理,发现目前的研究所呈现出的缺陷可概括为两点:一是作品研究类型化与作家规划整体性之间的悖论;二是研究方式批评化与历史化文学进程之间的悖论。在谈到文学史的任务时,韦勒克曾经指出:"解释、批评和鉴赏的过程从来没有完全中断过,并且看来还要无限期的继续下去,或者,只要文化传统不完全中断,情况至少会是这样。文学史的任务之一就是描述这个过程。另一项任务是按照共同的作者或类型、风格类型、语言传统等分成或大或小的各种小组作品的发展过程,并进而探索整个文学内在结构中的作品的发展过程。"②对于王安忆这样一位创作期漫长的作家,对她的研究已经可以纳入文学史研究的范畴。特别是王安忆的小说在 20 世纪 90 年代初到 21 世纪的创作"转型",都是研究中国当代文学流变的重要参照系。在具体操作中,本文尝试借助以下方法:

（1）比较研究

对王安忆的研究固然需要进一步纳入文学史的观照,但是,本论题无意于王安忆与当代文学思潮既有的缠绕与剥离,从而再造出另一个文学史版图。对此,亨利·雷马克曾有精彩的论述:"影响研究如果

---

①李淑霞:《王安忆小说创作研究》,中国海洋大学出版社 2008 年版,第 5 页。
②[美]韦勒克、沃伦:《文学理论》,江苏教育出版社 2005 年版,第 305 页。

主要限于找出和证明某种影响的存在，却忽略了更重要的艺术理解和评价的问题，那么对于阐明文学作品的实质所做的贡献，就可能不及比较互相并没有影响或者重点不在于指出这种影响的各种对作家、作品、文体、倾向性、文学传统之类的研究。"①因此，本论题试图摆脱前人在思潮与题材类型中研究作家作品的方式，这并非将王安忆的小说创作与海派文学传统的关系视为影响论的关系，而首先应从文本分析入手，从作品的内容和形式以及创作意图上进行比较，继而打开王安忆与海派文学传统之间的继承与变异的关系。

（2）叙事研究

与主题型研究相比，叙事学研究是王安忆研究中比较薄弱的环节。热奈特说叙事的含义为："承担叙述一个或一系列事件的叙述陈述，口头或书面的话语。"②文学中的叙事，强调的是小说的虚构特征，即所有的故事都是被讲出来的，是这样讲，还是那样讲，就是叙事学研究的内容。用这种方式来进入王安忆与海派文学传统的关系，可以超越流派研究单纯对作品的内容、技巧作解读的线性思路，也有别于目前研究中存在的社会学意义上的文化研究，因为这种研究单纯将文学视为文化的生成物，相对忽略了文学叙事主动参与现代文化的想象建构。

以王安忆的创作特征与转型为核心，定位王安忆的文学史坐标是本文拟解决的问题，方法上借助叙事学的比较分析，同时强调文学－文化或历史－叙事的互动，以避免文化研究的不足，是本文的难度所在。在对前人的研究进行分析以及对论题进行归纳的基础上，本文的构思过程分四个步骤：

第一，海派文学传统视野下的王安忆小说创作。海派文学作为一

---

① [美]亨利·雷马克：《比较文学的定义和功用》，张隆溪编译：《比较文学译文集》，北京大学出版社1982年版，第2页。

② [法]热拉尔·热奈特：《叙事话语；新叙事话语》，王文融译，中国社会科学出版社1990年版，第6页。

个文学流派的名称,自有其发生、发展的脉络,但海派文学作为一种"传统",更近于一种文学存在方式。海派文学传统的核心,是以上海作为中国现代性的记忆空间,是现代都市文化的表征,是现代质与传统性交融的新文学发展景观。一般认为,在新中国建立之初,左翼文学占据文艺中心地位,海派文学迅速在中国大陆地区销声匿迹。但是,如果将海派文学传统作为一种存在方式,它的文化影响仍然寄居在主流文学的传统之中,更在上海市民的日常生活中有所体现。王安忆在独特的上海市民文化中的成长,必然会影响她认识世界和表现世界的方式,而海派文学传统的流变或者说沉浮正是上海城市变迁的一个侧影。王安忆的成长、创作史与上海的关系,进而又可以体现在小说创作中对上海各个不同时段的书写之上。

第二,王安忆作为"张派"传人到底在何时何处得到确认?这其实是一个不好回答的问题。王安忆说:"我不像张爱玲!"以为自己与张爱玲在世纪末的瓜葛不过是一种营销策略,是大众文化的产物。其实,即使是他人的命名却也不尽然是生拉硬扯。两位女作家从上海地景到女性命运的主题,从文本结构到叙事策略的形式,都存在着某些互映之处。最重要的是,文字上的转变是上海自身转变的产物,而历史语境的转变恰恰是作家转型的某种文学史依据。

第三,张爱玲作为一种历史资源被重新启用,是海派文学传统内在流变的一个征兆,而王安忆在这场演变中处于潮头的位置。王安忆以上海作为写作对象以及创作中心,经历了从不自觉到自觉的过程,她在 20 世纪 80 年代的小说创作过程,从《本次列车终点》到《小鲍庄》,经历了从个人经验"写实"到中国现代性与民族性传统碰撞的"虚构"等现象。20 世纪八九十年代之交出现的"张爱玲热",是促使王安忆于 20 世纪 90 年代创作转型的重要原因。

第四,王安忆的转型与海派文学传统有密切的联系。但是,她的创作不仅仅是对海派文学的继承和发展。王安忆小说中的乡土文化景观、都市中的市民底层关怀等都与海派文学有所区别。"后革命时代"的上海市民生活不同于"前革命时代"的摩登书写，而历史的隧道恰恰在此时得以延展。20世纪30年代的京海论争是中国知识分子与商业文化的角力，恰在当时，海派文学在争论中被命名。20世纪90年代以来，市场经济大潮汹涌，新的海派文化热潮的兴起与王安忆的创作转型关系密切，而王安忆的叙事风格、创作给养又与京派文学之间发生某种联系，这在一定程度上体现了海派文学传统的历史更新。

4. 本书大纲及主要内容

基于对研究思路和方法的考虑，本专著用四个"记"展开叙述和论证。之所以采用"记"，主要是考虑到文学史研究所具有的综合性的特征，打破了以作家作品的分类分期为逻辑顺序的研究方法，同时兼顾历史发展的动因、机制及其对文学文本产生的影响。韦勒克将文学研究区分为"内部研究"与"外部研究"，本专著既涉及文学与社会、文学与心理这些"外部研究"，又结合了文学自身的种种元素，例如，小说存在的方式、类型以及作品叙述的形式因素等这些"内部研究"。所以，"记"的选择不只是来源于传记式的古老研究方法，而是更侧重于"记"史与创作的动态性考证。其过程也是自内而外，再由外及内的"记"的过程，而内外交结的转捩点，就是王安忆创作规划并转型的带动机制。

第一章：世情记。上海是海派文学的发源地，也是海派小说中主要表现的地方。海派文学肇始于上海开埠后独特的半殖民地半封建社会，海派的文学作品中展现了文人的上海之梦。上海之梦的成长环境与王安忆的创作在描写对象、艺术环境、市民精神方面产生了某种类似之处。本章首先将"世情"作为一个文学类的概念，在海派文学的发展史上进行了描述，指出其从溯源到游离后的回溯之流变历程。王安忆的上海成长起源于"世情"隐蔽的霓虹一隅，她对上海的认同过程，同时体现了作为写作经验的"世情"的逐渐浮现。其次，在对王安忆的创作概观梳理中,笔者认为,王安忆的小说创作以"上海"为其作品表现的核心,这种核心的确立,既是由隐现到回溯的过程,又是将"世情"作为一种核心精神的表现过程。基于"世情"一词的文类、经验、精神的三个面相,取其"记人事,以展世情"的含义,命名为第一记,实际有引论和概述之意。

第二章:双人记。本章的设计是从文本的比较到文学史的梳理。首先以王安忆和张爱玲的小说作为分析的对象,指出两位具有代表性的海派女作家在作品主题方面,同样关注都市女性的题材,且以男性和女性的关系作为自己小说的分析对象,进而折射女性在革命岁月中的命运抉择。王安忆和张爱玲在小说里描写艰难岁月时都选择了对个人性爱欲的坚守,但是与张爱玲的"谛视"不同,王安忆则选择了救赎的力量,体现了"热眼"看世界的风姿。在细节的选择方面,王安忆和张爱玲都十分注重以衣饰为特征的日常生活细节的描述,两者的不同之处在于,张爱玲描写的衣服中,人是静态、悲观历史的体现,王安忆则拥有更为宏观的历史表达欲望,并且表现出更为深刻的历史分析意识。既然两位女作家在世界观和历史观上存在着明显的区别,那么就要从文学批评的建构和作用方面还原将二者连接的过程,对张爱玲的重新发现,与文学批评界在经历了寻根文学热潮后的某种疲软状态相关,张爱玲作为一个批评的符号,她身上所体现的女性的、上海的、通俗的元素逐渐被批评家转移到了王安忆的身上,而王安忆与批评家之间也确实存在互动的情况。特别是经历了以第三代人为主导的现实主义主导式知青代言,到第四代的小说多元风格批评之间的变迁,王安忆最终在海派新质的自我思索中完成了自身创作的进一步规划。

第三章:对照记。本章的逻辑顺序是自外而内的,结合了上海于20世纪八九十年代开始的城市变革,谈海派风格在王安忆小说文本中的逐渐显露。第一节,从"城市空间"的角度讨论了海派文学溯源之地的上海在改革开放后的重新兴起,这种空间上的重现,不光表现为中华人民共和国成立后上海海派城市空间在消逝后的重建,更重要的是空间作为文本表现形态的重新彰显。因为,在改革开放前的文本中,人的力量是被置于空间表现之上的精神表达,而上海城市精神只有在空间的重新构筑后才能被赋予新的意义。正是因为王安忆开始了对上海城市空间的意义赋予,导致其创作中由雯雯的悲情世界到上海流言、弄堂、鸽子等城市符号的直接描述和分析。第二节,分析上海城市市民阶层的转变到王安忆小说中知识青年形象的改变。中华人民共和国成立初期,社会生活的变革导致多元文化的构成趋于单一化,知识青年就是这一特定时代的特定产物,作为一个海派文本中没有提供参照的描写对象,王安忆依然将其逐渐地赋予了为时代悲剧代言和与时代精神格格不入的市民气。同时,知识青年性格的改变也体现了复活的"中产阶级"的审美接受。

第四章:更衣记。王安忆的创作独特性也是她对海派文学的变异的体现,因此,本章另起一笔,从王安忆的乡土叙事谈起,分析海派文学都市文化和市民文化以外的小说文本。笔者认为,王安忆经历了由早期单一的控诉式乡村具体文本,到寻根文学抽象的中国精神表达的过程。特别是小说中存在"进城"和"返乡"的双重叙事,无论在风格上还是故事上,都显示了王安忆的创作思考已经突破了对海派文学风格继承的单一向度。第二节,首先分析"故事"作为王安忆语言转型的核心观念的内涵,从《汪老讲故事》等创作理论中,指出王安忆的创作与京派小说理论的某些契合,进而体现为小说中的"抒情"与"启蒙"。正是在创作给养中,王安忆对京派和海派元素的共同汲取;在20世纪80年代末到90年代初的商品经济条件下,以及人文精神与消费意识类"京海结构"的作用下,王安忆这位20世纪80年代的"精英"对海派的某种批判性进行了继承。正是因为其创作的丰富性,才确立了王安忆在文学史上的独特地位。

第一章　世情记：上海、王安忆与海派文学

　　王安忆在短篇小说《蚌埠》的开头曾经感叹，仿佛人们从不善于追问自己所生活之地的历史，而恰对那些陌生的地方产生追根溯源的兴趣。上海，是王安忆成长的地方，无论是繁华旖旎，抑或是残垣颓败，都已经构成了作家的生命底色。当地方性与个体生命自然的交融，作家对上海的考证与探勘便有了几分自审的意味。只要文学存留，只要有作家，文学作品都或多或少地打上了地域的印记，古今中外亦如是。后来，王安忆这样解释"无视"上海历史的原因："上海，所有的印象都是和杂芜的个人生活掺和在一起，就这样，它就几乎带有隐私的意味。"①纵观王安忆的全部文学创作，上海绝非是一张陌生人的照片，而恰是纸张表面的灵动和魂灵深处的私密之间的高度凝合。城市与人，你中有我，我中有你，相生相伴。想要走近一个作家，对地缘历史的考证辨析绝非是管中窥豹，也不可以将这本已杂芜于个人生命中的柔丝剥离。有关王安忆的一切，还是从她所昭告的"隐私"谈起。

第一节　地缘与"海派文学"的命名

一、上海：旧梦、"伤城"或未来

　　"上"与"下"相对，"海"与"陆"相对，每提及"上海"一名，总会让人想起一叶小舟的漂泊，上海文化也颇具些飘来之意味。上海的历史

---

①王安忆：《寻找上海》，《小说界》1999 年第 4 期。

可以上溯至1800年之前。上海,古有"芦荡"的称谓。这可从晋代袁山松为防御修筑沪渎垒说起:"沪渎垒,旧有东西二城。东城广万余步,有四门。今徙于江中,余西南一角。西城极小,在东城之西北,以其两旁有东西芦浦,俗遂呼为芦子城。"①宋淳化二年(991),松江淤浅,船泊支流"上海浦"。南宋咸淳三年(1267),华亭县在上海浦西岸设"上海镇"。最早的上海县,是在元代至元二十七年(1290)建立的。到了明代中叶,上海因为交通便捷,海运兴盛,商业规模逐渐扩大,而成为濒海城市。

上海这座城市确实与"海"结缘颇深。王安忆的《海上繁华梦》开篇便呈现了水手阿昆的海上体验:

> 无边无涯的凝结,乳白色的地壳深浅着凛冽的蓝光,从天际铺来,铺向天际。太阳被照射得苍白了,它苍白的升起,苍白的落下。忽而有一刻,地底深处涌起一股轰响,慢慢上升,与天空高处沉落的轰响汇合,那是前所未有的轰响,又是前所未有的沉寂,乳白凝重的岩层透明起来,波动起来。②

漂泊的旅人在迷途中重温着可以慰藉的旧梦,或者说是寻找无涯之岸的憧憬的迷幻。阿昆的孤海漂泊结束于一场似梦如幻的艳遇,海上幽幽而来的女子一声"来——了",这召唤糯软轻柔,如一缕香烟,袅袅沁人心田。待到黄粱梦醒,阿昆在激情无边与万念俱灰的情殇边缘找到了归岸。阿昆的海上繁华梦代表着一种近"海"的气息,这也是上

---

① (南宋)绍熙:《云间志》,曹聚仁:《上海春秋》,生活·读书·新知三联书店2007年版,第5页。原文为作者回忆所写,查影印版宋人《绍熙云间志》并未见之。沪渎垒,为东晋虞潭、袁山松先后所筑。故址在今上海市旧青浦镇西,宋代已沦入江中。《晋书·虞潭传》:"又修沪渎垒,以防海抄,百姓赖之。"《晋书·孙恩传》:"吴国内史袁山松筑沪渎垒,缘海备恩。"清代吴伟业《江上》诗:"江过濡须谁筑垒?潮通沪渎总安流。"
② 王安忆:《海上繁华梦》,《王安忆自选集》第一卷,作家出版社1996年版,第507页。

海城市地缘的质地。

上海的历史变迁走过了从军事要塞到商业中心的旅程,中国在封建社会时期,这种近海城市天然显示出与内陆封建君主制不同的风貌。何况中国自古就有着山水之别,存"仁者乐山,智者乐水"之说,近海者的灵动背后是与仁者大气的天然对比。近水人的远游与梦魇,似一个宿命般的循环,"当代表'山'的乾隆皇帝断然决定关闭海上对外贸易,只留广州一个通商口岸的时候,上海人失去近'水'之利,除了嘟嘟囔囔外一点办法也没有。上海成了一个内港,它的发展进程在'闭关'中拖延。然丽,'青山遮不住,毕竟东流去'。随着上海的全面开放,又开始扬帆出航,通达东西南北洋"①。世人往往关注自鸦片战争以来上海沦为半殖民地半封建的社会状况,对这种近水之人的自然属性却很少提及。上海属"海",具有与生俱来的外来属性。根据有关记载,上海开埠后人口剧增。1910 年至 1927 年,上海人口从 128.9 万人增至 264.1 万余人,上海发展为全国第一大城市。② 从 1865 年至 1936年,上海华界人口增长近 3 倍,公共租界总人口增长约 12 倍,法租界人口增长约 7.5 倍。1942 年,上海人口总数为 391.98 万人,其中公共租界人口占 40%,法租界人口占 21.8%。③ 大量外来人口的到来,无疑为上海商业化都市的发展奠定了基础。

在社会学者看来,城市的定义体现了经济的本质,即一个密集的市场聚落。韦伯进一步将城市划分为生产城市、消费城市和商人城市。商人城市的购买力主要来源于商品的转运,此所谓"中介商业城市"。④ 商业化的城市注重经济利益,关注市场收益,强调市场竞争,

---

①林剑:《上海时尚:160 年海派生活》,上海文化出版社 2005 年版,第 18 页。
②上海通志编纂委员会:《上海通志》第一册,上海人民出版社 2005 年版,第 660 页。
③上海通志编纂委员会:《上海通志》第一册,上海人民出版社 2005 年版,第 668 页。
④[德] 韦伯:《非正当性的支配——城市的类型学》,康乐、简惠美译,广西师范大学出版社 2005 年版,第 7 页。

这些特质都在上海得到了体现,同时上海独特的地理位置又使其成为一个颇具人口流动性的都市。在作家的笔下,这为上海平添了几分浪漫与感伤的色彩:

> 上海是什么?四百年前一个小小的荒凉的渔村,鸦片战争一声枪响,降了白旗,就有几个外国流氓,携了简单的行李,来到了芦苇荡的上海滩。呼啸的海风夜夜袭击着他们的芦棚,纤夫们的歌唱伴着日月星移。然后就有一群为土地抛弃或者抛弃土地的无家可归又异想天开的流浪汉来了。①

1843 年 11 月 17 日,上海开埠。1845 年 11 月 29 日,《上海土地章程》公布洋泾浜以北,李家厂以南,东到黄浦江一线的土地为英国租界。按照当时的景象,这片租界的确类于"荒土",其间除了有少顷农田外,墓冢累累,芦草萋萋。如在此时放宽历史时空的界限看待,大批的"洋阿昆"将在此刻的旷远天地中缔造一个"资本主义空间"的神话。这个神话是关乎中国社会现代化的神话,它从一开始就附带了不同于漫长的中国封建传统的且具有飞跃性的质变,使得上海真正成为晚清中国的"异类"掘进者。英国驻上海的首任领事巴富尔带来了首批外国人(主要是传教士和商人)。到 19 世纪 60 年代,外人在上海的总资产已经超过 2500 万英镑。② 随着外资的注入,租界工部局等机构逐渐将西方的城市管理方式和物质文明带进了上海。待到数年之后,在中国文人王韬的眼中,上海真的成为一个梦境之城:

> 一入黄歇浦中,气象顿异。从舟中遥望之,烟水苍茫,帆樯历乱,浦滨一带,率皆西人舍宇,楼阁峥嵘,缥缈云外,飞甍画栋,碧槛珠帘。

---

① 王安忆:《"上海味"和"北京味"》,《寻找上海》,学林出版社 2001 年版,第 135 页。
② [英]裘昔司:《上海通商史》,程灏译述,商务印书馆 1915 年版,第 16 页。

此中有人,呼之欲出;然凡如海外三神山,可望而不可即也。①

无论是当事者的感悟,或者是后来者的文学叙述,上海以梦的形式承载着冒险者的快慰,同时也承担了文人可望而不可即之伤。关于上海的寻找,不只是一场指向过去的旧梦,同时在历史时空的延展中也指向了未来。当历史的舞台在旧梦笼罩下徐徐拉开了序幕,关于期许、慰安和破碎的"市声"构成了对后来书写上海的焦虑,后来者也必然在这个幽幽的途径之中开启探寻上海的思索。

二、"海派"溯源与成长环境

最早的海派文化艺术应当在绘画领域,这一点在众多研究者那里都有所提及。俞剑华的《中国绘画史》称:"同治光绪年间,时尚益坏,画风日漓,画家多蛰居上海,卖画自给,以生计所迫,不得不稍投时好,以博润资,画品不免日流于俗浊,或柔媚华丽,健有海派之目"②。以"四任一赵"为代表的画家们,在晚清国运不济之时集聚上海,他们的画风虽有所不同,但普遍卸去了文人雅士的衣装,从绘画的内容上接纳了市井俗习,从精神追求上不再执着于绘事本体,而大胆探求绘画主体的表达。更重要的是,他们以卖画为生,对十里洋场的喧嚣有了新的体认。"海派"最初的起源与正统文化派对这种新的艺术的攻讦有关:"清朝同治光绪年间,时局益坏,画风日漓,画家多蛰居上海,卖画自给,以生计所迫,不得不稍投时好,以博润资,画品遂不免日流于俗浊,或柔媚华丽,或剑拔弩张,渐有海派之目。"③海派文学的创作大体具有相似的脉络,晚清失意文人以上海的期刊小报为基地,开始了不同以往的"消闲"写作。例如,《字林沪报》于 1897 年首先设立的副

---

①王韬:《黄浦帆樯》,《漫游随录》卷一,湖南人民出版社 1982 年版,第 50 页。
②俞剑华:《中国绘画史(下)》,商务印书馆 1937 年版,第 196 页。
③许道明:《海派文学论》,复旦大学出版社 1993 年版,第 11 页。

刊名就为《消闲报》。被视作最早的海派小说代表作品的《海上花列传》，发表于1892年创办的《海上奇书》。《海上花列传》描绘的是上海众妓女的世情生活，有趣的是，这部小说的叙述从一个梦开始，又以噩梦结束，回应了上海之梦的胜景，同时也承载了上海之梦的伤痛。

以上海之梦为旨归的文学具有两重载体，两个载体的现代流变也构成了海派流变的机制。

一是报刊、出版业在上海的飞速发展。19世纪以前，中国没有近代意义上的报纸刊物，只有邸报或宫门抄，主要刊登皇帝诏书、皇帝动态、官员任免升黜等事项，阅读对象限于统治阶级中上层，都不是大众传播媒介。近代意义上的报纸最初为来华传教士筹办，到1895年上海的报刊已经多达几十种。① 在中国近现代出版史上，上海扮演了最为重要的角色，各种文人汇聚于此，杂志种类涵盖了各种文学流派，一时间上海成为名副其实的新文学汇聚和萌生之地。例如，晚清期刊"四大名旦"——《新小说》《绣像小说》《月月小说》和《小说林》为晚清文坛通俗文学小说的流行做出了不可忽视的贡献。而民国之后杂志的风格则更加多样，《礼拜六》是通俗文学的重镇，被看作是鸳鸯蝴蝶派的大本营。《小说月报》的沧桑流变则深刻反映出时代变革更新的力量，使其最终成为新文学的阵地。此外，《良友》《宇宙风》《现代》《万象》等诸种名刊也都曾作为文学主张的承载体。1933年是上海的"杂志年"，当时上海的杂志种类有215种之多。② 期刊作为文学生产的环节，由作家办刊办报，推销作品，使得海派文学有了某种与时俱进的色彩。这些杂志的新旧转换，基本上是随着时代潮流的变化而变化。海派文学的载体特质决定了一种新的海派心态，"一方面努力追求现代化，新文学化，一方面又不与旧的截然断绝，反而是不断地回过

---

① 张仲礼主编：《近代上海城市研究》，上海人民出版社2008年版，第737页。
② 李今：《海派小说与现代都市文化》，安徽教育出版社2000年版，第320页。

头来调和新与旧的关系"①。于是,海派文人时常以旧梦重温的方式开启以上海为背景的文学描写。

二是娱乐业大行其道,娱乐场成为海派文人之梦的升华场所。从晚清开始,以上海四马路为辐射点的商业区出现了中西合璧的娱乐场所。这个地方,不仅有传统中式的假山、园林、茶楼,更有西式的网球场、抛球场、照相室、舞厅等设施。最值得关注的是,分布在会乐里、群玉坊周围的"红灯区",给了早期海派小说最初的滋养。在初来上海的失意文人眼中,这些温柔的慰藉堪称生命中的璀璨:"海天富艳,景物饶人。花月清阴,春光醉我。香迷十里,爱开歌舞之场;丽斗六朝,敢续烟花之记。则有地名'北里',美集西方。花灿堆银,天真不夜。火齐列树,星有长明。杨柳帘栊,送出笙歌一派;枇杷门巷,围来粉黛三千"②。民国期间,大批歌场、舞厅的兴建,继续为海派作家提供了创作的情绪和素材。其中,竣工于 1932 年的百乐门舞厅颇具上海摩登的代表性,舞厅设有两个舞池,一个装有 10 厘米彩色磨砂玻璃地板,俗称"玻璃舞池",另外一个则装弹簧地板。整座建筑富丽堂皇,并雇有菲律宾大型乐队与红歌星助兴表演,俨然是夜夜笙歌的景象。据统计,在 1945 年,上海共有 29 家舞厅。③ 从晚清失意文人到民国的风流才子,纸醉金迷的娱乐场俨然成为海派小说中最常见的描述对象。笙歌艳舞的背后是现代消费文化的兴起,这使得上海既成为新的文学样式的展览馆,又作为传统文学与文人场所的异类而并存。这些蛛丝马迹中流露出的新与旧、悲与欢、沉溺与批判,都构成了海派文学流变中纠结的历史元素。

正因为记录上海之梦的载体是在近代消费主义的滋养下生成的,鸳蝴派文人的文学生产方式和描述内容被"正统"文学界所不屑。现

①吴福辉:《都市漩流中的海派小说》,湖南教育出版社 1995 年版,第 129 页。
②葛元熙:《沪游杂记》,郑祖安标点,上海书店出版社 2006 年版,第 126 页。
③上海通志编纂委员会:《上海通志》第八册,上海人民出版社 2005 年版,第 5498 页。

代海派文学在 20 世纪 30 年代的京海论争中始露端倪,这些命名界定似乎也影响了后来海派文学的整个文学史定位。沈从文于 1933 年前后,陆续在《大公报·文艺》上发表《文学者的态度》等一系列文章,对文坛的风气表达了不满,其矛头直指一些旧派的文人和左翼作家。在《论"海派"》一文中,他对海派文学做了"恶意"的描述,将海派文人描绘为从官方拿点钱之后,就胡乱搞起文艺杂烩而哄骗读者的代表,这些人"思想浅薄可笑,伎俩下流难言"。他更一针见血地指出"'名士才情'与'商业竞卖'相结合"是"海派"的概念。① 纵观在京海之争中鲁迅等参与人士的文章,都以上海旧派文人作为主要的批驳对象,可见上海之梦与传统文人以及新文学之间的紧张关系。但是,上海之梦的象征意味已经远远大于旧式文人抒情写意的范畴。如 20 世纪 20 年代后的新感觉派小说,又如张爱玲、苏青等广受读者喜爱的作家的小说,这些是哪一个层面的"海派"?从海派命名的背景来看,我们又在何种意义上打通王安忆与上海之梦的通道?将海派视为一种"传统",这种框定本身已经超越了地域文学流派的观念,那么诸位作家的描述在何种意义上印证了上海之梦,又丰富了上海之梦?海派文学是特别的文学流派概念,它是从传统脱胎而成的"社会现代化进程中的文学、文化的类型"。②

三、海派文学的现代质与王安忆的创作遇合

海派之"海"不同于一般的文学流派,中国古代即有以地域命名文学流派的传统,如桐城派、竟陵派、江西诗派等,而在现代文学的流派发展史中,则更多出现以文学观念或文学理论倡导为名的流派,京派与海派从诞生之日起,就被赋予了更多的文化意义,或者说是关乎文

---

①沈从文:《论海派》,《沈从文全集》第十七卷,北岳文艺出版社 2002 年版,第 55 页。
②杨扬:《海派文学与地缘文化》,《社会科学》2007 年第 7 期。

人气质的某种蕴含。海派文学作为一种上海书写的生命质地,作为中国现代文学的一种流派,它的对应词是左翼传统、京派传统。如果将海派作为一种宽泛的文学、文化存在方式,那么在漫长的时空隧道中,这一流派的此消彼长也很难构成一种具有终结式的研究理路。在对海派文学所下的定义中,研究者多数在历史更新与复现、文化与文学互动的层面来理解这个独特的流派。首先,海派文学具有一种融会本土和外来文化的内涵。其次,海派文学是建立在商业文化基础之上的。这种文学因此就具有变化性,并且在变化中能够不断地自我完善。但同时因为它的混合性和复杂性,又产生了"融灿烂与靡费于一体,传统与现代共存、灵与肉相互搏斗的虚实结合表达体"的特征。①

因此,海派文学在定位中摆脱时间的框定,在上海空间的发展中"更新—变异—完善"。

以精神气质为吸纳体,从而完成上海梦的更新与小说美学的综合定性,可以说这是海派文学传统之所以能够和当代作家相遇的基本条件。而对海派文学的这种新旧、灵肉、虚实互现式的命名方式,又构成了海派小说独特的艺术魅力。但是,在互现的定位方式中,应该注重海派历史考察的积极方面。靡费的背面是 20 世纪 80 年代以来学术界对海派文学特有"现代质"的重新正名,其中具有代表性的当属吴福辉对海派文学的重新命名,他认为海派文学属于新文学范畴,而非旧文学,正式打出了为海派文学正名的旗号:

所谓海派文学,第一,它应当最多的"转运"新的外来的文化。而在 20 世纪之初,它特别是把 19 世纪末与 20 世纪初之交的世界最近代的文学,吸摄进来,在文学上具有某种前卫的先锋性质。第二,迎合

---

① 马春花:《叙事中国——文化研究视野中的王安忆小说》,中国海洋大学出版社 2007 年版,第 143 页。

读书市场，是现代商业文化的产物。第三，它是站在现代都市工业文明的立场上来看待中国的现实生活与文化的。第四，它是新文学，而非充满遗老遗少气味的旧文学。①

在吴福辉看来，将这四个方面结合在一起，就是海派的"现代质"。海派文学已经超脱了旧式洋场小说的范畴，这种文学流派与20世纪20年代以来现代都市文化的方兴未艾发生关联，而叶灵凤、刘呐鸥、穆时英、张爱玲、苏青等作家符合这种"现代质"。海派文学如果成为这样一种文学生长的方式，那么它自诞生之日起的曲线式历史脉络就不曾中断，因为海派文学在不同的历史阶段应产生不同的特点。王安忆于20世纪70年代开始创作，并成名于20世纪80年代——这是公认的海派文学的"复兴"时代。但是，如果王安忆与海派文学传统相遇，那么其间的历史交叉之路必然有漫长的或隐或显的前期预备。从海派这一独特传统的现代质的内涵分析，在概念的层面，两者至少存在如下四点结构因素的共性，这也是将两者构成时空历史关系的逻辑前提。

第一，上海与人的互动。王安忆以上海作为写作的对象，不但体现了海派文学的地域特点，同时，其创作又不止于上海都市的故事描写，更确切地说，是诠释出一种新的城市文化内涵。海派文人以上海作为自己创作的中心和文章的竞卖场，"上海"不仅是他们小说中的构成方式，同时也是他们人生的生存方式。无论是海外归来的刘呐鸥，还是沦陷时代的张爱玲，上海几乎就是一种生命的内容。"人与城年复一年地对话，不断有新的陌生的对话者加入。城本身也随时改变、修饰着自己的形象，于是而有无穷丰富不能说尽的城与人。"②王安忆与上海的当代对话，无疑是当年的海派作家与上海的亲密互动的延

---

①吴福辉：《都市漩流中的海派小说》，湖南教育出版社1995年版，第3页。
②赵园：《北京：城与人》，北京大学出版社2002年版，第12页。

续,她在上海既经历了"归去来兮"的放逐与巡回,也经历了"流水三十章"的生活变迁与消磨。城市的形象在她的小说中完成历史的修复,同时自我创作个性又在上海的形象中孕育和升华。

第二,中西两种文化的碰撞与融汇。海派文学产生于半殖民地半封建的社会环境之下,又因为西方文明的侵入而获得"现代性"。陈思和认为:"半殖民地的统治者不会真正按照西方文明的标准来塑造上海,他们所需要的,一是在殖民地维持宗主国的尊严和形象,二是使殖民地变成一个他们即使在自己的国土里也不便放纵的情欲乐土。前者使他们在殖民地建造了许多与西方接轨的文明设施,成就了文明与发展的标志;而后者则在文明设施中寄予了畸形的原始欲望。"①这种半殖民地半封建的城市性质反映在海派作家身上就是对域外现代文化成果的吸收,进而又与本土文化接轨与交融。更进一步,在小说中体现出对上海这个中国另类都市的文明向往与批判的两种态度的对立融合。王安忆成长在上海逐步走向国际化都市的氛围当中,她在融汇外来文化方面与海派作家具有相似的历史背景和过程,但是在借鉴之法上却又另辟蹊径。王安忆强调写实,其创作基本是走现实主义的风格。但是,王安忆在汲取西方写作技巧方面,还是以体现上海时尚变迁的物质为其内核。不可否认,在当代文学史上,王安忆仍然一直走在"现代"的前列。例如,20世纪80年代中国小说受到拉美魔幻现实主义的强烈冲击,从博尔赫斯到马尔克斯的借鉴,王安忆的身影无处不在。20世纪90年代后,王安忆更是多次谈到以克里斯蒂为代表的西方作家的影响。海派文学因其包容性而得以繁荣和发展,它是一种外向型的文化类型,王安忆对西方文化的接纳也恰恰体现了海派文学的勃勃生机。

第三,商业性与消费市场的场域。海派近商,为其文学传统赖以发展的第一元素,海派文学是20世纪文学中与商业社会关系最为密

---

①陈思和:《论海派文学的传统》,《杭州师范学院学报》2002年第1期。

切的小说流派，一方面是商品经济铸就了海派文学的形成条件。中国城市文化源远流长，但大多城市形成了以政治权力为中心的传统模式，上海，这个近代的商贸城市，在近代中国历史上可谓一枝独秀，它以强大的资本主义市场体系卷入并改变着封建市镇的社会氛围和创作的物质环境。另一方面，海派文学本身也已经进入到了商业性链条之中，成为消费经济的组成部分。海派作家多以报刊为自己的发表根据地，多有利用广告宣传为创作张目的传统。无独有偶，王安忆的小说也沉浮于20世纪90年代商业文学日益繁荣的背景之下。从20世纪80年代后期开始，王安忆的写作无疑是以文化先锋的姿态对商业流行时尚进行了最早的回应，成为商业写作的肇始。但是，商业趋向与文化品质在王安忆的创作中是一对共生的内质，一方面她有弄潮人的潜意识经营，另一方面她也保持了精英批判的写作立场。

第四，市民意识与俗世精神的建立。海派向俗，为其文学传统最终落实的生命素质。每读海派小说，熟悉的日常生活场景扑面而来。海派作家们充分尊重市民的审美趣味，"饮食男女"世俗的日常生活成为海派小说重要的叙事对象和审美范畴。《汉书·艺文志》记载："小说家者流，盖出于稗官，街谈巷议，道听途说之所造也。"自近代提倡小说的政治功用到新文化运动后，中国现代文学中的小说逐渐背弃了传统小说的世俗性发展方向，而海派一脉的文学意指，在某种方面迎合了市民阶层的阅读趣味。同时，海派小说对个性的大胆张扬的描绘，对命运莫测、人性凉薄、性爱两难的情感抒写，都是新的文学立场与写真。王安忆的小说与海派文学的旨归不尽相同，即具有明确的市民性，而且这种市民性已经不再是乱世男女的悲欢离合。王安忆说："我对上海的认识是比较有草根性的，不像别人把它看得那么浮华的，那么五光十色的，那么声色犬马的。好像上海都是酒吧里的那种光色，抽抽烟、喝喝酒，与外国人调调情。我觉得上海最主要的居民就是小市民，上海是非常市民气的。市民气表现在对现实生活的爱好，对日常生活的爱好,对非常细微的日常生活的爱好。真正的上海市民对到酒吧里坐坐能有多大兴趣。"①她对上海市民性的体认反映在小说创作中就是以人物的日常生活模式构成上海普通市民的生活图景。

第二节　海派文学的世情缘常

《文心雕龙》有言:"文变染乎世情,兴废系乎时序。"海派文学的生命底色在上海的画布之上涂染出一幅别有风韵的世情风貌,这种世情不仅表征了时代风气的底色,同时也是世俗生活、世俗之情的点染。一般认为,海派小说以都市市民文化为核心旨归,在中西方文化的共同作用下形成独特的演变过程。其中大体包含了几个外延:以韩邦庆为代表的晚清市井小说,以叶灵凤和张资平为代表的言情小说,以刘呐鸥、穆时英和施蛰存为代表的新感觉派现代主义小说,以张爱玲、苏青为代表的通俗小说。海派小说从溯源来讲,一方面沾染了由狭邪小说到鸳鸯蝴蝶的陈仇旧爱式的风月之名,另一方面,这种诞于市民趣味的俗世悲欢又构成了海派小说最为特殊的"新文学"意义。自晚清成为中国小说史上最为繁荣的时代,其小说的种类就蔚为大观,鲁迅在《中国小说史略》中对"世情"做了如下定义:

当神魔小说盛行时,记人事者异军突起,其取材犹宋市人小说之"银字儿",大率为离合悲欢及发迹变态之事,间杂因果报应,而不甚言灵怪,又描摹世态,见其炎凉,故或亦谓之"世情书"也。②

鲁迅对"世情"的定位"描摹世态,见其炎凉",实际上是极为宽泛的,它的核心内涵应为与"记鬼怪"相对的"记人事"。在书写题材方

---

①夏辰:《"讲坛上的作家"系列访谈之——王安忆说》,《南方周末》2001年7月12日。
②鲁迅:《中国小说史略》,《鲁迅全集》第九卷,人民文学出版社2005年版,第186页。

面来讲,"世情小说应该是记人事者一类中'讲史''公案''英雄传奇'(侠义)、'公案侠义'之外的所有其他小说的总称,它包括鲁迅《中国小说史略》中列入'人情''讽刺''谴责''狭邪'等篇目中的诸种小说在内"。① 题材的广博包容性中又孕育了小说描述对象的规定性,那就是晚清上海市井生活画卷的世情记:

　　人物不再是叱咤沙场的英雄豪杰,而是在柴米油盐中搏斗挣扎、涕泣欢笑的升斗小民;作品亦不再有刀枪交戈、快意恩仇的磅礴气势。其次,小说中人物的生活场景是当下所见,所谓"近距离透视",人物所忧所惧一一无所遁形。而作家不仅热忱地将世事、世情以文字涂抹为一幅幅写实画卷,并且同样延续了文人关切世事,以及以文学为载道工具的传统,在小说中寄寓了一己的批判,有意针砭世俗。②

　　海派从诞生到流变,经历了一番红尘游走、铅华洗尽的"游离－回溯"式的演变道路。以世情为照影和书写灵魂的晚清为肇始,20 世纪30 年代的摩登都市中西风吹拂,最终以张爱玲的走红为标志的华洋相容,回归俗世的核心。这条流变道路也是海派文学传统穿越漫长的历史时空隧道,而在当代文学中得以复现和更新延展的价值核心和影响因素。按照詹姆逊的观点来说:"文类本质上是一种'社会－象征'的信息,或者用另外的方式说,那种形式本身是一种内在的,固有的意识形态。当此类形式在非常不同的社会和文化语境中被重新占用和改变时,这种信息会持续存在,但在功能方面却必须被算作新的形式。"③海派小说从世情小说的衣钵中托生,其外在形态的不断转变,

---

① 向楷:《世情小说史》,浙江古籍出版社 2001 年版,第 3 页。
② 陈翠英:《世情小说价值观探论》,台湾大学文史丛刊 1987 年版,第 7 页。
③ [美]佛雷德里克．詹姆逊:《政治无意识》,王逢振、陈永国译,中国社会科学出版社 1999 年版,第 131 页。

总离不开"世情"这种内在的意识形态。在整个 20 世纪的中国文学史上，海派文学传统的回环式叙事内容呈现出与世情的恒常因缘，而王安忆对上海的寻踪觅迹，也经历了如海派文学这种"世情"的游走回环的道路，或者说其创作自然跟随在海派世情回环幽灵的左右。

一、溯源：从艳异情色到俗世情爱

世情小说在晚清走入末流，成为狭邪小说，狭邪小说描绘妓女的生活图景。目前，被公认为最早的海派文学作品即吴语狭邪小说《海上花列传》。① 胡适评价其为"吴语文学的第一部杰作"②，作者韩邦庆为海上文人类型的代表，十里洋场的最后栖息造就了他传奇和悲剧的一生。在寻花挥霍中，他体验了妓女在人世间的冷暖，又在与沪上编辑出版业的唱酬中完成了这一素材的创作。《海上花列传》不是一部供人猎奇猎艳的消遣之作，近真的叙事策略使《海上花列传》摆脱了以往狭邪小说"溢美"或"溢恶"的叙事套路，张爱玲曾经给这部小说以极高的评价，并在晚年用了将近十年时间二译《海上花列传》，认为它是"第一个专写妓院，主题其实是禁果的果园，填写了百年前人生的一个重要的空白"③。这个评介是极有洞察力的，她不从嫖客的春梦谈起，也并未谈"劝诫而作"，而单从填写"人生空白"来讲，实际上是赋予这部旧体小说以现代的意义，即它是讲人性的欲望，是"为人生"的写实作品。

从晚清海派的溯源狭邪小说来看，其间的男女情爱多徘徊于艳异的情色与世俗生活之间，诚如秦瘦鸥所言："以娼门艳事为题材，却比

---

① 作者注：姚玳玫、杨扬都持这一观点，而吴福辉则认为旧式章回体的创作不在现代海派的范围之内。
② 张爱玲：《海上花开》，十月文艺出版社 2012 年版，第 7 页。
③ 张爱玲：《国语本＜海上花＞译后记》，金宏达、于青编《张爱玲文集》第四卷，安徽文艺出版社 1992 年版，第 341 页。

较'踏实',不尚幻想。无论是嫖客、妓女、鸨儿,都比较'本真',不加什么粉饰。"①《海上花列传》以妓院为基点,所述妓女的人生欲望是生存与情感的复杂交结,妓女的情义都附带有惨重的教训,在教训后仍抱守最后的心机与生存法则。他们都有一个正妻的梦想,但经历不同的磕绊后,这个梦想都无情的破灭了。悲情者如周双玉,与上海本地富贵公子朱淑人私订终身,后自调毒药以试真心,上演一出报复寻死的闹剧,最终朱家却以一万洋钱补偿了事;彪悍者如沈小红,大打出手又投桃报李,她苛求王莲生对她的专注,却又对王莲生不忠,放逐欲望;纯情者如赵二宝,自金陵翰苑公子史天然回去说亲后,便闭门谢客,然而史天然辜负二宝在扬州成亲,她仍在梦中企盼史公子,终生痴梦;幻灭者如李淑芳,本与上海宦家子弟陶玉甫情投意合,可嫁为人妻,偏偏玉甫要取其为妻,遭到陶家家族的反对,李淑芳终因气不过生出病来,成了"东方茶花女"②,红颜早夭。妓女之梦与嫖客的梦同样都在世情消磨中体现出生活的本真,这与创作者的创作心态有密切的关联,一方面,他"日日在梦中过活,自己偏不信是梦,只当真的,作起书来"。另一方面,他又"绝无半个淫表秽污字样,盖总不离警觉提撕之旨云"③。晚清海派溯源中的写作,在形式上采用了古典小说的模式,在作者眼中的作品更是拟《红楼梦》之古的游戏之作,这种内在的创作动机也是小说新旧杂糅的一个因素。从小说的故事内容到叙事的策略来看,无疑都具有新旧转折点的标志性,这其中最具有代表性的还是对"情"的定位与变迁。对妓女生存境况以及对人性的探问,从文本叙事中流露出的这些潜在的现代观念已经大大溢出了作者预设的意图。

　　狭邪小说进一步世情化,并在鸳鸯蝴蝶派小说基础上进一步汇聚为海派小说的重要支流。鸳鸯蝴蝶派文学"最能体现海派文学芜杂

①秦瘦鸥:《闲话"狭邪小说"》,《小说纵横谈》,花城出版社 1986 年版,第 74 页。
②张爱玲:《国语本＜海上花译后记＞》,《海上花落》,上海古籍出版社 1995 年版,第 633 页。
③韩邦庆:《海上花列传》,人民文学出版社 1982 年版,第 1 页。

的、备受非议的一面。它确立了海派小说的两大传统基石:一是以言两性之情、写两性之事为题材对象;二是追求叙事效果的消遣性效果"①。《恨海》作为海派言情传统的开创之作,其篇首一段关于情的定义经常为人引用:"俗人但知儿女之情是情,未免把这个情字看得太轻了。并且有许多写情小说,竟然不是写情,是在那里写魔,写了魔还要说是写情,真是笔端罪过。"②这段表白虽极力解释以"言情"为旨归,但是对"情"的分析却大大溢出了男女情爱的层面。吴趼人认为男女之情仅能称之为"痴",他所指的情具有人伦之根本,更有国家大义的内容。作者深以为傲的"言情"叙事方式,实际上又是极为简单化的社会批判,棣华与伯和本已订婚,以庚子事件为情节急转的标志,一对恋人的命运就此改变,男的沦为乞丐、女的沦为娼妓。无疑,社会性的融入使得作品一改《海上花列传》儿女情长、文人亵玩式的小说方式,从而部分继承《金瓶梅》《红楼梦》以来世情小说对社会政治予以关注的传统。从现实层面来反映和干预是作者所表述的"驱魔"的方法,这里的"魔",显然是指摆脱旧式文人情场春梦,恢复正统的"情"之道德标准——"忠孝大节"。

　　那么,《恨海》到底有没有完成驱魔的任务?整个文本在庚子事件后的突变并没有遵循作者所云的"大情"之标准,而是继续以"魔"的方式完成了儿女"小情"的同情与个体生命空洞的感怀。小说的后半部分,棣华的诉请成为行文的唯一方式,经历离乱的苦楚后,一个失去丈夫的女性变成了絮絮叨叨的诉苦人,一部小说更完全沉浸于想念与追忆当中,这种不可自拔的心理书写消解了小说的社会性,正如姚玳玫所说:"对写情的偏执,以情的书写压倒其他情节,突出唯情至上的叙述倾向,从而构成这篇'心理 – 言情'小说叙事上的基本特征。"③民

---

① 姚玳玫:《想象女性——海派小说的叙事》,中国社会科学出版社 2004 年版,第 90 页。
② 吴趼人:《恨海》,天津古籍出版社 1987 年版,第 1 页。
③ 姚玳玫:《想象女性——海派小说的叙事》,中国社会科学出版社 2004 年版,第 96 页。

国后，鸳鸯蝴蝶派小说持续走红，写情模式的确立可谓功不可没，一个个关于情的故事为众多读者制造出不可替代的消费快餐。同时，写情内在的矛盾也寓言着海派小说的转型和蜕变，使得这种基于晚清土壤的小说接受了"五四"洗礼，而最终游离于世情左右。

二、游离：从摩登感觉到文明之伤

1914 年《礼拜六》创刊，继续标榜言情，更进一步划分为"艳情""哀情""惨情""怨情""忏情""苦情""痴情""侠情"各专栏。以诸种期刊为阵地，在 20 世纪的前十年，鸳鸯蝴蝶小说几乎独享了阅读界的殊荣，从 20 世纪 20 年代开始，这种小说形式逐渐在新文学的影响下走向衰落。第一次国内革命战争后，"五四"张扬个性解放的爱情叙事很快为海派作家们融为自用，正在此时，张资平的张扬肉欲的小说很快风靡上海滩，"它实现了'五四'小说与鸳鸯蝴蝶小说之间的嫁接，创造了一种既能讨好市场又似乎体现着以人为本新观念的新一代海派文本"①。

张资平写小说也有自己的意涵，但是，这个意涵已经明显不同于晚清海派作家那种文人立意式的标榜，而变成了自我神话的构造与经营。在《我的创作经过》一文中，张资平极力言说自己写作的"遗传基因"，并详细描绘从孩童时就开始读书的经历，11 岁喜读《再生缘弹词》，17 岁读《小说月报》《茶花女》，在日本求学时接触了大量的欧美小说，从此彻底与章回小说绝缘。张资平的读书生涯在这一代文人中具有典型性，大批留日学生为文学界吹来强烈的西风，使得海派小说的面貌为之一改。张资平的言说极富个人主义的色彩，他甚至大胆地张扬性解放，表达性苦闷。他谈到，受一位日本产科女学生"刺激颇深"，这段惨痛的恋爱经历成为《约旦河之水》的部分素材。他将自己

---

① 姚玳玫：《想象女性——海派小说的叙事》，中国社会科学出版社 2004 年版，第 125 页。

的创作动力归结为"到秘密的魔窟去探险"。① 在其代表作《苔莉》《飞絮》《最后的幸福》中，随处充溢着媚俗化的恋情和肉欲的暴露、变态的发泄。

张资平的《飞絮》采用女性第一人称的自叙体方式写成，以大学生吴梅和刘琇霞的爱情纠葛为主线，还穿插了姨母与外甥女争夺同一个情人的情节，小说的艳情味道极浓，创造社同仁对这部小说评价极高，甚至在当时《飞絮》的广告中称其为当时文坛上描写三角、四角恋爱的"第一杰作"。与《飞絮》相比，《苔莉》可谓是一部表现爱欲至上的小说，在这里，性爱高于一切，性福为最终目的。女主人公苔莉是一个受"五四"精神熏染的新女性，却"受困"于无爱的婚姻中，因"感到性的寂寞了，由性的寂寞就生出许多烦闷来"，遂与表弟谢克欧大胆相爱，"她笑着略把她的右腿提起叫克欧看"，"呵啦，你还是想有个女性。真的，上了二十岁的男子也和女人一样吧，没有不渴想异性的吧"。②谢克欧也对苔莉的肉身充满着欲望，两人很快同居并沉湎于肉欲中无法自拔，最后因世俗偏见而跳入大海，双双殉情。张资平《最后的幸福》则赋予女主人公魏美瑛以坎坷的婚姻生活，值得注意的是，魏美瑛嫁给有肺病的表哥凌士雄后，性欲长期得不到满足，因此美瑛在丈夫去南洋经商后与妹夫黄广勋偷情并怀孕，被士雄的儿子阿和拿住把柄而逼奸，这也是其悲剧命运的开始。之后，出于对爱情的追求，魏美瑛又与教书匠杨松卿私通，士雄病死后，转嫁杨松卿。再婚后，魏美瑛才发现杨松卿是一个推销伪钞和鸦片的走私犯，且德行恶劣，甚至毒打她致流产。汽车夫阿根是美瑛儿时的玩伴，出于对美瑛的爱，他杀死了松卿，美瑛才发现阿根对她的爱是如此厚重，但时过境迁，为时已晚，阿根的一吻是她最后的幸福，最终魏美瑛因病死亡。可以看出，同

①张资平：《我的创作经过》，徐沉泗 叶忘忧编：《张资平选集》，万象书局1936年版，第9页。
②张资平：《苔莉》，华夏出版社1998年版，第57页。

为创造社早期活动者之一,也有相同的经历,张资平的选择却与郁达夫有很大的区别,他的小说"体现了现代海派构型的过渡性特征。也许是无意的,张氏扮演了由一种言说主体('五四'言说主体)另一种言说主体(海派叙事主体)移位的中介者的角色"。① 鲁迅先生将张资平小说用"△"来概括:"现在我将《张资平全集》和'小说学'的精华,提炼在下面,遥献这些崇拜家,算是'望梅止渴'云,那就是——△②。"鲁迅批评他的海派作风,实际上自张之后,海派进一步与西方文化相结合,海派文人的创作大步向现代主义的形式迈进。

除张资平以外,同为创造社的另一位作家——叶灵凤也是不可忽视的"海派"一员。叶灵凤自 1924 年创作第一篇小说《内疚》后走上文坛,1925 年加入创造社,他的小说融合了商业化因素与个性化追求,毫不避讳地描写人欲横流和性欲挑逗是其特点。"20 世纪 30 年代的上海,先锋与通俗文化并存。一方面……现代的消费方式给都市人带来灯红酒绿的感官刺激,由此诞生了一批时髦善变的'新新人类',正逢现代主义流派为文坛所青睐,用现代主义手法表现都市人成为上海文坛一时之风气。另一方面,由于商业化的利益驱动和市场化的运作机制,海派文学深受世俗大众化的影响。市民独特的审美趣味使他们不断地寻求自己精神的表达方式,带有现代工业性质的大众消费文化应运而生,大众文学可以说是市民社会的直接派生物。叶灵凤敏锐地感受到时代和环境的变化,双管齐下同时进行先锋与通俗的创造,在同时代作家中独树一帜。"③叶灵凤对男女情事非常关注,对于青年男女的恋爱心理和性意识有着细致入微的刻画,从早期的《女娲氏之余孽》《鸿绿媚》到《爱的战士》,再到具有现代派风格的作品《紫丁香》

---

① 姚玳玫:《想象女性——海派小说的叙事》,中国社会科学出版社 2004 年版,第 140 页。
② 鲁迅:《张资平氏的"小说学"》,《鲁迅全集》第四卷,人民文学出版社 2005 年版,第 236 页。
③ 杨剑龙:《上海文化与上海文学》,上海人民出版社 2007 年版,第 183 页。

《燕子姑娘》等,几乎都离不开男女情爱,完全不追求社会意义,这也是其小说遭人诟病之处,"对性爱在人的感官和肉体方面而释放的快乐和欢愉,在肯定其作为人的本性实现过程中一种具有单质的合理性的同时,还应肯定由此体现出个体感性生命价值,对于人类文明和民族历史的意义——既尊重作为单质的人生性爱意识的健康发展,同时又应依持于人类文明历史发展要求的规范,使其向着更完善更健全更自由的境界不断提升"。① 但值得注意的是,叶灵凤常常运用心理分析的手法,对人物的心灵世界进行深度挖掘,对梦境的大量描写是其小说的特点。《姊嫁之夜》整篇小说就是一场混沌的梦,舜华在他的姊姊出嫁的前一晚,在睡梦中指责姊姊背弃盟誓,嫁给别人,"眼帘里却出现一只肥白的纤手挟了一双牙箸,伸过来在自己面前的碗里布菜,袖管打了,从迎面望过去,正看见白丝边的粉红衬衫和一条线弯上去的手腕。一点钟过去了,慢慢两点钟又过,他依然未能成睡。眼中尽现出些修长的黛眉,丰润的红颦,笑时抖动的肩头和偶尔现出的白牙!"②有关这场梦的描写,也许正是男主人公潜意识中的未被开发的能量,大量的内心独白集合了现实生活中不能实现的欲望。又如《昙花庵的春风》,尼姑月谛一直在昙花庵中长大,自寡妇金娘告诉她"世事与人事"后,"她像做过了一件不可告人的事似的,忽觉在这寂静中,似乎四周都有眼睛侦视她。她屈身闭上双眼,只觉面部发炎,血液循环率加快,她用两手掩住胸部,胸部皮肤表层里似有无数小爬虫在骚动着想钻出。她发了狂似的抱着被在床上反复地乱滚"。③ 性觉醒后的月谛困于道德层面,逐渐对念经生活厌倦。可以看到,叶灵凤小说作品中的心理描写往往展示人的合理欲望,挖掘人复杂的内心世界。

①李夜平:《论叶灵凤的小说创作》,《中国现代文学补遗书系》小说卷一,明天出版社1990年版,第433—434页。
②贾植芳、钱谷融主编:《叶灵凤小说全编》(上),学林出版社1997年版,第108页。
③贾植芳、钱谷融主编:《叶灵凤小说全编》(上),学林出版社1997年版,第197页。

此外，叶灵凤的小说常以现代都市为背景，这启发了随后的新感觉派作家。在《落雁》《丽丽斯》《夜明珠》等作品中，他一面描写繁华的都市，一面考察男女两性关系，笔下人物对于都市的迷狂以及随之而来的疲倦感，是在上海繁华与糜烂交织的背景下所特有的感觉。

当此之时，海派作家们一方面大范围的翻译西方唯美－颓废主义作家的作品，在生活态度上也继续趋向于波希米亚式的放荡不羁态度。总的来讲，"19世纪晚期的唯美—颓废派无论是美的观念，还是人生观，都是在肉体上追求着精神，在精神里应和着肉体，在恶中耽溺美，在美中探险恶，在不神圣的逸乐里品尝不洁与辛辣的苦甜，幻想灵魂的快乐与安宁"。① 另一方面，在小说的形式上他们大胆试验，参照西方现代小说的技巧，使得海派文学完全脱离了传统小说体式的束缚。以1928年《无轨列车》创刊算起，严家炎最先认定，正是当时以穆时英、刘纳鸥、施蛰存为代表的新感觉派，真正地在小说创作方法上将现代主义推进："最早的尝试者就是刘纳鸥自己。《无轨列车》发表的稿件，内容倾向于进步，艺术上则追求创新……从发表的诗和小说来看，已初步显示了现代主义倾向。"故此，严家炎认为这一群体"构成了独立的小说流派"。②

"新感觉派圣手"穆时英的小说中也描绘了海派文人之梦，但是这个梦已经彻底变为一种上海的摩登情绪。

紫色的调子，疲倦和梦幻的调子。

陶醉在自己的口笛里边，半闭着浸透了黄昏的轻愁的眼珠子，潘鹤龄先生，拖着瘦长的影子，萧索地走着，望着街树上的死叶，一个梦游者似的。

---

① 李今：《海派小说与现代都市文化》，安徽教育出版社2000年版，第96页。
② 严家炎：《中国现代小说流派史》，长江文艺出版社2009年版，第124－125页。

从一些给葡萄藤遮蔽了的窗里，滤过了绛纱的窗帏，散落着一些零星的灯火。不知哪一间屋子里的钢琴上在流转着 MinuetinG；这中古味的舞曲的寂寥地掉到水面上去的落花似的旋律弥漫着这凄清的小巷。①

这几乎是新感觉派小说中惯有的基调，新感觉小说的"现实"逐渐游离于海派世情，它的"现实"是建立在个人情绪的张扬与小说的形式实验这两个层面之上的表现欲望。穆时英也曾明白地讲过海派的这一转变，在他的眼中，写什么远没有怎样写那样重要，他关心的只是小说的形式问题。先锋的艺术形式在极力地展现上海现代都市属性，商业性的消费主义观念渗透到都市日常生活的方方面面，改变了人们的生活和思维方式，影院、舞厅、夜总会、咖啡馆、街景夜色、风情女郎成为新感觉派小说的主角，构成了独一无二的都市景观意象群。

红的街，绿的街，蓝的街，紫的街……强烈的色调化装着的都市啊！霓虹灯跳跃着——

五色的光潮，变化着的光潮，没有色的光潮……亚力山大鞋店，约翰生酒铺，拉萨罗烟商，德茜音乐铺，朱古力糖果铺，国泰大戏院，汉密尔登旅社……回旋着，永远回旋着的霓虹灯——②

极富视觉冲击的景观意象紧密铺陈，通过视觉、嗅觉和听觉等感官的共同作用，展现了光怪陆离的都市夜景，霓虹灯下都市大街繁荣杂乱的气息，极具视觉冲击的色调，共同勾勒着上海的喧嚣，诱发着人们压抑的欲望。在此意象群的基础上，海派小说的叙事风貌使得自诞

①穆时英：《白金的女体塑像》，江苏文艺出版社 2009 年版，第 85 页。
②穆时英：《夜总会里的五个人》，《上海的狐步舞：穆时英经典必读》，文化艺术出版社 2012 年版，第 162－163 页。

生以来就相伴而生的"魔影"得到了最大程度的彰显：小说中的男主人公往往糜醉于一种兴奋的快感中，"独身者坐在角隅里拿黑咖啡刺激着自家儿得神经"。（穆时英：《上海的狐步舞》）爵士乐、香烟、高跟鞋就是生活的咏叹调，上海男女深陷于都市的漩涡无法自拔，在他们眼中，上海是一座不断变换色彩的探险乐园和魔幻般的欲望城市。

刘呐鸥同样擅长描绘都市生活，其小说的空间设置不外乎咖啡馆、电影院、跑马场、舞场等，人物形象多为都市中精神物化严重的成年男女，爱情在他们眼中已经不仅仅是纯粹的男欢女爱，而同欲望、金钱紧密相连。都市的摩登女郎将身体视为筹码，靠着出卖色相和身体换取欲望的满足，男女之间的情爱短暂而荒唐。《两个时间的不感症者》是典型的"三角恋"情节，H 在跑马场上赢了钱，遇到了摩登女，并且带她去吃冰激凌，去散步。但最后摩登女遇到了早就约好的 T，三个人一起去跳舞，最后时间到了，摩登女潇洒地离开而赶赴下一个约会。摩登女游离于各式各样的男人之间，享受着和不同男人的情感游戏，短暂的相爱，短暂的分离。《风景》中的少妇本来是坐火车去找丈夫，结果在车上遇到了燃青，两个人在田野上释放性欲，又坐车奔向各自的目的地。在短暂的相遇中，身体是欲望的对象，游戏的目的是情欲的尽情放纵，疯狂而不可理喻。《游戏》中的都市女子移光，在结婚前夜选择与情人步青共度，她与步青愉快地相爱，又愉快地分别，性使得他们挣脱伦理道德的束缚，尽情地享受着稍纵即逝的狂欢之乐。《残留》中的霞玲在丈夫病逝后不久，就忍不住寂寞，一连串的内心独白暗示了其对男人的需求，最后她为了房租、车资、饭钱等，很乐意献出自己的身体。《礼仪和卫生》中的都市年轻绅士和年轻太太们无不贪婪情欲，律师姚启明和妻子可琼早已习惯了"离居两次又结合两次"的婚姻，姚启明愿意将妻子交与古董店的法国老板，而妻子可琼也主动提出，在自己缺席期间，可由妹妹取代自己满足丈夫性欲，姚启明与可琼看待卫生与合同的态度令人瞠目，靠着欲望维系的婚姻失去了原有的契约含义,互利互补从而达到"共赢",才是都市男女的期望。受消费文化的影响,十里洋场的摩登男女在疯狂的生活中沉沦,都市生活暗含着某种消极现代性。

在摩登感觉的极限中,也总有一些突兀的音符出现。那是在上海都市沉溺后的创痛和寻找栖息的心灵拷问,虽然这些拷问只隐藏在角落与沉寂中。例如,刘呐鸥的小说《热情之骨》实际上描绘的是骨子里的真情如何幻灭的故事。主人公比也尔是一个法国青年,他厌倦了巴黎的浪荡生活,来到被称为神秘的东方,邂逅了他梦寐以求的女郎。比也尔开始对性感女郎表现得十分热情:"他真不相信这么动人,这么可爱的菊子竟会这么近在眼前。他想一想,觉得她的全身从头至尾几乎没有一节不是可爱的。……纤细的蛾眉,啊!那不任一握的小足!……比也尔一想到这儿只觉得心头跳动"。但对性感女郎的热情,在她讨要五百块的时刻骤然冷却,"一时好像从头上被覆了一盆冷水一样地跳了起来。他只是跪在椅褥下,把抱着腰围的两手放松,半响不能讲出半句话来。他想,梦尽了,热情也飞了,什么一切都完了"。① 就这样,新感觉小说的情感其实继续在心灵层面落实,他们的苦难不是生存层也不是社会政治层面的思索,而是"在对都市的物质生存无法割舍的同时,都市人不可避免地陷入了痛苦的两难境地——物质与精神、灵与肉、欲望与道德、狂欢浪漫与空虚无聊——具有了强烈悖逆的荒诞感与难言的痛苦"。② 因此,在小说文本形式实验的背后,海派作家的世情记演变为一种彻底的个人心理情绪。

---

① 刘呐鸥:《热情之骨》,严家炎选编:《新感觉派小说选》,人民文学出版社 2009 年版,第 7 页。

② 刘呐鸥:《热情之骨》,严家炎选编:《新感觉派小说选》,人民文学出版社 2009 年版,第 7 页。

三、回溯:从华洋交错到世情海派的成型

自新文化运动拉开了现代文学的大幕,文学流派在新文学的发展中扮演了十分重要的角色。严家炎先生曾经指出,文学流派的因素是非常复杂的,既包括时代政治的因素,同时,类似新感觉、意识流等国际文艺思潮的流传,甚至是哲学思想的借鉴都能对文学流派产生一定的作用。他认为:"在众多的因素、条件中,对流派形成从根本上起到作用的,恐怕还是作家们运用的创作方法,接受的文艺思潮。创作方法、文艺思潮决定着作家的美学追求。"①海派文学的发展路程,记载了现代主义相关的创作方式在上海这一独特地理环境中的发展流变。海派文学初期与晚清的世情小说相连,采用的是清代以来中国古典章回小说的方式,而在经历了民国初年到第一次国内革命战争失败后的彷徨之后,转而接受了西方现代主义的创作方式,走向从世情人常到个人心理的主题的悄然游离,到了 20 世纪 40 年代,在孤岛时代的张爱玲那里实现了古今、中西的交融,达到一个流派发展的最高峰。

1941 年太平洋战争爆发,日军占领了上海租界,使得上海成为沦陷区。沦陷区内政治背景复杂,管制严酷,大批作家流亡,这些社会政治背景亦使得商业文化更加突出。新感觉派小说刚刚在不久前盛行,流派中的现代主义创作方法也逐渐与新市民的口味相融合。正是在特殊的环境之下,文学由先锋实验状态迅速向通俗市民小说运行,海派作家的小说中就并行出现了都市化的通俗和现代主义先锋的两重性质。张爱玲是在这座陷落的城市上开出的一朵奇葩。从教育背景来讲,张爱玲的创作取材具有两重性。一方面,她八岁时通读《红楼梦》,《海上花列传》是她一生所好,读张恨水的小说也是她曾经的嗜好,创作鸳鸯蝴蝶派的章回小说是她练笔的方法。另一方面,穆时英

---

① 严家炎:《中国现代小说流派史》,长江文艺出版社 2009 年版,第 11 页。

的《南北极》、马金的《灭亡》、契科夫的《套中人》也都是她少年时代喜爱的读物。据胡兰成回忆，张爱玲对西方小说颇为熟稔："她每每讲给我听，好像《十八只抽屉》志贞尼姑搬出吃食请情郎。"①

　　张爱玲的两重素材在其小说集《传奇》中做了集中的展现，《传奇》是张爱玲早期创作的短篇小说集，她通过上海、香港两大都市中上层阶级的婚姻和家庭日常生活，展示了一幅幅色彩斑斓的中国旧社会的图画。情调伤感，色彩悲凉，沉郁，构成了这部作品的审美风格。上海山河图书馆于 1946 年 11 月出版了《传奇》增订本，其开篇的一段关于封面的自述基本包含了张爱玲小说中的所有元素："封面是请炎樱设计的。借用了晚清的一张时装仕女图，画着个女人幽幽地在那里弄骨牌，旁边坐着奶妈，抱着孩子，仿佛是晚饭后家常的一幕。可是栏杆外，很突兀地，有个比例不对的人形，像鬼魂出现似的，那是现代人，非常好奇地孜孜往里窥视。"张爱玲无疑十分欣赏炎樱的这幅画，她欣喜地评价道："如果这幅画面有使人感到不安的地方，那也正是我希望造成的气氛。"②封面画借鉴了晚清海派画家吴友如的仕女画《以永今夕》，但《传奇》增订本封面去掉了吴友如画面中中国传统与西方现代的强烈对比，而将传统家庭"置于现代人的审视之下，画外探着身子的女郎，正有这种隐喻。这种拼接，使历史感与现代感获得某种沟通"③，孤独的现代"鬼魂"与老式热闹的古典家庭图景，既构成了独具象征意味的"看"与"被看"的二元对立，也大体概括了张爱玲的创作具有"新旧雅俗"的特征。封面图画的立意与小说的具体内容交相呼应，她的小说既有"现代派"的意味，又不乏传统古典小说的痕迹。张爱玲小说中的幽暗的古典场所早已融入《金锁记》中的姜公馆、《倾城

①胡兰成：《今生今世》，远景出版事业公司 1986 年版，第 186 页。
②张爱玲：《流言》，十月文艺出版社 2009 年版，第 264 页。
③姚玳玫：《从吴友如到张爱玲：19 世纪 90 年代到 20 世纪 40 年代海派媒体"仕女"插图的文化演绎》，《文艺研究》2007 年第 1 期。

之恋》中的白公馆,《怨女》中的姚公馆中,同时,她运用了现代人的观念对这些称之为奇诡腐朽的旧式家庭以洞穿式的窥视。从小说的表现技法来讲,现代的幽灵出现于对人物心理的刻画,而古典的常情却流露出了小说意象的丰富。张爱玲小说中的心理描写颇见功力,人物动作、言语、心理融为一体,没有冗长的独白与繁琐的自省,甚至背景的移换、光线的交错、气味的混融都作为小说人物心理波动的参照而存在。在其代表作《金锁记》中,童世舫与长安订婚之后,在公园里约会,晒着太阳,很少说话,但二人之间的情愫完全通过眼神、气味、光线表现得淋漓尽致,几个动作的描写就将人物心理活动展露无遗。张爱玲又深受古典文学的影响,整体风格带有凄凉的美感,精当的意象捕捉不乏古典情致。《金锁记》中对于月亮的描写素来评价颇高:"年轻的人想着三十年前的月亮该是铜钱大的一个红黄的湿晕,像朵云轩信笺上落了一滴泪珠,陈旧而模糊。"①于静谧中流露着恍如隔世的美感,暗合了《金锁记》整篇的抒情氛围。在离奇诡异中寻找日常传奇是张爱玲对海派文学的升华之处,她的小说自始至终奉行"目的是在传奇里寻找普通人,在普通人里寻找传奇"②的宗旨,这就使得张爱玲的创作比之新感觉派有了更高的艺术境界,不再沦为文人寄情的简单的摩登感觉与现代技法的试用,有学者也指出:"将张爱玲小说具名为世情海派文学,道出的是张爱玲小说的人生情怀。"③张爱玲不向摩登文明欲望描述彻底妥协,而通过一种苍凉美学的谛视,实现了"记人事"又现其"炎凉"的世情海派的新的发展。

在上海沦陷区,苏青与张爱玲齐名。1943 年她发表了 17 篇文章,创办了《天地》杂志。正如苏青在发刊词中所谈:"天地之大,固无物

---

①金宏达、于青编:《张爱玲文集》第二卷,安徽文艺出版社 1992 年版,第 85 页。
②张爱玲:《传奇·增订本》,山河图书公司 1946 年版,"题辞"。
③马春花:《叙事中国——文化研究视野中的王安忆小说》,中国海洋大学出版社 2007 年版,第 153 页。

不可谈者，只要你谈的有味道耳"，"《天地》乃杂志也，杂志两字，若顾名思义，即知其范围宜广大，内容须丰富，取一切杂见杂闻杂事杂物而志之，始符合杂志之本义""既不谈抽象深奥的大道理，也要求率性而发，重在趣味，讲究谈个人生活"。① 该杂志的主要目的是提倡女性写作和书写个人的人生经历，这与其文学创作观相一致。《天地》虽昙花一现，却在不到两年的时间内刊登了大量涉及市民日常生活、情感世界的文字，与《古今》等杂志一道，繁荣了上海沦陷区的文学创作。苏青既是杂志创刊者，又是上海沦陷时期的知名作家，在 20 世纪 40 年代的上海甚至有"近来上海摩登仕女，除掉叉麻雀看绍兴戏外，又多了份消遣，就是读苏青的文章，身为妇女而不知苏青，简直落伍透了"②之说。1944 年，苏青出版散文集《浣锦集》与长篇小说《结婚十年》，苏青和张爱玲一样，自认为是"一个彻头彻尾的俗人，素不爱听深奥玄妙的理论，也没什么神圣高尚的感觉"。③ 但与张爱玲的小说相比，苏青的小说更注重写实，代表作长篇自传体小说《结婚十年》的主人公及小说内容在很大程度上是以苏青自己和她的生活为原型，具有一定的真实性。小说描述了一位向往自由的女青年苏怀青，不满于家庭的包办婚姻，几经周折，最终离婚的故事，平凡的细节和琐碎的经历构成了全书的整体风貌，无处不在的宁波方言与生活习俗为作品增添了一抹民俗色彩，增强了小说的可读性。值得注意的是，苏青的《结婚十年》从个人纯粹的女性体验出发，书写男权社会下妇女之"痛"，关注女性生存之困境，勇敢地表达了女性真实的生理和情感需要，展示了女性的真实。《结婚十年》中的苏怀青，经历了四次生育，"痛呀痛呀，痛得好难忍受。起初是哭嚷，后来声音低哑了，后来只透不过气来，后来连力气也微弱了……""可恨的孩子，可咒诅的生育！假如这个叫作什么德

---

① 《天地》创刊号，发刊词，1943 年 10 月 10 日。
② 红藻：《也谈苏青》，《东方早报》1944 年 10 月 11 日。
③ 苏青：《道德论》，《宇宙风乙刊》1941 年第 40 期。

的出来了,我一定不理他,让他活活地饿死!"①但最终因生出了女儿,刚生育完的苏怀青就被亲人冷漠地对待,在这里,"生育"不仅仅是一种延续生命的方式,更多的是女性独自承受的苦楚。苏怀青的四次生育经历,既描写了女性的生育之痛,又展现了男权社会背景下重男轻女的精神负累。苏青除了关注女性特有的"身体体验"与细腻的心理之外,还赋予女性以实现自我价值的权利。苏怀青作为家庭主妇,缺少经济来源,寄希望于投稿挣钱,却得不到丈夫的支持,她在窒息的婚姻中挣扎了十年,最终因丈夫的感情背叛而选择离婚。然而,当渴望独立的苏怀青走入男性主导的职场后,却只能勉强度日,男权社会残忍地扼杀了女性向上的力量。从某种意义上来说,《结婚十年》可谓一部女性成长史,苏青于平凡琐碎间描写女性生存之不易,男权社会中女性的真实由此浮出了历史地表,字里行间充满了女性意识。苏青的小说均无意于战争年代的硝烟,而专事描述妇女在家庭生活中的困惑。但张爱玲曾有言,无意于将自己与冰心、白薇来比较,倒是苏青与自己应相提并论。② 苏青的小说大部分是对女性的真实生存状况的描摹,以女性视角、女性经验来表现生活。胡兰成也曾经赞叹苏青的散文集是"五四"以来写妇女生活最完整的。总之,苏青的走红仍然体现了沦陷区内文学对"日常生活"的重新发现。

以世情的回溯作为海派文学高峰的标志,在20世纪的上半叶,海派文学基本完成了它的雏形(游离与借鉴)、回溯、成型的发展脉络。海派文学最终构成了以描述市民日常生活为中心,以古典与现代相结合的小说叙事艺术为表征,在上海市民通俗阅读的旨归下运行的一种文学或文化模式。

---

① 苏青:《苏青文集》,上海书店出版社1994年版,第72页。
② 张爱玲:《我看苏青》,金宏达、于青编《张爱玲文集》第四卷,安徽文艺出版社1992年版,第226页。

第三节　王安忆的成长与文学道路

一、霓虹一隅:"海派"的隐现

在时代的转换中,上海成为中国城市嬗变的缩微镜。中华人民共和国成立初期,党中央就立志于全面恢复上海的经济,以工业生产中心作为城市发展的目标,在国家整体的工业化进程中,上海的工业增长速度极为惊人,"1952 年,上海工业总值已达到 1949 年的 193.7%,至'一五'时期,已达到 368.5%……至'一五'后期,这一数字更高达 553.5%"①。经济基础的转变和对上海进行大规模的改造,使得上海从韦伯意义上的"商业中介"和"消费城市"变成了"生产城市"。百姓生活也随之发生了根本性的变革,"革命的话语几乎被作为一种神圣的仪式被引入了百姓的日常生活"。② 上海作家的流浪者气质早已失去了滋生的土壤,那些漂泊无依的上海之梦不再成为文学创作的生活资源,新的上海也不再是多样化的冒险者的乐园。彷徨与尘世的羁绊,情爱与伦理的冲突,都将归为单一。

海派作家所依赖的文学生态可以说已经被彻底改变。张爱玲虽然在中华人民共和国成立初期创作了《十八春》③,但在 1952 年只身

---

① 张春桥:《攀登新的胜利高峰》,《上海解放十年》,上海文艺出版社 1960 年版,第 3 页。

② 刘永丽:《被书写的现代:20 世纪中国文学中的上海》,中国社会科学出版社 2008 年版,第 201 页。

③ 作者注:《半生缘》初发表在《亦报》,《亦报》是张小报,1949 年 7 月 25 日创刊,创办人唐云旌(大郎)、龚之方。当时上海缺少市民读物,夏衍就请了他们出山。该报 4 开 4 版一张。第一版刊登本市新闻、社会新闻、特写和新闻图片;第四版为影剧、体育专版;尤其体育报道,在当时的新闻媒体中地位突出,不仅数量多,文笔亦较生动。第二、三版为综合性副刊,无副刊名,两版除 1~2 部长篇小说连载外,大多是固定专栏,内容以生活琐事、社会见闻、文史掌故为主,都是 400 字左右的短文。副刊作者有郑逸梅、柳絮、张慧剑、潘勤孟、徐淦、韩菁菁,以及周作人(笔名十堂)、陶亢德等。但是 1952 年这张报纸就并入了《新民报》,这也是上海小报命运的缩影。

赴中国香港地区，终生再没有登上中国大陆的土地。此时，上海文坛的主力是从解放区来的作家，原来一直生活在上海的国统区作家则有着完全不同的心态，左翼作家在自我批判和改造后进行了少量新的创作。在这些新上海文学中，也存在着海派文学模式的部分影响。例如，《上海的早晨》的创作，将上海视为纸醉金迷和腐朽落后的代言。但即使是用批判的眼光来叙述上海，也都有风情民俗的描述与认识，所以，这些小说被王德威称为"卫生的海派"。① 只是按照夏志清在《中国现代小说史》里的划分，以新文化运动为代表的启蒙、革命叙事代替了海派的"世情"传统与特色。在大陆当代文学的版图上，与宏大的主流叙事相比，海派世情只能在隐现层面产生文学史的微小影响力。

在笔者看来，海派文学的潜在影响于中华人民共和国成立初期经历了两次"隐在显现"。第一，20 世纪50 年代涌现出大量的"新型"通俗小说，这些小说，无疑是"左翼文学界写作进步通俗小说以争取小市民读者的一次受到肯定的尝试"。② 所以在小说中出现了市民喜闻乐见的元素，例如，知侠著《铁道游击队》中基本肯定了"狭义"的主题，更有多次传奇性情节的设定。还有众多革命英雄传奇中，有对才子佳人、破案侦探小说模式的多重借鉴。诚如作者所言："摆脱真人真事的束缚，以生活中的真实人物和斗争为基础，更自由地进行艺术创造。在创作中，可以舍弃那些琐细的、重复的和非本质的东西，把一些主要英雄人物加以合并，在性格上作大胆地塑造。"③第二，一些"革命"作家描写战争生活或都市生活的小说，特别是"百花时代"涌现出众多风格迥异的小说创作，这些小说的作者甚至保存了"异端"的创作方法。

---

① 王德威：《想象中国的方法：历史·小说·叙事》，生活·读书·新知三联书店出版社 1998 年版，第 184 页。
② 洪子诚：《中国当代文学史》，北京大学出版社 1999 年版，第 141 页。
③ 刘知侠：《＜铁道游击队＞创作经过》，《新文学史料》1987 年第 1 期。

其中，丰村是上海作家命运的一个有意味的例证。他是以革命干部的身份进入上海工作，一方面，他是一位紧跟文坛方向且创作颇丰的作家；另一方面，他的创作横跨"现代"与"当代"。特别值得注意的是，他的小说创作中更多地体现了上海的日常生活场景。

　　丰村有着多年北方农村生活的经验，他在中华人民共和国成立前的创作多以北方农村为背景，描写北方农民凄苦的生活以及英勇无畏的抗日英雄，《用刀枪欢迎日本皇军》《王德茂捉汉奸》《一个人的队伍》等小说，虽不免带有抗战初期文学创作中某些公式化的痕迹，但集中展现了战争的神圣与正义，塑造了一批带有传奇色彩的抗日英雄。其长篇小说《大地的城》于平实的叙述中延续了乡土文学的一贯主题，带有浓郁的乡土气息。中华人民共和国成立之后，丰村的作品转向了反映知识分子及其学习生活方面，创作了包括《在深夜里》《周丽鹃的幸福》《美丽》等八篇小说。《美丽》描写了中华人民共和国成立初期青年干部的爱情生活。主人公季玉洁在工作中对秘书长产生了感情，不料被秘书长身患重病的妻子姚华察觉，并当面斥责季玉洁的"不道德"行为，随后，季玉洁主动向党支部书记做了汇报，并保证不再与秘书长联系。不久，姚华病逝，季玉洁依然拒绝了秘书长的感情，后来又错过了一次恋爱，因为她不愿为爱情牺牲自己的工作。《美丽》于1957年在《人民文学》第7期发表后，便同李国文的《改选》、宗璞的《红豆》一起被定为"毒草"，认为作品"歪曲了现实"。[1]　直到1979年，《重放的鲜花》出版，丰村的《美丽》才回归读者视野。可以看到，《美丽》这一小说文本在青年忘我从事革命工作的背后是一个典型的海派言情的模式，自述"写的仅仅是忠于党的事业、热爱工作、勇于生活的普通青年知识分子"[2]在情节推进中被颠覆，整个小说也笼罩在

---

[1]《编者的话》，《人民文学》1957年第10期。
[2]丰村:《丰村小说选·后记》，四川人民出版社1981年版，第290页。

了女主人公儿女情长与日常工作的细腻回忆中。

　　总之,商业基础的消失,受众的缺乏,艺术影响被逐渐淹没,使海派文学作为一种显在的文学创作流派迅速销声匿迹。但是,海派文学以上海市民生活作为题材的基础,已经形成了其独特的美学风格。它作为一种文学表现方法,在显性层面上不能与主流意识形态相抗衡,但作为一种文化构成方式,它以潜在的美学导向和世情的隐含形态,影响着主流文艺的艺术构成。这种"隐现"是十分重要的,因为王安忆恰恰成长于霓虹的一隅,即使是她的母亲,也明显移步于一隅的创作"隐现"当中。

二、移民史:上海认同的过程

　　王安忆生于南京,她对上海的认同并非一蹴而就,很多时候,在她的作品中体现出一种对于"身份"的焦虑。社会学者认为,所谓"身份",是"社会成员在社会中的位置,其核心内容包括特定的权利、义务、责任、忠诚对象、认同和行事规则,还包括该权利、责任和忠诚存在的合法化理由"。[①] 王安忆的身份与海派作家大相径庭,而海派文人的成长环境在经历了公有制改造后已经趋于"隐现"。但她对上海的归属感似乎是逐渐"寻找"而来,陈惠芬指出,这种"寻找"与王安忆个人的成长经历有着重要的联系。[②] 也就是说,在王安忆的身上也体现了海派肇始之初那种上海之梦的漂泊与认定,这是海派精神文化气质在这位 20 世纪 50 年代生人身上的基因。

　　王安忆身上的"移民史"共有三次,其背后都有巨大的社会变迁为

---

①张静:《身份认同研究》,上海人民出版社 2006 年版,第 4 页。
②陈惠芬:《想象上海的 N 种方法》,上海人民出版社 2006 年版,第 112 页。

依托。1954 年,王安忆随母亲茹志鹃①进入上海,这是当年两千万进城部队中的一员。王安忆的母亲曾在上海教会学校上学,后来参加了革命,母亲的新旧两个社会的两种身份,将会使王安忆的家庭有别于其他土生土长的上海之家。第二次户口迁移是她 1970 年赴安徽省农村插队,并于 1972 年考入徐州文工团,直到 1978 年才重返上海。这两次"移民史"都发生在王安忆亲身的经历中。另外一次"移民史"并非实际意义的迁移,而是与家族成员的来往有关。1940 年,王安忆的父亲王啸平②以华侨身份从新加坡重返中国大陆,王安忆于 1991 年赴新加坡祭祖。应引起重视的是,王安忆对这段"移民史"的回顾往往与逐渐增多的出国访问联系在一起。与下乡插队一样,这段经历在王安忆的人生经历与创作中扮演了重要角色。这三次移民史无疑是观察王安忆上海认同的最佳视点,也是她形成海派上海认同的主要过程。

　　如果说一个作家的创作品格是自童年时代起就产生了萌芽,王安忆的创作品格则是童年时在上海"外来户"的体验中度过的。她的母亲茹志鹃虽生在上海,但很早就参加了革命。这在王安忆那里的确构成她融入上海的最大"障碍":"一方面我割舍不了一个上海新市民对

①引注:茹志鹃(1925—1998):曾用笔名阿如、初旭。祖籍浙江杭州。1925 年 9 月生于上海。幼年丧母失父,靠祖母做手工换钱度日。1943 年随兄参加新四军,先在苏中公学读书,以后一直在部队文工团工作。历任演员、组长、分队长、创作组组长等职。1947 年加入中国共产党。1955 年从南京军区转业到上海,在《文艺月报》做编辑。1960 年起从事专业文学创作,是中国作协上海分会理事。1977 年当选上海七届人民代表。代表作有:小说《百合花》、《静静的产院》、《如愿》、《阿舒》等。

②引注:王啸平(1919—2003):出生在新加坡的一个小康之家,很早就在当地新加坡投身抗日救亡活动,并经常在当地的华文报刊上发表进步文艺作品。1940 年回国,继续从事抗战宣传工作。新中国成立后,他曾在华东军区政治部剧院、总政驻南京话剧团、南京军区政治部话剧团、南京军区前线话剧团及江苏电影制片厂、江苏省话剧团等单位担任编导与领导工作;1962 年,调入上海人民艺术剧院任导演,直至 1982 年离休。历年来,他曾获得三级独立自由勋章、三级解放勋章和多次先进工作者称号,并曾被授予少校军衔。执导作品:《海滨激战》、《霓虹灯下的哨兵》》、《姜花开了的时候》等。

这座城市的认同,另一方面,我割舍不了一个孩子对母亲的认同。"①
自从王安忆全家入住弄堂之后,她的母亲和周围人物的较量便展开
了,与保姆、三娘娘和阿太的"抢孩子大战"是"同志"与弄堂文化之
争,在小说《纪实和虚构》中的纪实部分记录了一段颇有代表性的人物
对比:

　　她所以在我幼年时代深入记忆,是因为她是我们家唯一的一位说
上海话,并且不属"同志"队伍的一位客人。她的装束也与同志大不相
同,她描眉,涂唇膏,指甲上染有蔻丹,她穿一件翠绿的旗袍,她很漂
亮,又很伤心,她一坐下来,总是泪水涟涟。母亲对她客套且很冷淡。
记得有一回她给母亲看她腕上的青紫伤痕,母亲正在削一个梨,削下
的梨皮完整地包在梨身上,也许是削得过于专心没有听见,母亲连眼
皮都不曾抬一下。她只得把她的手腕给我看,我由衷地唏嘘了一下,
她脸上露出了安慰的笑容。她走的时候,母亲送她到门前的台阶上,
总是由我积极地跑出去为她开天井的门,那月光如洗,她身穿翠绿旗
袍,袅袅婷婷走过天井的景象实在难忘。她每回来去总是走前门,这
也是一个特征,母亲站在台阶上迎送的情形,使我们家有一种高门大
户的威势。她身上有一种"旧社会"的气息,而我们家却是一个完整的
新社会,这体现在我们都说普通话,还有我们来往的都是"同志"。三
娘娘在我们家有点毕恭毕敬,母亲则有点傲然,这在我们家中显然出
来的等级关系,令我陌生、不舒服,却又异常兴奋。有时候当她在的时
候,家中又来了一位客人,母亲并不与他们作介绍,只是着重地说一
句:这是一位同志。"同志"的意义这时大放异彩,连我都有些骄傲。
三娘娘立即起身告辞,走过天井时,就有些灰溜溜的。这便是我们家
与上海这城市所有的关系了。②

<hr>

① 王安忆:《纪实和虚构》,人民文学出版社 1993 年版,第 9 页。
② 王安忆:《纪实和虚构》,人民文学出版社 1993 年版,第 5 页。

　　佛克马认为："一种个人身份在某种程度上是由社会群体或是一个人归属或希望归属的那个群体的成规所构成的。"①成规是个人在融入新的文化时与之产生摩擦的反应。在王安忆那里，首先出现的就是称呼（语言）和文化成规与个人的冲突。根据王安忆的回忆，她起初并不会讲普通话，而这成为与"上海人"的最大区别，因此她曾经历了比较痛苦的学语过程，甚至到了口吃的地步。由语言进而影响"同志"这样一个称谓，她写道："'同志'这样的关系和普通话一样，带有人工的痕迹，有失于天然。"②由无产阶级革命所结成的集体主义友谊关系，在王安忆全家迁入上海之际，与上海的传统伦理关系产生了一定程度的错位。这当然也与王安忆父母的出身有密切的关系，事实上，他们家也不可能在上海拥有太多"亲戚"意义上的交往。因此，王安忆小时候着力观察那些庞大的家族，为"吃喜酒""大殓""恩奶"而好奇和艳羡。自解放军进入上海以来，社会的整合便在文化认同的作用下悄然进行。"文化对于社会成员的忠诚和归属的稳定性发挥影响，人们在接受一个新的社会身份认同时往往经过和自身历史文化的复杂互动过程。"③

　　另一方面，"同志"文化也以绝对的优势心理作用于上海的弄堂文化，这其中有新的阶级的优越感体现，复杂映射着身份系统基本的表现层面——阶级的变动。王安忆家与上海文化的认同过程是因经济地位和社会地位的稳固，使得她的教育背景逐渐向城市中产阶级靠近，这其实是历史发展的必然，是两种文化最终形成一种水乳交融的状态。

　　归根结底，王安忆在上海的成长环境是比同龄的孩子更为优越

①［荷］D. 佛克马、E. 蚁布思：《文学研究与文化参与》，俞国强译，北京大学出版社1996年版，第120页。
②王安忆：《纪实和虚构》，人民文学出版社1993年版，第9页。
③张静：《身份认同研究》，上海人民出版社2006年版，第9页。

的。她有着数不清的玩具，穿着高价的连衣裙，出入西餐厅。茹志鹃生于上海，是个"破落户"出身。如今她以"同志"身份带着孩子重归故里，并最终以成功者的姿态使孩子们成为上海的新"闺秀"。因为是知青一代，王安忆不可避免地经历了上山下乡这种人生第二次迁移史，但已是上海"闺秀"的她，并没有完成母亲所述的另一面——革命接班人，没能在广阔天地大有作为。在她的记忆中，这段经历是一段悲剧。可见，王安忆所述"我们家与上海的全部关系"是一个从"旧"上海跨越到"新"上海的过程，同时也是同志文化与弄堂文化合二为一的过程。王安忆的另外两次"移民史"就是在文化融合后，以自身所具有的新的上海文化来回望上海的经历。另外两次"移民史"给予她的是以不在场的目光来怀念那个梦中的上海，在外地的"探勘"和"寻找"都笼罩在了"到底是上海人"的理解和认同之下。她曾这样理解自己下乡的经历："它扩充了我往事的行囊，使之有一点沉重感。"①王安忆的《纪实和虚构》存在版本的不同，见于1993年出版的这句话在1996年的自选集出版时也被删除。也许，下乡真只是往事沉重的冗余物，在大刘庄的奇遇最终被寻找上海的"纪实"所完全淹没。

　　自1978年起，王安忆长期定居上海，丰富的出行活动为她提供了以上海眼光看世界的好机会。这也造成在王安忆的众多游记散文中出现了上海与当地的对比，以"我们上海……""在上海"作为出发点来认识周围的世界，认识文学作品和作家，见解也较为生动有趣，出现了诸如《"上海味"和"北京味"》《上海和小说》《品味上海与汉堡》等篇目。所以，新加坡之旅并不是寻根文学的雪中送炭，只能成全了"寻找上海"的锦上添花。"伤心""漂泊"于是构成了新加坡之旅的关键词，构筑起对父系寻根的无奈和失措："人类其实是一个

---

① 王安忆：《纪实和虚构》，人民文学出版社1993年版，第228页。

漂流的群体,漂浮是永恒的命运。"①同时,这个家族在上海找到了最初的归宿——20 世纪 40 年代文人的归属感:"我父亲走进上海的剧场,像一个真正的乡巴佬似的,心生崇敬,剧场就像他的课堂。他忘记了这城市豪华与贫穷的惨淡对照;忘记了树叶落光,寒流已从西伯利亚启程;他甚至忘记了这城市里令人胆寒和起心嫌恶的汉奸。"②上海,这座东方的巴黎最终接纳了王安忆的父亲这样一批游子,同时也使他们的后代生根发芽。无论从父系来看,还是从母系来看,王安忆对上海的认同都存在着双线并行并最终经历游离后融入上海本地文化的过程,虽然这是两种完全不同意义上的融合。当然,我们也完全可以理解为是父系为代表的南洋文化、母亲为代表的同志文化、保姆为代表的弄堂文化,三者最终综合作用在了王安忆身上,从而成就了她的上海寻找的丰富性。

三、归去来兮:创作概观

根据考证,王安忆公开发表的第一篇作品是 1976 年刊登在《江苏文艺》第 11 期的散文《向前进》,这篇作品已基本不在作家本人的记忆当中。后来,她在访谈中,错将发表在 1977 年的《十月底的旅途中》当作第一个作品,且这篇作品的写作较多掺杂了母亲茹志鹃的修改意见。③ 从发表一个作品开始,王安忆每年均有作品发表,直到 2009 年停止一年,2010 年推出长篇小说《天香》。以王安忆对上海文化的认同为核心,对上海的寻找之路是她创作的隐形主线,另外,海派文学的游走回环式的文学史地图又从背面显现了她寻找创作的路标。因此,在王安忆的漫长创作历程中亦可以捋出如下一条

①王安忆:《伤心太平洋》,《王安忆自选集》第三卷,作家出版社 1996 年版,第 345 页。
②王安忆:《伤心太平洋》,《王安忆自选集》第三卷,作家出版社 1996 年版,第 383 页。
③王安忆、张新颖:《谈话录》,广西师范大学出版社 2008 年版,第 34 页。

"生发－游走－回环－定型"式的创作概观印象。需要指出的是，以下的划分并没有按照具体年份的"断代"，而是以王安忆在文学史上的"四幅面孔"——四部热点作品形象作为考察对象，在时间上，大约指涉20世纪80年代前期、中后期以及20世纪90年代以后和21世纪。

1."雯雯"期的生发：红色知青的上海墙基

王安忆的长篇小说《69届初中生》发表于1984年，在王安忆的观念里，这部小说是准备期的总结之作。小说主人公的名字叫雯雯，这个名字被视为王安忆早期小说的标志。小说描述了雯雯从童年到青年的成长经历，内容基本涵盖了"六九届初中生"的"文革"童年、插队落户、回城结婚的各个阶段，情节与王安忆的个人经历基本吻合。王安忆认为：《69届初中生》对于自己来讲，一半是蚕，一半是蛹。小说的前半段和自己的亲身经验有莫大的关系，而当初在创作小说后半段时，却有意让作品脱离自身经验。但是，她承认这样做的效果是失利的。① 也就是说，在作者的设想中，应从雯雯的"个别"中得出知青的"一般现实"，而实际上，作者对最后升华的效果并不满意。以雯雯为主人公姓名的短篇小说共有四篇，全部创作在1980年前后，彼时，王安忆正以一个晚辈的心态求学于第五届作协文学讲习所。讲习所的大部分成员有"伤痕文学"的背景，众多知青作家主力（竹林、叶辛、张抗抗、孔捷生）也在那里得以广泛交流用什么样的生活经验构成小说，王安忆因之而调动了自己的知青经验，在三个月的创作假期完成了自己第一阶段的辉煌。如果我们以小说的三要素：人物、环境、情节，这个最简单的方法对"雯雯"系列小说进行一番详细的考察，就可以发现它在个人知青经验和集体经验之间的缠绕：

---

① 王安忆、张新颖：《谈话录》，广西师范大学出版社2008年版，第262页。

表 1 - 1　雯雯系列小说一览表

主人公	作品名称	环境	情节	发表时间
雯雯	《雨,沙沙沙》	雨夜的上海街头	回忆:为户口放弃爱情。现实:偶遇小伙子热情帮助	1980 年
雯雯	《广阔天地的一角》	列车上;南方小城的房间	参加知青积代会,拒绝做张主任的儿媳,失去了回城的机会	1980 年
雯雯	《命运》	上海某文工团	恋人未考取音乐学院,挣扎分手决定	1980 年
雯雯	《幻影》	上海的家里	下乡前的家庭事件	1981 年

从环境上来讲,雯雯的活动范围基本围绕在上海,又都与"离开"上海密切相关。结合故事情节来看,雯雯的身份是一名知青,但是"广阔天地"却不见了踪影,透露给读者的都是那些幽闭的"一角",具体来讲就是,一个返城女知青的婚姻爱情焦虑。在另外一些不以雯雯为主人公的小说里,时代的洪流被强调了出来,这其中最有代表性的,莫过于对于列车开动和到达场景的渲染:《从疾驶的车窗前掠过的》《当长笛 SOLO 的时候》《本次列车终点》《停车四分钟的地方》,大批知青在归去来兮的关节口上的创痛、流连甚至是兴奋,浓缩在了标志性的站台。王安忆处在海派世情隐现的上海,站台一度被理解为悲怆的起点和茫然的终点,而非雀动喧闹的红色浪潮。上海,作为列车的起点和终点,始终承载了浪潮背后的孤寂宿命,这是个体与时代错位的突出表现。因此可以说,站台是雯雯的处身场景,而弄堂是雯雯的心情,"情绪"是四篇小说的核心命题。在《幻影》里,雯雯与时代的关系被小心地移植在"布娃娃"之上。雯雯一直希望拥有一个打发无聊的玩偶,但是玩具店橱窗里面的娃娃却让她困惑:有举着红灯的李铁梅,手

提饭盒挂着怀表的李玉和……雯雯弄不清怎样和这些娃娃办小家家，最后她决定给一个红卫兵娃娃做条裙子。雯雯就这样沉寂在个人的世界中，一边给娃娃缝衣服，一边在心里构筑一个个童话。就这样，雯雯的童话一路拖带了王安忆早期小说的真正"情绪"，完成了沙沙雨声中的爱的寻找。程德培如此总结道："这些小说是嵌入一个大型画框中的好几个小画框。'小画框'是生活的阶段，而'大画框'则是命运的系列，它表现了一个普通青年的不普通的经历。当然，当不普通的动荡降临在大多数人的头上时，这种命运又是极普通的了。"①"大画框"的站台上容纳了"小画框"里雯雯的情绪。而"大画框"与"小画框"并非是机械复现的关系，或者说是逻辑推演的关系，两个画框间甚至有对照意味。

在创作的生发处，王安忆企图以时代代言人的身份来处理属于一个集体的某种焦虑，她对身处红卫兵—知青的身份和青春的延滞有一种天然的敏感。在《69届初中生》的创作谈中，她说："为这小说起名时，费了好一番脑筋，最终叫了《69届初中生》，并嘱咐封面设计，一定要用阿拉伯字的'69'。细细看来，甚是有趣，6是一个倒过来的9，而9在中国人的观念中向来是个概数，比如九重天、九重地……我恰恰是写了此人的半生，尚有半生未了。一个9是已知的，另一个9是未知的。"②创作时刻的责任感又与其自小成长的城市文化对峙，最后造成了文本中红色知青作用下的上海"一角"。正因为此，在此阶段的小说《墙基》应引起重视。整部小说由七十二家房客式的城市俯瞰构成，四四九弄和康乐花园本隔墙而立，现在墙被拆去大炼钢铁，只存留了一道墙基。康乐花园有如下住户：生物教授、老医生、大资本家、音乐家、著名演员……四四九弄里则满塞糖果厂工人的六口之家、寡母和儿

---

① 程德培：《"雯雯"的情绪天地——读王安忆的短篇近作》，《上海文学》1981年第7期。
② 王安忆：《说说〈69届初中生〉》，《独语》，湖南文艺出版社1998年版，第173页。

子、工人夫妇、滑稽剧演员……这正是雯雯成长的全部环境——由沉默的墙基分隔为二,又互为探看的两个世界。我们可以设想,王安忆正是一位站在墙基上的观察者,革命文化与城市文化造就了她的双重视角,共同造就了她早期小说的"世情隐现"。

2.《小鲍庄》期的游走:寻找写作之"根"

对一个作家来讲,"写什么"是最基本的问题。王安忆在 1983 年参与美国的爱荷华写作计划,回国后的她仿佛卷入了文学思潮的洪流,她企图从个人经验脱离,走向更为广阔的艺术天地。因此,从内容对文学思潮的汲取,到叙事形式的实验色彩愈重,小说的笔触从上海迈向田野、乡村、小镇的深处。清新、忧伤的氛围被更为复杂的情绪替代,甚至是完全无我的客观叙事样态。这其中以"寻根"系列和"三恋"系列为代表,显现出 1984—1989 年都市文本的游走状态:

表 1-2 1984—1989 年王安忆创作小说一览表

题材	小说名称
雯雯的"延伸"	《流水三十章》《黄河故道人》《打一电影名字》
上海人事	《阿跷传略》《好姆妈、谢伯伯、小妹阿姨和妮妮》《海上繁华梦》《好婆和李同志》《鸠雀一战》《战士回家》《阁楼》《老康回来》《街》《牌戏》《阿芳的灯》
"寻根"	《小鲍庄》《大刘庄》
情与性	"三恋"、《岗上的世纪》《爱情的故事》《弟兄们》《逐鹿中街》《悲恸之地》《弟兄们》《神圣祭坛》《蜀道难》

纵观王安忆在 20 世纪 80 年代后半期的这些小说,她对上海书写的游走主要体现为城市与乡村的对位书写之上,这是历史上的海派作家从来没有过的大范围的乡村抒怀。另一方面,《小鲍庄》作为王安忆在这个时期的命名作、"寻根"文学的代表,不过是个历史的误会。因

为似乎除了这部作品之外,王安忆并没有给创作思潮留下更多的证据。总之,在还原作品序列之后,与其说是王安忆受思潮影响,在创作中寻找文化之根,倒不如讲,是一个作家在时代中寻找自己的写作之"根"。

第一,写乡村的预谋。1985年,王安忆在给陈村的信中写道:

> 十五年前,我去安徽插队,那地方叫作大刘大队。大刘大队是由一个大庄,两个小庄组成的。大庄叫大刘庄,小庄一个叫小岗上,另一个便叫小鲍庄。大刘庄、小鲍庄都写过了,是不是还要写一个小岗上,不得而知,听凭命运的驱使。①

实际上,王安忆的写作并没有听凭命运的驱使,不久之后,她便创作了《岗上的世纪》,这部作品成为性爱小说的代表之作。

王安忆写乡村的材料应全部来源于自己的下乡生活,而动机则是面对创作前途的焦虑。在给陈村的信中,她坦然的表示:"多少人对我悲观失望,寥寥的拥护者又是那样孤独。说真的,我为这个苦闷过。"②如此失落的原因,无疑来源于"雨,沙沙沙地响过那么一小阵之后,人们开始要求王安忆——开拓题材面"。③调动起自己的下乡经验,参看了陈村寄来的书籍,又听说了韩少功的寻根宣言,这一切都成为王安忆创作突破的凭借。她说:"《小鲍庄》这本书里面的东西很乱的,完全不晓得我准备做什么,找不到一个很清楚的思路。"④就这样,一个突破之作在综合效应下成了标杆式的存在。作为寻根文学的"代表",《小鲍庄》和《大刘庄》仍然存在很多不同。如果说《大刘庄》可以作为《小鲍庄》的准备,知青和农民的双线叙述正是一个纯粹个人经验

---

① 王安忆、陈村:《关于＜小鲍庄＞的对话》,《上海文学》1985年第9期。
② 王安忆、陈村:《关于＜小鲍庄＞的对话》,《上海文学》1985年第9期。
③ 王安忆:《独语》,湖南文艺出版社1998年版,第113页。
④ 王安忆、张新颖:《访谈录》,广西师范大学出版社2008年版,第264页。

的写作积累。

第二,到底是上海人。一旦将《小鲍庄》的"神话"阶段进行还原,马上就可以触及那些作品中"沉默的大多数"。王安忆自美国回国后,进入职业作家的状态,采访开会,收集材料,调动运思,她亦步亦趋地完成小说的题材开拓。那些被文学史所忽略的部分正记录了她思考的足迹。《阿跷传略》等篇记录了上海底层市民的生活,特别突显了在"文革"和改革开放后,上海人坚韧的生活态度;《好婆和李同志》《鸠雀一战》等篇则关注了移民与上海市民的关系;《蜀道难》《阁楼》中的故事都是考察采访的结果。在对这些"大多数"的考察之下,我们不难发现,与"小鲍庄"相比,它们的思路显然很清晰,这部分创作成为王安忆寻找写作之"根"的基础。

3.《长恨歌》期的回环:庸常之辈的月色上海

自长篇小说《长恨歌》获得茅盾文学奖后,王安忆因而名声大噪,"海派传人""张爱玲后又一人"的名号也在此时被固定在她的身上。经历了在文学思潮与个人经验的游走之后,王安忆顺势起航,经历了巨大的转型和突破。

从内容来看,首先,王安忆的创作除了零星的短篇之外,始终没有脱离上海的视角,在记人事的同时,更增添了对弄堂、街道、阁楼的全景式俯瞰。例如,《长恨歌》《屋顶上的童话》《富萍》《月色撩人》等篇。其次,小说更加关注那些革命或者全球化背景下的庸常之辈,笔触停留于波澜背后的世情市井。例如,《米尼》《"文革"轶事》《启蒙时代》《骄傲的皮匠》《遍地枭雄》《桃之夭夭》《妙妙》等篇。再次,在游走期,王安忆借助于下乡时的生活体验,企图从文化上充实创作,而此时的小说则完全遵循了漂洋过海的勇气和胸襟,审美化的乡村也开始从读者的眼中淡出。即使是在那些"远离"上海的题材中,仍然存在着与上海对视的眼光,如果说生发期的革命与城市对照的眼光塑造了小说的海派世情"隐现",那么王安忆在此时已经彻底挣脱了"革命"的束缚,塑形了对上海的不懈"寻找"。例如，《香港的情与爱》《新加坡人》《纪实与虚构》《伤心太平洋》等篇。从形式来看，"引号"在小说中彻底退出，这无疑是王安忆给读者发出的一个显著信号。引号，是第三人称叙事的代表，为他人说话的标识。引号的退出，使"故事"成为王安忆小说的关键词。从《叔叔的故事》开始，作家大声宣告一个"讲故事"时代的到来，以一个超越一切、掌控一切的叙事者姿态出现。在成熟的作家那里，写作显然成为一个技术活，"这样的有节律的写作，就必是在一种冷静和清醒的状态底下，着意的是具体的东西，相当技术化。其实，等到落笔的时候，抽象的东西已经奠定好了，余下的统是具体的工作"。[1] 作家如此着力于形式的刻画和内容的相对稳定性，基本已经说明，王安忆的创作自觉时代的来临。

4.《天香》后的"技术"定型：从容的上海记录者

2012 年《天香》一出，带上了"红楼梦"光环的王安忆，这次的表现着实令人惊艳。小说以申家造"天香园绣"为情节展开，采用拟古写作，颇能感受到"重重叠叠上瑶台"的风尚：

　　正无分无解，却起一声高腔，疑似从天而降，循声去，见轩口还有一张椅，坐一条汉，着青布衫袍，扎青布头巾……那一条汉兀自起调，辗转上下，众人帮腔，翻云覆雨，鼓与板一路盘旋，宛如流水绕礁，山风过林。水榭里一片静，人人瞠目结舌，魂魄全飞。誓言道：大音希声，此地却是大音大声无限喧哗，是汇天地人的嘈嘈一并，如同江河汇大海。众声越响，非但不能掩蔽那一具高腔，反而将其托得越高，周游回荡，无拘无束，如同野唱。许多字音吐豆子一般吐出，并不能辨清字义，只听那音律节奏，铿铿锵锵，像煞大喜，又像煞大悲，再像悲喜交加，遍地涌起，不是你我他的，是你我他全并作一起。正怅惘失所，高

---

①王安忆：《我是一个匠人》，《茜纱窗下》，上海文艺出版社 2002 年版，第 538 页。

腔陡然刹住,众声收起,再然后,三击鼓,一曲罢了。①

这段引文颇可以隐喻王安忆凸起的创作高峰,《天香》是以古体拟今,而其闺阁的传奇也可以代言王安忆细密的创作之风。诚如批评家项静指出的那样:"民国和晚清是上海的历史的再现中最经常出现的阶段,它是有关上海的文学叙事中所怀念的历史阶段,并且在相当长的一段时间内,已经几乎统辖了有关上海的大众想象。"②王安忆此时的拟古,只不过是以陌生化的方式再度定格上海的书写,可以看作是对上一个阶段写作思考的总结、成熟。果不其然,在接下来的中篇小说《众生喧哗》中,王安忆通过"毛茸茸的过去时光"再次演练了自己的"技术"定型,实现了"大音大声无限喧哗"却难以掩盖上海书写的高音。

王安忆的"技术"定型,一方面是通过"定格"的方式完成,另一方面是通过"迁徙"的方式完成。王安忆将最近三篇小说的开篇定格在旅程中:保姆进沪之旅(《乡关处处》)、南洋寻祖之旅(《红豆生南国》)、海外创业之旅(《向西,向西,向南》)。更为重要的是,如果你熟悉曾经的小说《富萍》《纪实与虚构》《月色撩人》《妹头》《香港的情与爱》《我爱比尔》等,你会发现这一趟旅程,在意味着历史时空延续的同时,也意味着王安忆的创作在复沓叙事中的不断延展。逆着三十年的时光之流往前追溯,王安忆的小说诚如她自己的一篇读书笔记命名的那样,在"仙缘与尘缘"的双重际遇中到达了山重水复的境外之境。所谓"仙缘"是指王安忆继续时空哲学阐释,进而将全知视角叙事推向了超拔的极致。风云跌宕全在一己追忆式的叙说,且百转沉淀,且快乐诗意。时间之"节"和空间之错综,纷纷扰扰却密布逻辑纹理,这是

---

① 王安忆:《天香》,人民文学出版社 2011 年版,第 241 页。
② 项静:《陌生化的上海与物质生活的形式 – 读王安忆 < 天香 >》,《南方文坛》2012 年第 1 期。

王安忆式的出神入化。所谓"尘缘",又是三十年事弹指一挥,不无淡定从容地谛视"30后"一代的"革命","50后"一代的"原始","60后"一代的"冲刺",甚至"80后"的"时尚"和"快乐时光",然后揭示历史的转折从日常中来。

王安忆的小说创作经过了从经验写作到材料写作的跨越,这个变化大约在"雯雯系列"之后就已经发生,1983年访美归来是一个"拐点",经过《小鲍庄》为代表的"寻根文学","三恋"为代表的女性文学,直到《长恨歌》推向了寻根、女性、上海怀旧文化等综合展现的高潮。接下来,几乎每一部小说在发表的同时,明确的"材料"也被指出,例如,白茅岭女子监狱采访之于《米尼》、华舍镇小住之于《上种红菱下种藕》、废矿考察之于《遍地枭雄》、各种"考古学"之于《天香》等。另一方面,在王安忆的小说中,经验性作为材料的基质一直在暗暗地发酵,诚如她自己所述:"我在不断地认识我的经验,寻找更好的方式表达,使我阅历过的时间在另一种时间里释放出更大的价值。"[1]不在平行的时空中去对比挖掘,而在历史纵深处,或者说在"穿越"的意义上实现写作的抱负,这使得王安忆在当代文坛屡屡惊艳。小说从一个意义来讲,是一种夫子自道。我们也完全可以相信:多年来,王安忆创作能源不断的原因是原材料的丰富。然而正如经验有限那样,原材料毕竟是有限的,从三个故事里我们就再次窥见了复沓叙事之于王安忆的重要性,但是,这种复沓是一次次高超使用本体隐喻的结果,兼及她一贯的小说"物质性"转化的叙述能力。透过"迁徙"的表层,"定格"才是王安忆成为一个从容的上海记录者的关键。

---

[1]王安忆:《小说与我》,广西师范大学出版社2017年版,第30页。

第二章　双人记：从张爱玲到王安忆

"张爱玲"和"王安忆"这两个名字，可说是中国现当代文学研究中被并置次数最多的两位女作家。作为研究的并置，"可比性"无疑是这个宏大研究课题的前提条件。从女性宿命的涓涓细述到上海时空的着力营造，她们的小说屡被放置在同一平台示于众人。同时，还有一个研究背景值得关注。张爱玲作为乱世传奇在新时期文学史的隐没与重新浮现，王安忆作为新时期文学"代表"在社会思潮转变频仍的屡屡突破，这两个"事件"之间似乎存在某种交叠，更在文学史的容器里发生了某种"化学反应"，以致催化、生成了辉煌的海派新质。

作为文学史"事件"的亲历者，王安忆认为她和张爱玲之间的缘分可贵，但却是历史的误解：

因为有了这样的巧合，或者说是命运，我就会经常被问到和张爱玲的关系，受张爱玲什么影响？遇到这样的问题我通常是拒绝的态度，因为张爱玲似乎变成了一个阴影，尤其是我们同在上海的女作家，似乎没有一个人可以说我不喜欢张爱玲，我对她没感觉。几乎是不可以的，有谁能逃离开张爱玲的笼罩，另有天地？这对我们造成一个压力，而且是巨大的压力。所以当有人提出这样的问题时，我总是断然地否定。

我有很多否定的理由。第一个理由是我和她的世界观不一样，张爱玲是冷眼看世界，我是热眼看世界。……

其次，我也不认为时代可以让人做最坏的事情，是时代总是能看出很多毛病来。……我和张爱玲在意识形态上是不一样的，她是绝望的,而我总是能看到一些缝隙,可以喘口气。……当然,她的故事都有逻辑上的合理性,但都是个别的小逻辑,在这些情节背后的大逻辑,她便以"人生总是在走下坡路"来作了总结。

再有一点区别就是,我和张爱玲毕竟在不同的背景下生活。……如果非要如此联系的话,那么我想应该是我与张爱玲相继面对这一题材,是以先后顺序为关系。就是说,我写的正好是张爱玲离开之后的上海,张爱玲离开了似乎我在做一个续写。但我还是想说我和她所写不是一类。①

纵使王安忆一再塑型自己创作的独立地位,但是,因着张爱玲这个"上海幽灵"的"影响的焦虑",她显然对这个使自己飞升名誉的另一作家有着超于旁人的审视和更为细致的综述。在当代文学史的大幕下上演的"双人记",可以从王安忆这段界限分明却"贴肺贴心"的"冷眼/热眼"和"小逻辑/大逻辑"的论断开始。

第一节 世界观的"冷与热":小说中的性恋主题

一、女性、都市与海派文学

美国历史学家理查德·利罕曾精辟地指出:"城市是都市生活加之于文学形式和文学形式加之于都市生活的持续不断的双重建构。"②自海派小说诞生之日起,从中国古典世情小说一脉而来的独特都市文本形式便继续在新文化的滋养抑或是在"五四"阳光的背阴处

①王安忆:《张爱玲之于我》,《书城》2010 年第 2 期。
②[美]理查德·利罕:《文学中的城市:知识与文化的历史》,吴子枫译,上海人民出版社 2009 年版,第 3 页。

小心地建构起另一番景象。另一方面,十里洋场的雪月风花,上海滩上的摩登迅疾——大批海派文人以独特的小说形式又影响甚至改变着上海这座建筑在地狱上的天堂。作为都市生活的文本显现,海派文人们不厌其烦地在其小说中重复叙说着大城市里的绚烂风情,其中,对女性形象的精细描绘成为引人注目的焦点。海派作家对女性形象的建构明显与"五四"以来女性解放的主流话语形态保持了距离,也呈现出更为复杂的历史样态。在晚清海派小说当中,女性形象兼具传统与现代的性格特点,或古典温婉或泼辣热烈,从一个侧面烘托出上海在近现代转型之际的时代风貌。《海上花列传》已完全将充当线索的男性人物赵朴斋隐退其后,而海上群妓却个个鲜活生动,成为全书的支架。周双玉情窦初开与富家公子朱淑人一见钟情,两人的风流韵事成为文化圈人的把玩之物,众人甚至附庸风雅,保媒为趣,谁知朱淑人的家人早为他安排了终身大事。这时候的周双玉又展现了她刚强的一面,她准备好鸦片要与情人同赴黄泉,懦弱的情人怎可就范,故事最后演绎成了钱色交易的结局。另一名妓沈小红则似乎从开始就深谙这浮华情场不过是过眼烟云,钱与色的混杂,爱恋与妒恨的交叠,沈小红的故事几乎贯穿全篇,欲望、伦理的考验从与张惠真大闹,到情移戏子,逻辑环环相扣,她的情感交错转呈已经大大超越了以往惯有的对柴米夫妻或者是风月场妓客的描写刻画。在这部小说中,作家给予情场故事以最大程度的理解与同情,上半段"姹紫嫣红开遍",后半段众妓女的命运都"付与断井残垣",因此有人认为"近代意义上的人性论的文学实践,在《海上花列传》这样的小说中得以实现"。[①] 于 20 世纪初期开始兴起的以"新感觉派"为代表的海派小说支流中,女性形象不光作为都市世俗琐细风情的体现,更在摩登艳异当中呈现出上海这座城市向现代转变的物质、精神生活图景。在颓废主义与唯美主义融合

---

① 杨扬、陈树萍等:《海派文学》,文汇出版社 2008 年版,第 19 页。

作用的海派作家笔下，女性成为城市空间的代言之物，她们的倩影游荡在咖啡座、舞厅、教堂、公司、饭店甚至是医院中，并且与这些倩影的位移相伴的，往往又是充满了蛊惑与暧昧的时空情愫。总之，"海派小说采用以女性形象为中心的叙事方式，其实是它表达文化身份和价值认知的一个窗口，海派文化在此期间的生成，定位和嬗变，它关于城市新生活的想象、叙述和构建，均可以从这组形象中读出其相关的经纬脉络"。①

　　张爱玲与王安忆在对上海的书写上，继承了海派的都市眼光，在她们的观念里，女性最能感悟到这座城市的体温。张爱玲曾在各个公寓中陶醉于上海的"市声"，她认为只有女人能够充分了解公寓生活的好处，许多的杂事也能平添生活的愉快性质。王安忆也十分认同女性为上海世俗生活的最佳代表，她说："要写上海，最好的代表是女性，不管有多么大的委屈，上海也给了她们好舞台，让她们伸展身手。而如她们这样首次登上舞台的角色，故事都是从头道起。谁都不如她们鲜活有力，生气勃勃。要说上海故事也有英雄，她们才是。她们在社会身份的积累方面，是赤贫的无产者，因此也是革命者。上海女性中，中年的女性更有代表性，她们的幻想已经消灭，缅怀的日子还未来临，更加富于行动，而上海是一个行动的巨人。她们正是在命运决定的当口，她们坚决，果断，严思密行，自己是自己的主人。说她们中年，她们也不过是三十岁上下的年纪，正是经验和精力都趋向饱满的时候。她们没有少女的羞怯和孤芳自赏，也没有老年人那般看得开，她们明白，希望就在自己一双手上。她们都是好样的。"②因此，在两位作家的小说中，时常会出现在生活中有着别样坚韧性格的女性形象。例如：《金锁记》中的曹七巧、《半生缘》中的顾曼桢、《沉香屑第一炉香》中的葛

①姚玳玫：《想象女性——海派小说的叙事》，中国社会科学出版社 2004 年版，第 13 页。
②王安忆：《上海的女性》，《寻找上海》，学林出版社 2001 年版，第 86 页。

薇龙，这些女性虽然都生活在畸形的环境中，却以独有的性格维持着自我最后的尊严。《流逝》中的欧阳端丽、《长恨歌》中的王琦瑶、《"文革"轶事》中的胡迪菁，她们遭遇到的是社会政治环境的急剧变革，但是仍然维持了在上海市民生活中的现世安稳。如果说茅盾《子夜》中的吴荪甫以男性英雄的形象挑战了错综交织的上海半殖民地半封建社会环境，那么两位女作家笔下的女性人物形象同样大放异彩，在她们那里，是"到了城市这一崭新的再造自然里，那才真是海阔凭鱼跃，天高任鸟飞，女人与男人，竟也站在了同一起跑线上了。"①女性对生活的挑战已经摆脱了农耕文明传统所留下的英雄形象定型，可以说，女性之于生活的驾驭是绵里藏针的，是于泰然中显示出对上海日常生活的熟稔与契合。

其次，由于是女作家刻画女性形象，张爱玲和王安忆在写作观和叙事方式上也天然地保持了女性特色。这种女性的叙事方式又使得小说中的女性形象不再是海派男作家笔下的那种照影式的书写，而成为城市与女性和谐共处，甚至是小说的叙事方式感染、缠绕、渗透着上海的都市风情。张爱玲表达出以女人之天性来言说城里故事的态度，语出惊人："人类天生的是爱管闲事。为什么我们不向彼此的私生活里偷偷看一眼呢？既然被看者没有多大损失而看的人显然得到了片刻的愉悦？"②女人的天性中具有姊姊妹妹相互的参与性，以闲事的互道为乐，这体现出一种在琐碎中发现的日常情趣，又可以进一步升华为对生活的理解哲学："超人是男性的，神却带有女性的成分，超人与神不同。超人是进取的，是一种生存的目标。神是广大的同情，慈悲，

①王安忆：《男人和女人，女人和城市》，云南人民出版社2000年版，第91页。
②张爱玲：《公寓生活记趣》，金宏达、于青编《张爱玲文集》第四卷，安徽文艺出版社1992年版，第40页。

了解，安息。"①西方女权主义者西蒙·波娃在批评蒙泰郎的作品时，也用过"超人"一词来指涉其作品中的男性形象，但在男作家那里，女性只作为一个参照物。张爱玲的说法为女性形象找到了与"超人"相对的"神"，又将女性的神性降落红尘。因此，张爱玲强调对人生安稳的"底子"的重视，还反复强调自己并不着力于风起云涌的时代精神，而只能写一些男女间的小事情。又因为女性对生活的固有宽容，王安忆则进一步认为，在整个当代文学的发展过程中，女作家反而在使文学回归文学性上做出了更大的贡献。她所谓的这种"文学性"，无疑正是张爱玲意义上的更具私人性的"市声"，她指出："抑或是由于社会性的原因，抑或更是由于生理性的原因，女人比男人更善体验自己的心情感受，也更重视自己的心情感受，所以她们个人的意识要比男人们更强，而男人们则更具有集体性意识。"②基于此，个人意识与集体意识、男性形象和女性形象这两组对照，是观察张爱玲与王安忆小说的最好的角度。

二、男人的官能，女人的蝉蜕

女性在历史时间里所起的作用以及女作家应如何陈述与男作家所不同的一段城市的故事，这两个问题是王安忆经常思索的问题，并且也想得极为透彻。她最近的一个中篇小说《月色撩人》，以小女孩提提为全文叙述的线索，故事中的三个男性——潘索、子贡、简迟生皆是通过与提提的性关系带出。颇为有趣的是，王安忆在她的小说中以近乎论证式的口吻，陈述了一个关于"官能"与"蝉蜕"的隐喻和辩证的关系：

①张爱玲：《谈女人》，金宏达、于青编《张爱玲文集》第四卷，安徽文艺出版社1992年版，第70页。
②王安忆：《女作家的自我》，《男人和女人，女人和城市》，云南人民出版社2000年版，第77页。

潘索的女性们,在这一阶段里,消耗了她们所有的能量,成了个人壳子,也就是蝉蜕。在她们极其漫长的余生,这余生几乎可说就是她们的一生,因为这个阶段是极短暂的,转瞬即逝——在她们的余生里,当然还会发生感情事件,那又是什么呢?和艺术一样,是蝉蜕所生殖的,蝉蜕的蝉蜕,它们只是在外形上有着感情的特征。在他的身后,留下了一串皮影似的人壳和爱情壳子。所有这些女性的命运,都不能为后来者提供前车之鉴,总是有奋勇者投入潘索的怀中,应该这么说,是被潘索攫来怀中,而她们束手待毙——潘索的蛊惑力就在此,在他是瞬间,你却相信是永恒。①

一个女人在一个男人的怀抱中并不能破茧成蝶,而是沦为蝉蜕的蝉蜕,虚耗掉生命的全部精力,进而成为一个物质的躯壳。潘索,是提提从江苏海门来上海闯荡后遇到的“第一个男人”,这种男女关系的结局,造成她后来与诸位男性的惯性后果。女性对男性的依恋不再是物质关系的依存,而是情感精神的寄托,再进一步,王安忆脱离了早期小说《流逝》和《流水三十章》那种将叙事拖入细琐的勇气,而是越来越喜欢在“男不婚,女不嫁”的叙事缠绕中来经营她的“男女关系的乌托邦”。这一故事情节的构造,显然是趋近于张爱玲式的,早有评论者敏锐地观察到:“《传奇》描写的情节大抵都在结婚的关口上,或者结婚前,或者结婚后,其中有许多篇是以婚礼的进行为主轴。”②于是,婚姻成为女性生活与形象的转捩点,之前妖娆、纯洁、完美,之后暗淡、受虐、残缺。王安忆却恰以男女关系的转捩点为圆心,画起了虚构或者说是论说的圆圈。

再观察这类小说中男性陶醉于官能的享受,女性则吸附于一个强

①王安忆:《月色撩人》,云南人民出版社2009年版,第22、23页。
②周芬伶:《艳异——张爱玲与中国文学》,中国华侨出版社2003年版,第211页。

大的磁场般的幻梦,她们自以为是英雄版本的"妖妇",未料及其实是庸人版本的"天使"。《叔叔的故事》中的小米:"她仅十九岁,是那种活泼可爱、甜蜜娇憨型的女孩。她使叔叔想起了多年前诞生于他的想象且又夭折的女儿,就好像在向叔叔还愿似的,出现在叔叔的生活里。……只要叔叔给她办公室打个电话,当天晚上她便来到叔叔的小屋里。他在小米面前,则能够尽情地享受他的成就感。小米对他的依赖,无论是肉体上还是物质上,都令他心醉。小米对他招之即来、挥之即去的服从,使他认识到自己一个男人的价值。在小米身上,集中地体现了他的能力、魅力以及生命力。"①《妙妙》中的妙妙:"却有很多人向往着和妙妙做朋友。他们夜晚的梦境里,有时会出现妙妙,和他们说这说那,做这做那的。从这样的梦境里醒来之后再看见妙妙,就有一种咫尺天涯的感觉。对于这些向往与妙妙做朋友的人,妙妙的态度很洒脱,做到以礼待人。她不反对与他们说说笑笑,使时间过得轻松愉快一些。她还不反对一个特定的时期里有一个特定的朋友,这朋友可为她做些提水之类的重活,当他们偶然出门的时候,就请他们捎些当今世界最流行的衣服鞋袜,妙妙在衣着上追求时髦的精神是永远不衰的。"②《香港的情与爱》中的逢佳"是朴素的,真实的,可信的,她的化妆是大红大紫,很明显的化妆,一旦卸妆,便换了一个人。她的服饰也是大起大落的风格。她难免是有些俗气的,但也正是这俗气,使她成了个真人。……逢佳是一个真相,她是那种不好不坏的真相,所以可说是真相中的真相,太好和太坏都是假象。这也是一个机缘,她要是太早或太晚来到老魏面前,都不会为他接纳"。③《我爱比尔》中的阿三,"这一回,她完全清醒了,听见有小虫子在叫,十分清脆。她有些诧异,觉得眼前的情景很异样。再一定睛,才发现雨已经停了,月亮

---

① 王安忆:《叔叔的故事》,《王安忆自选集》第三卷,作家出版社 1996 年版,第 32 页。
② 王安忆:《妙妙》,《王安忆自选集》第三卷,作家出版社 1996 年版,第 422 页。
③ 王安忆:《香港的情与爱》,《王安忆自选集》第三卷,作家出版社 1996 年版,第 506 页。

从云层后面移出,将一切照得又白又亮。在她面前,是一个麦秸垛,叫雨淋透了,这时散发着淡黄色的光亮。她手撑着地,将身体坐舒服,不料手掌触到一个光滑圆润的东西。低头一看,是一个鸡蛋,一半埋在泥里。……这是一个处女蛋,阿三想,忽然间,她手心里感觉到一阵温暖,是那个小母鸡的柔软的纯洁的羞涩的体温。天哪!它为什么要把这处女蛋藏起来,藏起来是为了不给谁看的?阿三的心被刺痛了,一些联想涌上心头。她将鸡蛋握在掌心,埋头哭了"。① 《岗上的世纪》中的李小琴:"她没有姓王的后台和能量,也没有姓杨的权宜之计,可是她想:'我比她俩长得都好'。这使她很骄傲"。② 如此众多的女性形象也许都有一个共同的名字——蝉蜕。蝉蜕的成因还应到男性的身上去找,女权主义者西蒙·波娃早有揭示,女性生存状况的环境,正是在男性的意义上显示的:"一个女人之为女人,与其说是'天生'的,不如说是形成的。没有任何生理上、心理上或经济上的命定,能决断女人在社会中的地位,而是人类文化整体,产生出这居间于男性与无性中的所谓'女性'。"③王安忆作为叙事者,在《月色撩人》中解释潘索对女性的近乎玩弄的态度来源于他对"官能"世界的依赖:"思想被囚在牢笼里,左冲右突,撞不开一丝缝隙,于是,他体验到了思想的黑暗。怎么解决呢? 就是回到感性的最表层——官能中来,在官能的快感中他暂时缓解了思想的焦虑。……但是他又不能闲置思想不用,思想于他,渐渐也成了一种官能。"④与女性的肉体关系不是基于情感交流的需要,而是思想空洞处的替代品。

　　在对男女关系的分析中,王安忆的言说已经与张爱玲的描写有了跨越时空的共鸣,男性对女性的性爱审视显然是一种付诸于思想而未

①王安忆:《我爱比尔》,中国电影出版社 2004 年版,第 107 页。
②王安忆:《岗上的世纪》,《王安忆自选集》第二卷,作家出版社 1996 年版,第 317 页。
③[法]西蒙·波娃:《第二性》,桑竹影、南珊译,湖南文艺出版社 1986 年版,第 23 页。
④王安忆:《月色撩人》,云南人民出版社 2009 年版,第 21 页。

完成状态的寄托,而女性天然对真挚情爱的渴求又必然不能满足于在那些男性的生命里浮光掠影般的显现。张爱玲小说也有"官能"哲学关系的分析,在《红玫瑰与白玫瑰》中,振保在黑暗里的床上对朋友的妻子浮想联翩,王娇蕊的声音好像就在耳边给自己吹气一样。男子显然无法忘记女性身体的存在,张爱玲残酷地注解到"男子憧憬着一个女人的身体的时候就关心到她的灵魂,自己骗自己说是爱上了她的灵魂。唯有占领了她的身体之后,他才能够忘记她的灵魂",①而这正是男子"自救"的唯一正确的方式。同样的情节也出现在《色戒》《金锁记》等多篇小说中:"他是实在诱惑太多,顾不过来,一个眼不见,就会丢在脑后。还非得钉着他,简直需要提溜着两只乳房在他跟前晃。"②

"她好不容易死了心了,他又来撩拨她。她恨他。他还在看着她。他的眼睛——虽然隔了十年,人还是那个人呵!就算他是骗她的,迟一点发现不好么?即使明知是骗人的,他太会演戏了,也跟真的差不多吧?"③这些早已为众多读者所熟稔的片段,无外乎都来源于女性对至高情爱的刹那错觉,女性最后的结局又皆沦为"墙上的一抹蚊子血"。男性对性关系的判断并非基于感情的基础,而女性所有的终极目标都是对爱情的寄托。一贯不善于插科打诨的张爱玲甚至在《色戒》中跳出来评论一句:"到女人心里的路通过阴道。"那么,七巧的性压抑:"这些年了,她跟他捉迷藏似的,只是近不得身,原来还有今天!可不是,这半辈子已经完了——花一般的年纪已经过去了。人生就是

①张爱玲:《红玫瑰与白玫瑰》,金宏达、于青编:《张爱玲文集》第二卷,安徽文艺出版社1992年版,第139页。
②张爱玲:《色戒》,金宏达、于青编:《张爱玲文集》第一卷,安徽文艺出版社1992年版,第253页。
③张爱玲:《金锁记》,金宏达、于青编:《张爱玲文集》第一卷,安徽文艺出版社1992年版,第103页。

这样的错综复杂，不讲理。"①王娇蕊的婚外性："现在这样的爱，在娇蕊还是生平第一次。她自己也不知道为什么单单爱上了振保。常常她向他凝视，眼色里有柔情，又有轻微的嘲笑，也嘲笑他，也嘲笑她自己。"②王佳芝的性引诱："她说过她是报复丈夫玩舞女。一坐定下来，他就抱着胳膊，一只肘弯正抵在她乳房最肥满的南半球外缘。这是他的惯技，表面上端坐，暗中却在蚀骨销魂，一阵阵麻上来。"③这些显然又与"女权圣经"的结论不谋而合："太认清彼此常常会破坏爱情；也许在初吻之后即告破灭，这也可能发生在日常的交往或新婚之夜。有距离的爱情只是美丽的幻觉，不是真正的经验。在追求爱情产生的欲望变成激情是在肉体上有接触后产生的结果；这种情形下偏于追求情欲的女人会和最初不引起她兴趣的男人在发生性关系后开始喜欢他。"④

　　张爱玲与西蒙·波娃的关系不可考证，但是我们似乎可通过《第二性》这个介质将两位女作家的思想融会贯通起来。联系到这本"圣经"在 20 世纪 80 年代中期被译介，王安忆又开始了以"三恋"为代表的"女性写作"，那么，两位作者的实际关联已经可以通过小说和观念被打通。更何况，王安忆还有用波娃小说《女客》精辟论述"男女关系的乌托邦"："这场试验就这样告终，可是在它诞生的那一刻，它的光芒就足以照耀人类的存在，正是它的不可实践，决定了它的乌托邦性质。它试图将人放在最复杂困难的处境，以使人对偶尔性的存在具有更加鲜明强烈的自觉和自主，更上一层楼。由于高不可及，它便成为一个

────────────

①张爱玲：《金锁记》，金宏达、于青编：《张爱玲文集》第一卷，安徽文艺出版社 1992 年版，第 103 页。

②张爱玲：《红玫瑰与白玫瑰》，金宏达、于青编：《张爱玲文集》第二卷，安徽文艺出版社 1992 年版，第 143 页。

③张爱玲：《色戒》，金宏达、于青编：《张爱玲文集》第一卷，安徽文艺出版社 1992 年版，第 258 页。

④[法]西蒙·波娃：《第二性》，桑竹影、南珊译，湖南文艺出版社 1986 年版，第 434 页。

空想，可是有空想比没空想好，空想是凌驾于人类的标高，它诱使勇敢者攀登和跳跃，使不可能逐渐接近可能。"①王安忆承认性爱的虚幻和不可实践性，但是却给予它极高的定位。在对波娃的这个注解中，我们可以看出，王安忆虽然在两性关系上认同波娃的设计，并以此观念与张爱玲的小说产生了互文性，但是，王安忆与张爱玲的"冷/热"眼观察视角已经初步呈现出来。王安忆在女人的"蝉蜕"后，显然还更期盼"勇敢者攀登和跳跃"。

张爱玲的众多小说片段之所以成为旷世经典，是因为在男女情爱体验之上加注了两个参数，一个是时间，一个是空间。如果再进一步追问男性"官能"的来源，这两大参数无疑是进一步考虑的对象。将这两个参数加入，也就避免将小说单纯作为女权主义作品来解读，作品的意义显然已经从两性关系的框架中逃离，而走至上海沦陷期时空交错的更深处，这点集中体现于张爱玲在男女关系结局中所构造的一个末世的拯救。乱世儿女仿佛在时空崩塌处找到升华于性爱的另一番纯然通脱的境界，之于白流苏与范柳元，又之于封锁之际"整个的上海打了个盹，做了个不近情理的梦"。② 张爱玲的沧桑在于末世和瞬间两种观念的交织，这种断裂式的处理方式也许是小说苍凉美学的最好写法。

有趣的是，王安忆在《月色撩人》当中，进一步解释了新形势下的新"瞬间"哲学，并将男性的情感归宿于一种青春的依赖症：

> 这是时运里一个很微妙的悖论，就是说他在八十年代对传统的激烈反叛，正好够用于土崩瓦解的今天，承当权威的角色。似乎时代在转换中，忽然打了一个盹，后来人们经常用的"一不小心"的说法，大约

---

① 王安忆：《男女关系的乌托邦》，《王安忆读书笔记》，新星出版社 2007 年版，第 119 页。
② 张爱玲：《封锁》，金宏达、于青编《张爱玲文集》第一卷，安徽文艺出版社 1992 年版，第 107 页。

来自这里——"一不小心"，潘索从上一个时代圇圇到了下一个时代。①

　　张爱玲的"盹"是末世上海的一个定格，叙述重点在于"当时当地"；而这个"盹"到了王安忆那里，显然已经变成一个过程，这个"圆圈"的重点就到了时间的后半段。如潘索这批"叔叔们"在改革开放前并不能充分陶醉于感官的世界，那么，在一个新的类似上海滩夜舞笙歌到来之际，与女性的性交往成为对青春流逝的最佳补偿。这种本质性的精神需要，早已在她的名篇《叔叔的故事》中做了交代：叔叔是摘帽右派，他在"文革"期间草草与乡下妇女结合，改革开放后，叔叔成为作家后马上与发妻离婚，并开始在几位女性身上体味那不曾有过的精神慰安。而最为复杂的一面，是众多女孩子期待着与叔叔发生一段激情，因为"和叔叔来上那么一段，可以增添青春的色彩，这是一个推翻一切准则的短暂的自由时代"。②

三、"革命"岁月中的爱欲生存

　　女作家对于乱世儿女的情味拿捏细腻，但并不代表这两位作家沉溺于中而不可自拔。有人指出："张爱玲的书写乃是把女性身体当作集体想象处理。在两性关系变化激烈的过渡时代，在乱世荒凉的大背景时代下，她的作品突显了女性自我的不稳定性、不确立性、矛盾性和模糊性，承载着深沉的性别、历史、文化和社会等要素。"③王安忆也一语点破了自己的动机："性不是仅仅指性本身，这一桩官能活动含有了

---

①王安忆：《月色撩人》，云南人民出版社 2009 年版，第 16 页。
②王安忆：《叔叔的故事》，《王安忆自选集》第三卷，作家出版社 1996 年版，第 45 页。
③林幸谦：《逆写张爱玲与现代小说中女性自我的形构》，子通、亦清编：《张爱玲评说六十年》，中国华侨出版社 2001 年版，第 158 页。

复杂的意味。"①从这种角度再看关于张爱玲小说中的抗战记忆和王安忆小说中的"文革"记忆，于"革命"天然的隔离和对于"人之大欲存焉"的描绘可谓栩栩如生，都反映出女性在"革命"夹缝里的"华丽缘"。

最近出版的张爱玲手记《异乡记》描绘了"我"的一段旅程，本是乱世的逃避，但是作者却抓住了拥挤中的列车上一个颇为有趣的片段：

中国人的旅行永远属于野餐性质，一路吃过去，到一站有一站的特产，兰花豆腐干，酱麻雀，粽子。饶这样，近门口立着的一对男女还在那里幽幽地，回味无穷地谈到吃。那窈窕的长三型的女人歪着头问："你猜我今天早上吃了些什么？"男人道："是甜的还是咸的？"女人想了一想道："淡的。"男人道："这倒难猜了！可是稀饭？"女人摇头抿着嘴笑。男人道："淡的……莲心粥末是甜的，火腿粥末是咸的——"②……

根据宋以朗的推测，《异乡记》不但具有强烈的自传性质——是张爱玲于 1946 年由上海前往温州找胡兰成途中所记录的札记，这部 3 万字的手记，也为张爱玲的散文《华丽缘》和小说《小团圆》提供了大量的素材。且不说张爱玲此时的心境为忐忑或者是悲哀，在这样的情形之下她却能将"野餐"的情趣跃然纸上，琐碎地记录一段令人心烦的对话，这实在是在浮世中挤出了欢乐，在荒凉中堆出了情趣。按照张爱玲的说法，中国人爱吃是"最基本的生活艺术"③，她欣赏周作人散

---

①王安忆：《月色撩人》，云南人民出版社 2009 年版，第 102 页。
②张爱玲：《异乡记》，十月文艺出版社 2010 年版，第 14 页。
③张爱玲：《谈吃与画饼充饥》，金宏达、于青编《张爱玲文集》第四卷，安徽文艺出版社 1992 年版，第 367 页。

文中关于吃的描述，甚至从史料中寻踪关于吃的种种乐趣，就连这些材料也叫人大跌眼镜：鲁迅翻译的《死魂灵》和《包子》。"吃"显然一方面代表个人欲望的满足，另一方面作为欲望的代表，又与意识形态产生了交换。不然我们也就不会理解为什么张爱玲在果戈理的作品中单单看到了饮食男女的问题。这种交换倾向在王安忆的众多小说当中得以进一步地说明：

老师给大家念报纸，又让一起讨论，说是讨论，其实就是闲扯。所扯大多围绕着吃，有说他母亲做的香肚无比好吃，有说他外婆的冰糖蹄髈更好吃。还有说咸肉菜饭好吃，尤其是接近锅底的一层，第二日要用油炒了吃。就有人说红烧肉亦是要吃到第二、第三日才更好吃。所想念的吃食统是浓油赤酱，可见都已熬苦。①

小说描述的是主人公郁晓秋下乡学农的一段场景，在中华人民共和国成立初期到"文革"时期，"忆苦思甜"是中国特有的一种教育形式，这种宣讲会通过向受教者传达"吃苦"崇高，以表达旧社会的黑暗和社会主义集体主义的光明。在张爱玲那里没有被充分凸显的个人与社会意识形态交换，或者说凸显个人在强大社会潮流里的另类抉择，在王安忆那里是充分并被反复论证了的，例如在名篇《长恨歌》里，1960年固然是个"人人谈吃"的年代，王琦瑶和程先生更上演了以"吃"为主的再度相遇，构成了20世纪60年代的浪漫。《阿跷传略》中写道，阿跷的父亲在"革命"中认识了房管局长，从而在"几近天下豪华"的饭店中吃了眼花缭乱的一餐，紧接着，作为回请，充满苏北风情的狮子头加红烧蹄髈更为阿跷全家换来了新房子的钥匙。《流水三十章》详细描绘了一个细节："文革"期间学校组织学生集体吃"忆苦

①王安忆：《桃之夭夭》，云南人民出版社2009年版，第102页。

饭",张达玲帮助她的梦中情人一口口咀碎了难以下咽的糠窝窝,哽咽在喉的窝窝居然促成芳心暗传的"快感",平复了少女多日来骚动不宁的心绪。在众多小说中,腊肉菜饭、蛋羹,甚至是大豆玉米、窝窝头、山芋米粉,满弄堂的炒菜浓香更是"一种温和的轰炸"①,是个人欲望与意识形态交流、摩擦走火、无声的胜利。

"吃"作为个人生存欲望的代表,固然在从张爱玲到王安忆的社会演进过程中发生了天翻地覆的变化,但是王安忆小说中所透露出的最大信息也仍然透露出张爱玲的模式,那便是在书写革命年代中的爱欲之选择:"千变万化,最基础的一些是恒定的。物质生活衍生出无数种需要,最底下的那个饮食男女也是恒定的,因是天长地久,必有着一些不可破除的戒守,这就是生活的虔诚心。"②女作家需要遵守的定律是来源于物质生活的基础需要,或者说这种生活的规律只需要尊崇自我内心的戒律。以"吃"打开了人生观的守则,进而能够理解作家在探寻生命事件时的观点与视角,这样我们才可能接近小说里那些在"革命"年代里的女性的抉择。

"革命"绝对是中国现当代文学史上一个引人注目的关键词,一方面,革命具有激烈的政治变革的意识,特别是在近现代特殊的语境中,"革命"曾经代表政体、社会、文化等各方面摧枯拉朽式的全面推进。革命与爱情和性、性别也仿佛成为一个常谈常新的话题,这前后两者的关系有时候互补,有时候交错甚至矛盾,以一种错综复杂的样态出现在各个时代的文学谱系当中。而中国女作家在文学史上的"井喷"年代一个出现在"五四"时期,另一个就是 20 世纪 80 年代,在这两个时期里,女作家的书写无疑成为女性解放与革命之间的张力体现的最好论说对象。

---

① 王安忆:《长恨歌》,作家出版社 1995 年版,第 196 页。
② 王安忆:《饮食男女》,《北京文学·中篇小说月报》2008 年第 3 期。

上文已经谈到,就在以女性解放、国家革命、激进为主要背景的社会样态中,张爱玲和王安忆都以自己独有的对生活基本规律的理解——饮食男女,人之大欲存焉,对女性的生存方向做了选择。但这种选择方式仍然是同中存异,在幽暗的底色下流露出革命年代的不同归宿。首先,我们可以解剖一下小说中同样的"幽暗"革命底色。张爱玲小说中的幽闭的女性空间造成了众多悲剧的诞生,或是在新旧交接之处囚困甚至死于旧屋里的漠然的女性形象:七巧、愫细、敦凤;或是在倾覆之下难全其情的薇龙、流苏、佳芝。这些女性在看似风起云涌的时代里却成为沉默的大多数,唯一留守的是自己为了生存的"千疮百孔的感情"。对此,孟悦、戴锦华曾有很好的概括:"张爱玲的世界沉浮在黄昏与黎明的交汇处,充满了色彩的幽暗与丰饶,如同在黎明的第一线晨光中挣不脱的昨夜的梦魇。"①到了 20 世纪 80 年代,王安忆推出了自己的性爱作品"三恋一岗",作品选择了"文革"激荡的社会背景(除了《锦绣谷之恋》描述的是 20 世纪 80 年代的省城)和荒山、谷、小城、岭岗这些荒蛮之地来重新审视男女激情,男女主人公在社会舆论百般禁忌下,度过了既自责自虐又甘堕落的偷情生涯。

但是更为重要的是,在幽暗"革命"底色之上爆发的激荡瞬间。前文提及在对革命年代的爱欲选择之上,张爱玲与王安忆的取向基本一致,那就是让女性尊崇爱情的甚至是本能的生活规律。但需要引起注意的是,张爱玲小说出现的亮色点,或者说是女性的期许,往往以幻梦加向俗(金钱)的方式走向灭亡。例如,《色戒》就是典型的女性面临责任道义与情欲爱慕的交锋,而那枚钻石戒指无疑是带有隐喻性质的女性投降信号。这点在王安忆的小说中却屡屡有着突破性的进展:《小城之恋》中的一堆男女在禁欲的年代里上演了一部力与美的性感表演,在这里,男女之间在性恋里的地位是对等无疑的:

---

①孟悦、戴锦华:《浮出历史地表》,中国人民大学出版社 2010 年版,第 248 页。

这是一场真正的肉搏,她的臂交织着他的臂,她的腿交织着他的腿,她的颈交织着他的颈,然后就是紧张而持久的角力,先是她压倒他,后是他压倒她,再是她压倒他,然后还是他压倒她,永远没有胜负,永远没有结果。互相都要把对方弄疼,互相又都要把对方将自己弄疼,不疼便不过瘾似的。真的疼了,便发出那撕心裂肺的叫喊,那叫喊是这样刺人耳膜,令人胆战心惊。而敏感的人却会发现,这叫喊之所以恐怖的原因则在于,它含有一股子奇异的快乐。而他们的身体,经过这么多搏斗的锻炼,日益坚强而麻木,需很大的力量才能觉出疼痛。互相都很知道彼此的需要,便都往对方最敏感最软弱的地方袭击。似乎,互相都要置对方于死地而后快。彼此又都是一副死而无悔的坦然神色。①

更为突出地体现女性在性爱当中的主动地位的作品是《岗上的世纪》。女知青李小琴之所以委身于大队干部杨绪国,初衷是为了获取回城的资格,但是当"苍劲的槐树"和"小白杨"的结合在奇异的渴求与快感的满足之后,李小琴虽然回城未果并被调离他乡,小说仍然出现了李小琴将杨绪国囚禁室内,甘当七天七夜"性奴"的描写:

没法走啦! 他们欣喜若狂,蹦着身子,好像两条调皮的鱼在嬉水。时间不再催迫他们,他们便放慢了速度,从容地做着游戏。他们将灯挑得亮亮的,明晃晃照耀着他们一无掩蔽的身体,身体上每一道纹路和每一个斑点都历历可见,就像树身上的纹理和疤节。他像一棵干枯苍劲的槐树,她则像一株嫩生生的小白杨。他们刹那间变成了精,不再是一个男人和一个女人,燕子在梁上看着他们。就这样,他们有度过一个销魂的夜晚。②

---

① 王安忆:《小城之恋》,《岗上的世纪》,上海文艺出版社2013年版,第227页。
② 王安忆:《岗上的世纪》,云南人民出版社2000年版,第267页。

诚然，"身体并不是思想意志的无生命或是被动的奴隶，它拥有语言和历史，能对特定环境做出反应。身体具有能动性，同时也被地方力量所创造，而且，每一种特定的生活方式在一定时期内都具有某种韵律"。① 张爱玲小说中的女性的身体虽有选择，却在选择中受困；王安忆小说中的女性则在身体与革命岁月的张力中将情节推向了高潮。张爱玲众小说的敛于爆发的最后一刻，在王安忆那里却并不等于死于荒野。无论是在荒山殉死还是在乡村的性狂欢，众女性终于在激情构筑的幽暗岁月中爱了一次"恋爱中的自己"。

四、文学中的"色情"动机

为什么在两位女作家的小说中会出现如此众多的女性的生存空间特色？两位女作家的动机是什么？她们的小说中这一相同的主题又流露出哪些不同？心理学家认为，一个人观察世界的方式是自童年起就逐渐形成的，弗洛伊德主义者指出："我们不应把文学作品看作是一种和作家个人生活无关的客观产品，仅仅是由作家根据某些规则创作出来的。文学是一种个人表达，在这背后隐藏着整个人格。作家的现在和过去都进入了作品，而且在那里记录下他的最隐秘的欲望和情感；这是他挣扎和失望的表征。这是他的隐情的泄出口——不管他如何克制，隐情总会源源泄出。"②他们运用精神分析学的观点，得出的结论是，文学创作的内驱力源于作家的潜意识。虽然作品与作家的关系显然是更为复杂的，但是在王安忆与张爱玲那里，她们的相对固定的视野，甚至小说中的自传色彩都是极为浓烈的。张爱玲说，"我一直认为最好的材料是你最深知的材料"，③王安忆也说，自己之所以写

---

① [美]冯珠娣：《饕餮之欲》，郭乙瑶、马磊、江素侠译，江苏人民出版社2009年版，第8页。
② [美]阿尔伯特·莫德尔：《文学中的色情动机》，刘文荣译，文汇出版社2006年版，第2页。
③ 作者注：宋以朗整理1976年4月4日张爱玲致宋夫妇的书信，见《小团圆·前言》，止庵主编《张爱玲全集》，十月文艺出版社2009年版，第13页。

"三恋"这样的性话题，"还是跟文工团的生活有关系"①，并且她曾十分诚恳地说："我的人生参加进我的小说，我的小说又参加进我的人生。"②

众所周知，张爱玲于1921年生于显赫却没落的贵族之家，她的祖母是李鸿章之女。然而，本应是天作之合的父母的婚姻却始终处于风雨飘摇的状态：父亲张延量是个大烟鬼，母亲黄逸梵是受西洋文化熏陶的新式女性，不但高傲而且倔强，夫妻二人的感情长期不和。张爱玲4岁时，母亲便远去英国。在经历了一番辗转之后，其父母的婚姻还是走到了尽头。张爱玲只能偶尔在姑姑的房间里体会到母亲遗留下的味道，她跟随父亲和后母搬回了张家的老屋，她悲伤地写道："我就在那所房子里生的，房屋里有我们家的太多回忆，象重重叠叠复印照片，整个的空气有点模糊，有太阳的地方使人瞌睡，阴暗的地方古墓的清凉。房屋的青黑的心子里是清醒的，有它自己的一个怪异世界。"③非但成长空气中氤氲着腐旧的空气，张爱玲对母亲的亲情也堪称怪异："她是个美丽敏感的女人，而且我很少有机会和她接触，我四岁的时候她就出洋去了，几次回来了又走了。在孩子的眼里她是辽远而神秘的。有两趟她领我出去，穿过马路的时候，偶尔拉住我的手，便觉得一种生疏的刺激性。"④从心理上来讲，张爱玲长期处于无父无母、孤僻冷傲的状态之下。王安忆与张爱玲的家庭环境完全不同，她于1954年生在革命队伍中。1955年作为光荣的红色第二代，她跟随母亲进入上海。母亲给予了她正面的、积极的人生观教育，应该说她

①王安忆、张新颖：《谈话录》，广西师范大学出版社2008年版，第267页。
②王安忆：《我为什么要写作》，《青年文学》2003年第12期。
③张爱玲：《私语》，金宏达、于青编《张爱玲文集》第四卷，安徽文艺出版社1992年版，第106页。
④张爱玲：《童言无忌》，金宏达、于青编《张爱玲文集》第四卷，安徽文艺出版社1992年版，第87页。

的成长是一路坦途,这种生长环境使她的人生充满着善与爱。在王安忆的回忆中,自己比同龄的孩子拥有更加优越的成长环境:玩不够的玩具、美味的西餐、亲切的老师,可以讲,比之张爱玲,王安忆接受的是正面的"爱的教育",也就更加容易形成正面的婚恋与性的观念,童年时期爱的种子在成年期萌芽时也注定了成果。张爱玲与胡兰成的苦恋皆因为胡兰成的背叛而分手,张爱玲从开始见面自卑的心理就在作祟:"见了他,她变得很低很低,低到尘埃里,但她心里是欢喜的,从尘埃里开出了花朵。"①最终,张爱玲不仅"无父无母",更是"无夫无爱",文学作品中充溢着扭曲、撕裂、悖谬的性爱观念。而在王安忆的小说中,我们更容易看到人生婚姻的真实状态,她也善于将情感汲取为小说的材料和技术,并且在王安忆的眼中人性情感是与历史交结在一起的,小说《黄河故道人》就是根据自己丈夫的经历而写作的。

　　另一个值得关注的现象是,张爱玲从未以审美的角度描写男性以及性征,她笔下的男性是委顿的、罪恶的,甚至颇有阉割意味,而王安忆在写性时,却包含了男性的关怀与审美。关于这一点,张爱玲早就看得很清楚:"在这兵荒马乱的时代,个人主义者是无处容身的。"在张爱玲眼中,这个世界顶多只能"有地方容得下一对平凡的夫妻","平凡的夫妻"通常是一对"小男女"。而我们来看王安忆谈自己对男性美观念的变化:

　　以往,我是很崇拜高仓健这样的男性的,高大、坚毅、从来不笑,似乎承担着一切世界上的苦难与责任。可是渐渐地,我对男性的理想越来越平凡了,我希望他能够体谅女人。为女人负担哪怕是洗一只碗的渺小劳动。需男人到龙潭虎穴抢救女人的机会似乎很少,生活越来越被渺小的琐事充满。都市文明带来了紧张的生活节奏,人越来越密集

①胡兰成:《今生今世》,远景出版事业公司1986年版,第172页。

地存在于有限的空间，只需挤汽车时背后有力的一推，便也可以解决一点辛苦，自然这太不伟大、太不壮丽了。可是，事实上，佩剑时代已经过去了。曾有个北方朋友对我大骂上海"小男人"，只是因为他们时常提着小菜篮子去市场买菜，居然还要还价。听了只有一笑，男人的责任如将只扮演成一个雄壮的男子汉，让负重的女人欣赏爱戴，那么，男人则是正式地堕落了。所以，我对男性影星的迷态，渐渐地从高仓健身上转移到美国的达斯汀·霍夫曼身上。他在《午夜牛郎》中扮演一个流浪汉，在《毕业生》中扮演刚毕业的大学生，在《克雷默夫妇》里演克雷默，他矮小、瘦削，貌不惊人，身上似乎消退了原始的力感，可却有一种内在的，能够应付瞬息万变的世界的能力。他能在纽约乱槽槽的街头生存下来，能克服了青春的虚无与骚乱终于有了目标，能在妻子出走以后像母亲一样抚养儿子——看着他在为儿子煎法国面包，为儿子系鞋带，为儿子受伤而流泪，我几乎以为这就是男性的伟大了，比较起来，高仓健之类的男性便只成了诗歌和图画上的男子汉了。①

　　王安忆从女性视角的这段审视值得关注，不仅在于引文前段是对与丈夫分担家务中"磨砺"出了对待丈夫"上海小男人"审美的变化，而且王安忆的这种变化似乎还折射到了她的作品当中。《锦绣谷之恋》是性爱三部曲的最后一部，小说女主人公"她"是一位女作家，这部作品基本上复沓了王安忆男性审美观的如上变化。"她"于庐山笔会旅行中结识了高大的"他"，作家对男性气质的凸显跃然纸上："她的目光，在他宽阔的肩膀的保护下，攀附着山谷边的奇石怪树，一点一点朝下去，去到很深的地方，有一丛血似的杜鹃花，不可思议的殷红殷红，盛开着，美得邪恶，她的目光被它灼了，可却离不开了，钻进了它的

---

①王安忆：《关于家务》，《空间在时间里流淌》，新星出版社2012年版，第153页。

心里,被它攫住了,灼热灼热地攫住了"①,紧接着"她"在山谷吹风、帮助点烟、旅行游走的过程中不断地被"他"的男性气质吸引,但是旅行终将结束,"她"最终回到了自己的"小男人"身边,继续过日常生活。虽然也有不甘心,但是"日常生活已经形成了一套机械的系统,她犹如进入了轨道的一个小小的行星,只有随着轨道运行了"。

据弗洛伊德描述,在性观念的影响下,人可能产生两种相悖的冲动:施虐和受虐。如果我们返回头去看有关张爱玲和王安忆小说中的"色情"动机,就会发现,张爱玲的小说中到处充斥着受虐的女性身影,而受虐时的施虐也往往是触目惊心的。这些无疑都透露出因为胡兰成的桃红柳绿而给张爱玲带来的虐恋色彩,更为重要的是,因为胡兰成的汉奸身份,这种爱的苦果只有自己独自品尝。张爱玲与时代也是错位的,抗战时,想要岁月静好而不得,战后追逐而遭到抛弃。最终,张爱玲的世界观是冷酷的,她不能也不再同情任何人,她甚至将自己关闭起来,独自享受"荒凉"带来的受虐而产生的快感。因此,在小说中,她采用了一种"谛视"的姿态,任生命枯萎而静观"静好"。王安忆小说中的"色情"则更为突出一种情感的生命,"爱情其实是这现实材料中最具有飞翔性的资料,它带有深思的性质,它是从心灵出发的一种状态,大约是现实行为与灵魂最为接近的一种。它其实是可以制造奇境的,就看我们的力量够不够"。② 显然,王安忆的姿态是要让爱情具有极度的参与性,体现人性最具有超越性的人生状态。一方面,因为王安忆的爱的滋养十分丰富;另一方面,她的情感也融入整个社会的变革中,这两点都决定了她在小说中更容易融入人物中,区别于张爱玲的"冷谛静观",而变得古道热肠。

①王安忆:《锦绣谷之恋》,《岗上的世纪》,上海文艺出版社2013年版,第286页。
②王安忆:《无韵的韵事——关于爱情的小说文本》,《男人和女人,女人和城市》,云南人民出版社2002年版,第127页。

第二节　历史观的"大与小":小说中的服饰细节

《周礼》有言:"典瑞掌玉瑞、玉器之藏,辨其名物与其用事。设其服饰:王晋大圭,执镇圭,缫皆五彩五就,以朝日。公执三圭,侯执信圭,伯执躬圭,缫皆五彩五就。"①首先,从这一则先秦最初的记录来看,"服饰"的内涵与今天无异,即指衣服和佩戴之物。其次,服饰具有身份识别的功能,不同的服饰往往体现君臣关系、等级序列,服饰从来都与社会文化的变迁唇齿相依。其中,自近代以来,服饰迎来了最为迅疾的变革时代,维新志士更将服饰与整个国家的精神相联系,认为:"今则万国交通,一切趋于尚同,而吾以一国,衣服独异,则情意不亲,邦交不结矣。"②改服更装往往是政权交替、社会变革的表征,如当年清军入关后勒令百姓梳辫、着旗装一样,服饰中往往蕴含政治生活的内容。同时,自晚清服饰变革以来,服饰逐渐在自我个性的展现上扮演了日益重要的作用。正如哲学家所言:"服装是自我社会构成中极其重要的一部分。"③可见,服饰不仅与美直接相关,其中的社会政治内容更加值得关注。

在中华文化巨著中,服饰文化从来都是一个璀璨的篇章。其中,文学中的服饰描写不仅承担了记录社会文化变迁的作用,还起到了丰富审美意象的重要作用。从《陌上桑》"头上倭堕髻,耳中明月珠。缃绮为下裙,紫绮为上襦"到《洛神赋》"奇服旷世,骨像应图,披罗衣之

①《周礼·春官宗伯第三·典瑞》,杨天宇撰:《周礼译注》,上海古籍出版社2004年版,第307页。

②康有为:《请断发易服改元折[1898年9月5日]》,姜义华、王荣华编校:《康有为全集》第四集,中国人民大学出版社2007年版,第432页。

③[挪威]拉斯·史文德森:《时尚的哲学》,李漫译,北京大学出版社2010年版,第11页。

璀璨兮,珥瑶碧之华琚,戴金翠之首饰,缀明珠以耀躯,践远游之文履,曳雾绡之轻裾",中国古代文学中的服饰描写,一方面具有写实铺陈的史传传统,另一方面也带有旖旎多彩的诗赋风姿。上海,作为了解中国社会的一面窗子,在近代的服饰变革中处于潮头的地位。作为市民生活的最初记录者,海派小说又成为反映服饰变革的重要文本。《海上花列传》《九尾龟》《歇浦潮》等小说中无不充斥着上海各个阶层服饰更张的讯息,同时,早期海派小说还能将服饰的描绘与人物身份归属、性格发展密切关联,具有极高的艺术价值。

一、服饰、价值与女人的生存法则

一地之服饰,已成为一地风尚的标识之一,上海作为中国近代商品经济的发生地之一,转中国古代以服饰为等级地位的象征为以服饰为经济水平的衡量,上海人追求时装的高档化、穿戴贵族化为全国前沿。晚清《申报》记录了上海人"耻衣服不华"的生动片段:"今观于沪上之人……不论其为官为商为士为民,但得稍有盈余,即莫不竞以衣服炫耀为务,即下至倡优隶卒。就其外貌观之,俨然旺族之家。"①上海民俗所沾染的这种攀比风气,使得服饰的目眩神迷附加上经济利益,在美的包裹下俨然是世俗浓厚的精神实质。典型一幕发生在《倾城之恋》当中,白流苏初次参加一个舞会,在香港的交际场所出现,因为自己的穿戴打扮和家庭中并不高贵的地位,她诚惶诚恐并一再强调自己不过是一个"过时"的中国人。印度公主萨黑荑妮见到这个"过时"的白流苏时,经不住耸肩一笑,白流苏马上知趣地自嘲道:"我原是个乡下人。"范柳原这时为流苏解围道:"我刚才对你说过了,你是个道

---

① 《时评》,《申报》1890 年 12 月 7 日。

地的中国人，那自然跟她所谓的上海人有点不同。"①以衣饰为标志，上海居然已经脱离了中国的范畴，作为窗口，它沾染了更多的"洋气"。据记录，1911—1930 年，是西方文化元素对上海服装文化产生较大影响的时期，妇女在很大程度上接受了西方的生活方式。而上海开放程度越高，西方的影响就越加深刻，女性的时装在缝制时不仅装有垫肩、硬领，而且放大了胸褛，这种设计的改变，无疑大胆将女性的"曲线美"得以体现。② 身着月白旗袍的白流苏在性感盛宴当中就这样被排斥于"上海人"之外。

　　鲁迅先生曾不无嘲讽地谈到上海人裹着势力的服饰观念："在上海生活，穿时髦衣服的比土气的便宜。如果一身旧衣服，公共电车的车掌会不照你的话停车，公园看守会格外认真的检查入门券，大宅子或大客寓的门丁会不许你走正门。所以，有些人宁可居斗室，喂臭虫，一条洋裤子却每晚必须压在枕头下，使两面裤腿上的折痕天天有棱角。"③上海人对于时装的超前态度成为一种内在的遗传基因，这种"据衣断人"的风习却从旧社会一直延续到中华人民共和国成立以后。《长恨歌》中的程先生在 20 世纪 60 年代的上海弄堂中，同样以"过时的人"的姿态出现。街坊严师母却仔细地品鉴起了西装的好料子，对程先生平添了一份敬意。满大街干部的列宁装并没有影响到百姓的认识，在他们的眼中，上海还是旧日上海，上海人的"刻薄"也还是"虚架的一格上能搭上一格实的"。④

　　张爱玲的另外一篇小说《沉香屑——第一炉香》中的葛薇龙仍然因为满柜子的华服而震撼，她打开衣柜一件件试穿，脸庞也阵阵发热。

---

①张爱玲：《倾城之恋》，金宏达、于青编：《张爱玲文集》第二卷，安徽文艺出版社 1992 年版，第 64 页。
②徐华龙：《上海服装文化史》，东方出版中心 2010 年版，第 3 页。
③鲁迅：《上海的少女》，《鲁迅全集》第四卷，人民文学出版社 2005 年版，第 578 页。
④王安忆：《长恨歌》，作家出版社 1995 年版，第 183 页。

虽然隐隐感觉到这些衣服是姑妈的诱饵,但是她仍然失眠了。葛薇龙是一户上海中产阶级人家的小姐,抗战爆发时跟随一家逃难到香港。此时,家人已经决定返沪,而她为了能坚持学业而不得不寄住在交际花姑妈梁太太家里。姑妈一心想将年轻的她培植为交际的引诱物,这一点,聪明的薇龙心知肚明。而当她看到满满一橱柜的衣服时,纵使理智一再地提醒自己,对物质的迷恋将与妓女无异,但是午夜梦回中仍然响彻着炫彩的衣饰交响曲。许子东就此分析,这是一个女性因为"贪图金钱虚荣而堕落",[①]事实并非如此简单。一方面,"堕落"往往并非臣服于金钱或者男性,更多时候是无法解释自我内心不可调和的矛盾。葛薇龙对于满柜衣服的小心试探,是对如何成为一个"新的人"的期许,"看看也好"的对象应当是在复杂的男女社交圈中保持本真的自我。其次,葛薇龙做一个"新的人"的愿望又与对乔琪的畸恋有关。乔琪是一个纨绔子弟,这个人最大的手段便是将梁太太身边的"诱饵"一网打尽,却始终与梁太太保持着暧昧的距离。薇龙入住梁府三个月后,有一次对试衣的回忆,这一时刻她已身处失身于姑妈的老情人司徒协的危机当中,也就在回忆的同时,她痛下决心要下嫁乔琪。那满橱柜的衣服再次成为生活之路抉择的象征物,它们告诉薇龙的不过就是一个简单的道理:必须为已经上瘾的生活档次而负责! 从这个角度来看,薇龙并非自甘堕落,而是为生存的交换价值大势所趋,一步步走向"更合理"的去处。

王安忆在《长恨歌》中则将衣服的交换价值更加直接地点明:

她不如找几件穿不着的衣服送去旧货行卖了,放着也是喂蟑螂。于是就去搬衣箱,打开箱盖,满箱的衣服便在了眼前,一时竟有些目

①许子东:《重读＜日出＞、＜啼笑因缘＞和＜第一炉香＞》,《文艺理论研究》1995 年第 6 期。

眩。她定了定神,首先看见的是那一件粉红缎的旗袍。她拿在手里,绸缎如水似的滑爽,一松手便流走了,积了一堆。王琦瑶不敢多看,她眼睛里的衣服不是衣服,而是时间的蝉蜕,一层又一层。她胡乱拿了几件皮毛衣服,就合上了箱盖。后来,翻箱底就有些例行公事的意思,常开常关的,进出旧货行,也是例行公事,熟门熟路起来。①

此时,正是 20 世纪 60 年代初期,王琦瑶经历了人生最为艰难的阶段,不仅生计无从保障,更身怀有孕,每日尴尬地穿梭于弄堂与当铺之间。如果说,张爱玲小说的"衣橱"是梁太太"精心设计的圈套",②薇龙的衣橱体验是不断地堕落,是一种对世俗体验的妥协,这里的衣箱则将张爱玲的世俗体验进一步落在实处:衣箱内外仍然是主人公两种生活态度的象征,衣箱以内是王琦瑶的一段久已尘封的岁月,怀念与不忍固然伴随,然而为了生计"例行公事"却最终夺去了王琦瑶幻梦的权利。

《沉香屑——第一炉香》和《长恨歌》两部小说中的衣饰描写各有特色,张爱玲细腻绚烂,王安忆则注重写实和点染,但都具有相同的叙事效果,"一方面,现代小说家继承了古代小说服饰描写写实与传神的传统,通过服饰描写渲染社会背景,推动情节向前发展;另一方面,他们又使服饰描写在与人物心理结合的层面上更进了一步,加之一些现代手法的使用,使人物性格与命运获得了更为有利的表现"。③ 葛薇龙即是在镜中衣饰的自观中出场:

> 葛薇龙在玻璃门里瞥见她自己的影子——她自身也是殖民地所

---

①王安忆:《长恨歌》,作家出版社 1995 年版,第 212 页。
②邓如冰:《人与衣——张爱玲＜传奇＞的服饰描写研究》,广西师范大学出版社 2009 年版,第 45 页。
③颜湘君:《中国古代小说服饰描写研究》,上海世纪出版集团 2007 年版,第 187 页。

特有的东方色彩的一部分,她穿着南英中学的别致的制服,翠蓝竹布衫,长齐膝盖,下面是窄窄的裤脚管,还是清朝末年的款式;把女学生打扮得像赛金花模样,那也是香港当局取悦于欧美游客的种种设施之一。然而薇龙和其他的女孩子一样的爱时髦,在竹布衫外面加上一件绒线背心,短背心底下,露出一大截衫子,越发觉得非驴非马。①

这个爱美的女孩子同样追随时尚,将一个简单的学生装穿出了赛金花的模样。同时,这一身非洋非中、半新半旧的打扮却将她置于时尚的洪流当中。这意味着,自认为固执的坚持摩登潮流不过是不能自已的绝对信号,从一开始,薇龙那不由自主地堕落就已经注定了一样。同样是学生装,王琦瑶却展现了不同于葛薇龙的另一番风貌:

王琦瑶总是闭花羞月的,着阴丹士林蓝的旗袍,身影袅袅,漆黑的额发掩着一双会说话的眼睛。王琦瑶是追随潮流的,不落伍也不超前,是成群结队的摩登。上海的时装潮,是靠了王琦瑶她们才得以体现的。但她们无法给予推动,推动不是她们的任务。她们无怨无艾地把时代精神披挂在身上,可说是这城市的宣言一样。②

王安忆与张爱玲对时尚的理解恰恰相反,从穿着来看,薇龙又何尝不是"时代精神的披挂",但张爱玲只极写薇龙的"非驴非马",王安忆则更倾向于王琦瑶的"闭月羞花"适宜之处。可见,张爱玲对薇龙的堕落,虽归咎于生存维艰,却从骨子里透出人性的批评。相反,王安忆没有从上海世俗体认中抽身而退,而始终沉溺于小人物的琐细,这些无疑都能通过衣饰这一细节,流露出作家的价值观认同。两个关于衣

---

①张爱玲:《沉香屑 第一炉香》,金宏达、于青编:《张爱玲文集》第二卷,安徽文艺出版社1992年版,第2页。
②王安忆:《长恨歌》,作家出版社1995年版,第216页。

饰的故事,便可做这样一个总结:女孩子们的"世界非常小,是衣料和脂粉堆砌的,有光荣也是衣锦脂粉的光荣,是大世界上空的浮云一般的东西"。①

二、服饰的色彩与身体和东西方现代性

女子的"浮云样"东西,在女作家的小说中,进一步以"女为悦己者容"的姿态小心地在纸面展开。上海的小报上曾有这样一条关于张爱玲衣饰的记录:"她的衣着很是特别,与众不同,可以称得上奇装异服,十分引人注目。有的像宫装、有的像戏服,有的简直像道袍,五花八门,独一无二。张小姐曾经说过一句老实话,'我们不能不承认我们是为别人而打扮的',与此可见女人的苦心,为了别人,在衣着上要花这么多心思,尤其是张小姐,比写文章还要勾心斗角的穷思极想。"②也许是作家的性情左右,在张爱玲的小说中通常能见到一位精心打扮的妇人,那形象浓艳得化不开,又常闪现在一位洋场男子的身边。而在王安忆的小说《我爱比尔》中,女性衣饰的变换甚至有了对男性"宣战"的意味:

阿三今天化了很夸张的浓妆,牛仔服里面是长到膝盖的一件男士粗毛衣,底下是羊毛连裤袜,足蹬棉矮靴。头发束在头顶,打一个结,碎头发披挂下来。看上去,就像一个东方的武士,吸引了人们的目光。③

阿三,这个普通的上海女孩,希望通过自己的身体来吸引西方男

---

① 王安忆:《长恨歌》,作家出版社1995年版,第86页。
② 老阁:《张爱玲的衣着》,肖进编:《旧闻新知张爱玲》,华东师范大学出版社2009年版,第50页。
③ 王安忆:《我爱比尔》,中国电影出版社2004年版,第11页。

士,但是她的选择却是武士的衣饰。这一装扮显然带有强烈的隐喻色彩,进一步说,"服装是个体的一部分,而不是与个人认同无关。服装并不是主要作为身体的防护物而存在。在某种程度上,我们每个人都要通过自己的外观来表达我们是什么人"。[①] 从表面看,阿三一再心理暗示自己对比尔的挚爱,实际上,比尔只是她用身体战斗胜利的标志。后来,阿三沦为专门在酒店门口招揽外国人的妓女,这种钱色交易并不能带给她胜利的快感,曾经与比尔的耳鬓厮磨不断在回忆中翻涌,充分满足了自身的情感要求。

以身体为诱饵,却在感情的流逝中败下阵来的是《红玫瑰与白玫瑰》中的王娇蕊,这个有夫之妇的出场给出入过风月场所的佟振保以无限地遐想:"一件纹布浴衣,不曾系带,松松合在身上,从那淡墨条子上可以约略猜出身体的轮廓,一条一条,一寸一寸都是活的。世人只说宽袍大袖的古装不宜于曲线美,振保现在方才知道这话是然而不然的。"[②]王娇蕊以浴衣见客,更以满手的肥皂泡与人握手,这让振保感到"像有张嘴轻轻吸着它"。服饰的慵懒状态,实际上是一种性暗示,尽管这种情爱还处于潜意识阶段。同样,王安忆在《我爱比尔》中将这种衣饰的性暗示作用推向了极致:

这时,阿三将床头上的一件绸衣服罩上她身穿的白色连衣裙,说:"让我来向你表演中国人的性。"说罢,又从同学床头捞了一件睡裙再罩上绸衣服,接着,又套上了第三件。就这样,她套了这层层叠叠、长长短短的一身走向比尔,非得仰起脸才能对住他的眼睛,说:现在,你来向我表演西方人的性。比尔望了她一会儿,动手将她的衣服脱下来,直脱到白色连衣裙,不禁迟疑了一下。可阿三的姿态是等待的,表

---

①[挪威]拉斯·史文德森:《时尚的哲学》,李漫译,北京大学出版社 2010 年版,第 11 页。
②张爱玲:《红玫瑰与白玫瑰》,金宏达、于青编《张爱玲文集》第二卷,安徽文艺出版社 1992 年版,第 131 页。

示还没完结。于是比尔就脱去了她的连衣裙。

……　……

他曾经看过一些中国的春宫，还有日本的浮世绘，做爱的场面，是穿着衣服，有些还很繁复累赘，然而却格外的性感。阿三说，这就是万绿丛中的一点红，要比漫山遍野的红更加浓艳。他们又谈到各国的服饰，均以为日本女性的和服敞开的领子里那一角后颈，要比西方的比基尼更撩拨人意。①

阿三以脱衣秀的形式展现了中国人的性是"有衣服的性"，而西方人的性是"脱了衣服的性"！这看似滑稽的两性游戏，暗示比尔，中国人的性就是在欲盖弥彰后的放纵，是繁复累赘中的格外性感。佟振保对王娇蕊的性幻想也在三起三落后接近了肉体的主题：初见别人夫妻调情，自伤自怜，凄惶中，想着"生死关头"，想着"深的暗的所在"自己并没有那个"寂寞的""只能有一个真心爱的妻"。正当振保的内心在占有女人的身体与追求自己的爱情纠结之际，王娇蕊恰在此时实践了阿三口中的"万绿丛中的一点红"：振保看了王娇蕊一眼，只见她身穿一件"最鲜辣的潮湿的绿色"，甚至露出了粉红的衬裙。"那过分刺眼的色调是使人看久了要患色盲症的。也只有她能够若无其事地穿着这样的衣服。"②诚如有学者分析的那样，王娇蕊的这种张扬的色彩"包含着一种感染力、开放性，一种争取的主动性和夺人眼目的生命力"。③ 振保在这种极富于挑战性的装扮面前，终于没能把持自己。但是，我们的男主人公偏偏又是一位极"有条有理"，"最合理想的中

---

①王安忆：《我爱比尔》，中国电影出版社2004年版，第7，9页。
②张爱玲：《红玫瑰与白玫瑰》，金宏达、于青编《张爱玲文集》第二卷，安徽文艺出版社1992
　年版，第136页。
③邓如冰：《人与衣——张爱玲＜传奇＞的服饰描写研究》，广西师范大学出版社2009年版，
　第40页。

国现代人物"，当他意识到王娇蕊动了真情准备离婚时，便适时而退，王娇蕊与阿三在历史时空的两头走向了悲剧女性的同一个归宿。有趣的是，王娇蕊却成为振保的人生哲学，于是才引出张爱玲那句红白玫瑰的经典对比，妻子成为宿命中永远的苍白色调。王娇蕊衣饰的强对比色成为佟振保对女人的红白对比，这边呢，阿三以近似魑魅魍魉的样态努力蜕变为那抹"蚊子血"：

> 她的妆越化越重，一张小脸上，满是红颜绿色。尤其是嘴唇，用的是正红色，鲜艳欲滴。看上去，就好像带了一具假面。她的服饰也是夸张的，蜡染的宽肩大西装，罩在白色的紧身衣裤外面。或者盘纽斜襟高领的夹袄，下面是一条曳地的长裙，裙底是笨重的方跟皮鞋。①

在红白色彩的交相辉映下，两个女性的故事彻底合二为一。女作家细腻的观察，以色彩的形式表现了人物命运变迁以及对人性的哲学思考。色彩，可作为一种情绪的表达，红色传达了女性面对男性的背叛时狂暴的撕扯或者是无奈的挣扎；色彩，同时作为一种命运的象征，白色将情感惨淡地收场。

色彩一旦使衣饰翻越了命运的藩篱，女作家笔下的细节又可以有更加广阔的社会性寓意，因为，从一方面来讲，社会本身即是种种细节。以衣饰为标志，小说的叙事模式得以产生出整一性。学者周雷认为，在张爱玲的小说中，女性问题是其关注的焦点，透过感官细节的着墨，她的小说"产生出对于现代性与历史的另类探究途径，这些细节着墨的情感背景往往与困陷、毁灭与荒寂有关。感官细节与这样的情感背景相结合，让我们了解到透过强烈负面情感所定义而

---

① 王安忆：《我爱比尔》，中国电影出版社2004年版，第15页。

成的文化。这样的情感唯有在不完整的形式中才可见其踪迹,像是叙事中所深藏的意识形态残余"。① 周雷通过对张爱玲小说中服装细节的切入,讨论的是现代中国叙事里"历史"探究底层矛盾的情感结构。显然,他的观点是,在一系列女装的摇曳背后,有一个关于中国社会意识形态和中国现代性叙事结构的巨大隐喻。女作家通过衣饰细节展现现代性发展的悖论之处,这点恰在王安忆的小说中被更加明晰地表现出来。

　　细读文本,王安忆的小说往往将张爱玲小说中的暗流汇聚为波涛。在色彩游历的心猿意马后,《红玫瑰与白玫瑰》的结局是:"第二天,振保改过自新,又变了个好人。"从而完成了"现代最理想"中国人的情感模式,从开始游荡于巴黎妓女的房门,到对初恋情人玫瑰的坐怀不乱,时而是红色为代表的欲望或西方;时而是白色为代表的道德或东方,这种模式陷进新与旧、东与西对立的泥潭。最为白热化的一幕出现在《第二炉香》,英国绅士罗杰安白登迎娶了深受传统教育的淑女愫细,愫细从未接受任何性常识的普及与教育,新婚之夜愫细给丈夫背上了"私生活不检点"甚至是"禽兽"的恶名。罗杰在"中国天青段子补服与大红平金裙子"面前彻底绝望,他选择以生命的结束来完成"爱的教育"。性感模式悖谬的两面进行着决斗,张爱玲自己为这个故事总结道:"人生往往是如此——不彻底。"②服饰描写中色彩的细节描绘在个体与现代性历史进程之间呈现出悖谬,在张爱玲那里偏向于个体生命古典式的回归,而在王安忆的小说中,这些细节又更加激烈地反映出叙事中隐藏的意识形态的残余力量。在王安忆生活的时代,时尚的演进愈加剧烈和迅速,反而成为容易被忘却的力量。这也就意味着,个体愈加追逐这种时尚,其主体性就愈加容易迷失。"时尚

---

① [美]周雷:《妇女与中国现代性》,上海三联书店2008年版,第132页。
② 张爱玲:《第二炉香》,止庵主编:《张爱玲全集·倾城之恋》,十月文艺出版社2009年版,第55页。

中的美所追寻的不是某种永恒的抽象,也不是任何功能性,而在于完完全全的暂时性。"①

三、生命如衣或时代衣观

张爱玲生于晚清服饰剧变的时代,又长于民国纷乱的社会当中。她早有以"更衣记"寄予自身的社会认识,更自命名为"衣服狂"。但是,张爱玲没有将服饰的变迁、将恋衣癖归结于深厚的社会寄托,而是将其对衣服的挚爱,将种种奇装撼人的举动,都归结于自身生命的一种形式。她毫不掩饰地张扬自我个性,她说自己从九岁起便对富丽堂皇有极深的向往,因而最喜欢色彩浓厚的字眼,她总结道:"生命是一袭华美的袍,爬满了虱子。"②在张所有的小说里,她践行了这种服饰观念,在对照中展现人生的悲喜,喜以服饰为譬喻人生的物象,并且在行文中贯穿生命不彻底的苍凉启示,张爱玲对于服饰的拿捏把握的确到了炉火纯青之境界。

张爱玲对时代政治变迁的敏感性超乎常人,她对服饰历史的流变认识不禁叫人折服:在清朝三百年的统治下,女性没有服装自由可言,"任是铁铮铮的名字,挂在千万人的嘴唇上,也在呼吸的水蒸气里生了锈"。③ 在《更衣记》中,张爱玲对不同时代的女性服饰更是信手拈来:晚清不同身份妇女着不同颜色的裙子,暴发户式的皮袍因姑娘的"昭君套"而增色,从繁复细节的三镶三滚,袖边阑干,到民国初年的喇叭管袖子、白丝袜脚边的黑绣花、收紧的元宝领子、拂地的丝绒长袍等,每个时代的变迁都深深刻入作家的心里。但是,张爱玲对于政治的轻

---

① [挪威]拉斯·史文德森:《时尚的哲学》,李漫译,北京大学出版社 2010 年版,第 22 页。
② 张爱玲:《天才梦》,金宏达、于青编:《张爱玲文集》第四卷,安徽文艺出版社 1992 年版,第 18 页。
③ 张爱玲:《更衣记》,金宏达、于青编:《张爱玲文集》第四卷,安徽文艺出版社 1992 年版,第 29 页。

描淡写,往往一言以蔽之,反而如她的小说创作一样,把服饰变迁的背后再次归结为一种个人化的情感体验:"回忆这东西若是有气味的话,那就是樟脑的香,甜而稳妥,像记得分明的快乐,甜而惆怅,像忘却了的忧愁。"①

　　王安忆的小说拥有比张爱玲小说更为广阔的社会变迁。上海,在这场旷日持久的现代性进程中,可以说处于全国的先锋地位。早在 1964 年,《解放日报》就发布了关于时装的特写,紧接着,《羊城晚报》也刊登了关于奇装异服的评论性文章,上海城中总有那些在一片黄色蓝色的服饰海洋中的异类。在新时期的黎明阶段,上海青年的服饰再次成为关注的焦点。1976 年 7 月,针对外滩一带成为青年男女恋爱的"宝地",上海团市委发出了这样一份通告:"在北京东路外滩到南京东路外滩 200 米,有 600 对青年在谈恋爱,个别人的穿着属于奇装异服,特别是女同志。她们穿的衣服,一是长,衬衫盖过臀部,袖口超过肘部;二是尖,尖角领;三是露,女同志的裙子在膝盖上面两三寸,用一些透明的布料做衣服,里面穿深颜色的内衣;四是艳,用深咖啡或深藏青做上下一身的衣服。"②十一届三中全会后,上海服饰变革领先全国,并拉开了试探性的序幕,1979 年,皮尔卡丹公司在上海举行了首场服装秀,但只容许专业对口的人士在登记姓名后入场。1981 年 2 月 9 日中国大陆第一次时装表演在上海举行,为此《人民日报》在 5 月 4 日刊发报道文章《新颖的时装,精彩的表演》,这大概成为服饰风尚的信号。自 20 世纪 80 年代起,上海出现了越来越多的时尚主题杂志,如《上海服饰》《文化与生活》《科学画报》等,这些杂志基本涵盖了当时青年人的时尚、情调生活、感情,当然还有性启蒙。在中华人民共和国的历史上,服饰的统一化到多元

①张爱玲:《更衣记》,金宏达、于青编:《张爱玲文集》第四卷,安徽文艺出版社 1992 年版,第 28 页。
②马尚龙:《上海女人》,文汇出版社 2007 年版,第 241 页。

化的过程正推动了在王安忆的小说中，比之张爱玲，有着更为丰富的历史存在元素。

　　王安忆的小说《长恨歌》和《桃之夭夭》的故事时间从民国时期一直横跨到"文革"时期，但是王安忆则更愿意为人物的历史背景寻根溯源，人物的服饰描写以类取胜，亦多有判断与评述。《长恨歌》中的线索人物程先生就是一例。在20世纪60年代的上海，程先生依然以旧时代的纪念碑姿态出现于上海的大街小巷，他的西装很旧，袖口甚至已经起毛，金丝边的眼镜早已褪色。此时，若是采用张爱玲的"回忆"况味来写，那应该是浓墨重彩的心理细节，王安忆则首先选取交代时代风尚：破虽破，但是程先生依然修饰整洁，并无颓败的迹象，像从民国电影中走下来的人物。一个简单的判断句交代："他不是像穿人民装的康明逊那样，旧也是旧，却是新翻旧，是变通的意思。程先生是执着的，要与旧时尚从一而终的决心。"①王安忆对人物服饰的描写，显然不想止步于"生命如衣"的感慨，张爱玲以黄金的镯子点染曹七巧那个旧时代殉葬女性的苍凉手势，而王安忆则以人民装的变迁关乎大时代下小人物的命运。她笔下的人物有时候失去了张爱玲小说中人的消极情绪：

　　他穿军服的样子也很不像。军服都是东一件西一件搞来的，有真的军服，比较旧，洗得发白，又因年头军衔不同，旧和褪色的程度，以及款式也有所不同。领章肩章的钉痕，流淌出历史的风貌；也有假的，就是剧团演出用的服装，成色比较新，裁剪则更精心仔细，看上去就齐整得多。因他身材特殊，找不到合适的，其实他不穿也罢，可他偏去买了布，在裁缝铺做了一套，颜色是生生青的绿，身腰是人民装的款。他却还郑重地系一根皮带在腰里，又找来一顶军帽戴着，那样子很是古怪。

_____
① 王安忆：《长恨歌》，作家出版社1995年版，第216页。

因军服总是草莽气的，是这时候的摩登，而他是陈旧保守的气质，两下里很不符。①

在王安忆的小说中，充溢着自己曾经走过的 20 世纪六七十年代的服饰景观。之所以称为一种景观，皆如上段引文，人物在特殊中寻找一般，一般中又彰显出了特异，与时代摩登形成错落的感官，而大历史的书写又被作者小心地突出。《"文革"轶事》写道，两个弄堂小男女在灰溜溜的 20 世纪 70 年代平地而起，蓝布罩衫上穿出复古，齐耳短发里又梳出了柏林情话。当此"乱世"，赵志国为张思叶的时尚迷住了眼睛，两人终能"钻了时代的空子"儿女情长一番。《荒山之恋》中一身自家裁剪的黄布军服，皮带一扎，女性的线条毕现。金谷巷的女孩成了毛泽东思想宣传队里的性感女神。《米尼》中的米尼在人生的分水岭——蚌埠，让 1987 年的过时裘皮大衣与下乡的农民装模糊了界限，甩去了一身粮食的重负，却在暗淡的澡堂里承担了感情的重负。在王安忆那里，历史固然是车轮的印记，但是女主人公的命运又往往能够落地还俗。《香港的情与爱》里论证了女人这种虚实的人生观："女人既不是灵的动物，也不是肉的动物，她们统统是物的动物，这物集中表现为服饰。服饰是她们的目的，也是她们的手段；是她们的信仰，也是她们的现世；是她们的精神，也是她们的物质。服饰包括了她们人生的所有虚实内容，这是比她们本身更能证明和实现她们价值的，这便使得女人的人生奋斗总要比男人的多出那么一点艺术的味道，其中还含有一项审美活动似的。"②

王安忆对女性命运与历史的辩证关系的分析，与张爱玲达成一致。在小说中，她愿意还时代于世俗，不变的是以服饰为代表的女性

---

①王安忆：《桃之夭夭》，云南人民出版社 2009 年版，第 71 页。
②王安忆：《香港的情与爱》，《王安忆自选集》第三卷，作家出版社 1996 年版，第 528 页。

日常生活。每个时代的转捩点上，时尚之变显然是个人与历史交换名片之时，王安忆这样比喻："其实，旗袍装和人民装究竟有什么区别？底下里，芯子里的还不是一样的衣食饱暖。雪里蕻还是切细的，梗归梗，叶归叶；小火炖着米粥，炼丹似的从朝到夕，米粒儿形散神不散；新下来的春笋是酱油盐焖的，下饭甚是可口。"①正是这点与张爱玲作品所流露出的人生执拗乃至末世的个人荒凉之感有着巨大的不同。张爱玲的好友柯灵在大陆最早的一批介绍文章中便突出了她这种个性品质："她坐在后排，旗袍外面罩了件网眼的白绒线衫，使人想起她引用过的苏东坡词句，'高处不胜寒'。那时全国最时髦的装束，是男女一律的蓝布和灰布中山装，后来因此在西方博得'蓝蚂蚁'的徽号。张爱玲的打扮，尽管由绚烂归于平淡，比较之下，还是显得很突出（我也不敢想张爱玲会穿中山装，穿上了又是什么样子）。"②也就是在新中国第一次上海文代会后，奇装张爱玲的落寞被进一步体现出来，离开，仿佛成了唯一的抉择。张爱玲离开大陆，应该是某种历史观的恪守，她在自己的小说中做了相同的选择，小说往往以骤然的断裂处理历史的演进中个人的位置。在她那里，生于乱世中，唯有让小男女的悲欢爱憎永远萦绕于断肠，才是创作中的最大快感。这也是王安忆说自己与张爱玲的最大不同，她遵从的是一种"大"的历史逻辑。王安忆的小说，即使在细节之中仍然可以见得，但她更愿意往前看，而不止步于乱世的瞬间。

---

①王安忆：《我看苏青》，《寻找上海》，学林出版社 2001 年版，第 158 页。
②柯灵：《遥寄张爱玲》，《读书》1985 年第 4 期。

第三节　塑造"新海派":当代文学批评史上的双子星座

作家与文学史的叙述之间具有强大的张力,韦勒克指出:"作家的'创作意图'就是文学史的主要课题这样一种观念,看来是十分错误的。"①从文本分析入手并不能完全成为解释"张爱玲和王安忆之关联"可以作为一种文学史"现象"的缘由,因为,在文学史的生成过程之中,文学批评也扮演了十分重要的作用。韦勒克进一步指出:"文学的各种价值产生于历代批评的积累过程之中,它们反过来又帮助我们理解这一过程。"②埃斯卡皮也认为:"作家之所以获得文学意义,成为一位名副其实的作家,那是在事后,在一个站在读者立场上的观察者能够觉察出他像一个作家的时候。"③两个女作家在文学史的脉络上找到了彼此,不能不说,除了作品本身的相似、互文之外,文学批评的建构也发生了一定的作用。从期刊网可查数据来看,王安忆和张爱玲无愧为最"火"的作家,而关于两人的"比较文学"热潮也汹涌澎湃。

一、"发现"张爱玲与当代文学批评的"转型"

张爱玲"重现"无疑是当代文学史上的一个大事件,而其浮出水面的"时机"却契合着或者说构筑了20世纪80年代的文学生态学。"新时期"开始后,文坛生力军主要为"归来"作家、知青作家,而从事文学批评的主力则为老一代作家、评论家。文学批评所使用的是传统的现

---

① [美]韦勒克、沃伦:《文学理论》,刘象愚等译,江苏教育出版社2005年版,第36页。
② [美]韦勒克、沃伦:《文学理论》,刘象愚等译,江苏教育出版社2005年版,第35页。
③ [法]罗贝尔o埃斯卡皮:《文学社会学》,王美华、于沛译,安徽文艺出版社1987年版,第54页。

实主义认识工具,而批评的任务在很大程度上是"继续20世纪四五十年代胡风、冯雪峰、秦兆阳等以悲剧告终的工作"①。在老一代作家、评论家眼中,20世纪80年代与"五四"时期仿佛有着天然的关联,20世纪80年代复活了"五四"的"科学、民主、启蒙精神"。一方面,是要在认知"革命"的前提下,反对文学成为"图解"政治的工具;另一方面,是要恢复"文学性""艺术性",更要重新承担"启蒙"重任。在"新时期"初期的文学批评话题,主要有:写真实、现代派文学、人性和人道主义等,因之推动了伤痕文学、反思文学、知青文学、朦胧诗,这些"文学思潮"的发展直至落潮。

张爱玲首先在当时的学院学生(后来的文坛主力)那里呈现为"潜水状态",这批学生在"文革"后进入校园,得以在社会思潮风起云涌的背后寻找文坛奇葩,此时,乱世美女张爱玲的爱恨情仇无疑成为久旱甘露。在最初的这批学者的回忆中,"挖掘作品"和"港台转介"是两个关键词:

笔者回想当年在北大上研究生之前,从未听说过张爱玲的名字。1978年末正是门户洞开,思想解放之时,我们这批"老学生"如饥似渴地找书读,越是开禁的,或未曾闻识过的,就越是有兴致。我们从图书馆尘封的"库本"中找到张爱玲的《传奇》,当然还有钱钟书、沈从文、废名、路翎等一批作家作品,这骤然改变了我们的"文学史观"。初接触张爱玲非常个性化的描写,所产生的那种艺术感受称得上是一种"冲击"。同学之间常兴奋地交流读后感,推荐新发现的书目,其中张爱玲当然是常谈的节目。不久,大概是1979年,我们磕磕巴巴读了夏志清的英文版的《中国现代小说史》,越发相信我们自己的艺术判断:张爱玲是不应被文学史遗忘的一位杰出小说

_____

① 洪子诚:《中国当代文学史》,北京大学出版社1999年版,第241页。

家。我在社科院编的一份内部发行的"简报"上,发表过一则译介夏志清那本小说史的文字,其中当然谈到了张爱玲。回顾这一段"阅读史",大致可见20世纪70年代末在大陆"重新发现"张爱玲的情况。不过那时大家正忙于给那些比较知名的作家做翻案文章,对张爱玲还谈不上有什么研究。①

大约在20世纪80年代前期,我在平素冷清的电影学院图书馆的书库中翻捡,偶然在一堆尚未整理编目、不知何人的——当是一位前辈——赠书中发现了一册谭正璧于20世纪40年代编辑的女作家作品选本,开篇选的是张爱玲的《倾城之恋》和苏青的《蛾》一时间读得异香满口,如醉如痴,相逢恨晚。翻遍书前书后,未觅到关于作者的只言片语。自以为毕业于北大中文系,熟读各路文学史,加上自小迷恋庐隐、冰心、萧红诸人,竟从不知张爱玲、苏青何许人也。于是惊呼历史书写的暴力。一次会议上快速浏览一位与会的朋友手中的司马长风(注意:并非更正宗的夏志清)的现代文学史,大喜若狂地得知此二人在沦陷区文学中的"崇高地位",后求借阅未果。②

在20世纪80年代初期对张爱玲的接受情况,大概可以用如上两段回忆文字做概括,直到1985年之前,对她的介绍还处于挖掘史料的状态。"新时期"第一篇介绍文字是1981年11月张葆莘在《文汇月刊》发表的《张爱玲传奇》。这篇简单的文章并没能引起多大的反响。北京的其他刊物和学者、作家的研究也基本处于介绍和发掘的状态,其中富有代表性的,如颜纯君的《评张爱玲的短篇小说》和赵园的《开向沪港洋场社会的窗口》,两篇论文对张爱玲的作品分析可谓"中规中矩",从风格、题材方面做了描述,即使是夸赞也小心翼

---

① 温儒敏:《近二十年来张爱玲在大陆的"接受史"》,刘绍铭、梁秉钧、许子东编:《再读张爱玲》,山东画报出版社2004年版,第20、21页。
② 戴锦华:《浮出历史地表》,中国人民大学出版社2010年版,第259页。

翼。1984 年第 4 期《读书》杂志刊发了柯灵的《遥寄张爱玲》一文,柯灵以老友的身份揭开旧人的神秘面纱,对张爱玲的正面评价也逐步明朗化。

1985 年第 4 期《收获》重刊《倾城之恋》,是张爱玲"复活"的一个重要信号,后来,许多作家曾经回忆到重刊对自己的巨大影响。对张爱玲的评价由此进入了一个崭新的时代。有趣的是,对张爱玲从北京到上海的"接受"过程,恰与此时上海文坛的变化产生了莫大的关联。1985 年是目前学术界公认的当代文学的"转型"标志,其中又有几个"大事件"都与上海密切相关。其中,以夏志清的《中国现代小说史》为催化物而生成的"重写文学史",对张爱玲接受态度的改变起到了最为直接的影响。

因为张爱玲的文学史地位和夏志清的《中国现代小说史》的文学史叙述模式对中国现代文学史的写作产生了深远的影响。实际上,夏志清的《中国现代小说史》构成了大陆 20 世纪 80 年代以来"重写文学史"的最重要的动力,它不仅有力地推动了大陆的"重写文学史"运动,同时在"重写文学史"的实践上具有明显的规范意义。文学史典范的变革,是以对张爱玲、沈从文和钱钟书等人的发现和推崇,确定了"重写文学史"的坐标和界碑。20 世纪 80 年代以来,中国大陆的现代文学史写作还存在大量的空白,这与夏志清的《中国现代小说史》构成了有趣的对照和潜在的对话关系。这种张力为"重写文学史"创造了大量空间和充分的合理性。①

"重写文学史"战役的打响是在 1988 年 7 月,王晓明、陈思和于《上海文论》第 4 期上开辟"重写文学史"专栏,在长达一年半的时间

①旷新年:《"重写文学史"的终结与中国现代文学研究转型》,《南方文坛》2003 年第 1 期。

里,大批学者纷纷发表带有明显"重写"意味的论文,甚至在古代文学界也引起了不小的共鸣。根据王晓明的回忆,他将"重写文学史"的发端定位于 1985 年于北京万寿寺现代文学馆召开的"中国现代文学研究创新座谈会","正是在那次会议上,我们第一次看清了打破文学史研究的既成格局的重要意义。"①从北京到上海的文学主导观念的转移与张爱玲的"浮出水面"几乎在同时发生。1986 年,人民文学出版社翻印原版小说集《传奇》。1987 年,上海书店出版中国现代文学史参考资料,影印了散文集《流言》。"张爱玲热"在此时初成规模,因此,我们有理由相信,就 20 世纪 80 年代末到 20 世纪 90 年代初,上海以"重写文学史"为中心引发的一系列文学批评来讲,在中华人民共和国文学史上长期被冷落的张爱玲,作为一种崭新的"历史记忆",于上海空间的裂缝、空洞中被重新缝合、填充。

　　在世所公认的"文学转折"的年代 ,以上海为中心的文学批评的"转型"为张爱玲在当代文学的地位找到了合法性,或者可以说,是文学批评以"张爱玲式方法"找到了突破的方案。从 1985 年开始,上海成为"新潮批评"的重镇。1985 年 7 月《上海文学》指明反映当代文学"新潮流"、作家"新探求"的编辑方向。程德培、陈思和、蔡翔、周介人、李劼、许子东、王晓明等人基本是通过《上海文学》的"理论批评版"确立了自己的批评风格而成为文坛重要的"先锋"批评家的。上海自由的文艺批评环境,使得批评家具有了"突破性"的批评方法,由先锋文艺的姿态生成的一系列"方法论"——女性主义、都市文化、通俗文学等都构成了后来乃至到了 21 世"批评"张爱玲的普遍方案。其次,以商业文化的突起为代表,上海成为市场经济改革的急先锋,张爱玲身上的"通俗"特质因此与时代风尚之间产生了极大的共鸣。1985 年《收获》脱离上海文艺出版社,实行自负盈亏。1986、1987 年大

---

① 王晓明:《主持人的话》,《上海文论》1988 年第 6 期。

批出版社出版的张爱玲作品的封面都具有了崭新的广告宣传效果。到 20 世纪 90 年代以后,文学"现代性"终于要突破"前现代""封建的""旧的""政治的"审美意识形态,张爱玲最先成为一代风尚的"代言人"。文学批评的"转向"已经在一系列文章那里初步定型,如《闯荡于古典与现代之间——张爱玲小说悖反现象研究》《中国文学"现代性"与张爱玲》《在"古老记忆"与现代体验之间》等。这一重要的转向,恰符合了王晓明等人当初"重写文学史的初衷":"当时所有参加讨论的人都没有把这个事情仅仅看作是一个文学的事情。""当时倒没想过仅只是学英美,主要是如何学现代化。"① 张爱玲的意义显然已经翻越了文学史问题的围墙,在更大的上海背景下,与上海的文化乃至"新时期"的"转型"等问题合谋为一个完整的文学场域。虽然以上海的风气作为肇始某种社会风气的论点看似武断,但"这种文化性格却始终以一种边缘的身份与当时的官方意识形态形成一种'偏离',以'异'的面目出现,刺激和活跃着上海的文化想象和文化参与方式,也正是在这个意义上,上海的'重写文学史'在继承和发展此前的'重写'思潮的基础上,呈现出更加激进的'解构'姿态"。② 对张爱玲的发现过程,不仅折射了当代文学批评"转型"之路,张爱玲批评更作为某种"转型"的方法,对后来的文学批评和文学史的发展产生了不可忽视的作用。

二、作家、批评家与文学史

对于如王安忆这样知青出身的作家,"代"是一个出现频率最高的关键词。社会学者认为:"代的特征是通过思维方式、行为方式和情感方式表现出来的,思维方式、行为方式和情感方式的特征之异

①王晓明、杨庆祥:《历史视野中的"重写文学史"》,《南方文坛》2009 年第 3 期。
②杨庆祥:《上海与"重写文学史"之发生》,《现代中文学刊》2010 年第 3 期。

同,是判定代的三个方面,是我们区分'这一代'和'那一代'的基本理论。"①20 世纪 80 年代被认为是作家代际更迭的关键时刻,从 20 世纪 80 年代中期开始,一度享有盛誉的"复出作家",虽然有的仍在坚持写作,但大部分已呈现出创作资源的匮乏,这部分人,在面对新的文学观念、方法时,缺乏调整的步调,新作渐少。有些"知青"小说家的创作也出现了停滞状态。"显然当代作家和作品的生命力普遍短暂的问题,在 20 世纪 80 年代并没有成为历史。为文学写作所作的准备的不足,和开放之后文学潮流的急遽的变化使作家的更替出现超出一般时期的速度。"②作家的代际更迭仿佛不仅体现为年龄的特征,而像张爱玲这样"东山再起"的作家,以一个新的思维方式进入当代文学批评的"回收站";王安忆这样的"知青作家",以"张爱玲的传人"的身份完成了自己的"跨代"战役。与张爱玲相似,王安忆在文学史的记录中同样存在"二次崛起"的现象。如果我们详细考察王安忆的"接受史",就会徜徉于一个毫不逊于张爱玲的"文学盛宴",当然,这其中最为精彩的部分,就是由长期观察王安忆的作品的批评家组成的批评序列:

---

①张永杰、程远忠:《第四代人》,东方出版社 1988 年版,第 19 页。
②洪子诚:《中国当代文学史》,北京大学出版社 1999 年版,第 243 页。

表 2 - 1　　长期观察王安忆作品的批评家及其文学批评作品

序号	批评家	发表文章及刊发时间
1	陈思和	1. 雯雯的今天和明天——读王安忆的新作《六九届初中生》;1985
		2. 双重叠影,深沉象征:谈《小鲍庄》里的神话模式;1986
		3. 对古老民族的严肃思考——谈《小鲍庄》;1986
		4. 两个六九届初中生的即兴对话;1988
		5. 根在哪里? 根在自身——读王安忆的新作《小城之恋》;1987
		6. 营造精神之塔——论王安忆 90 年代初的小说创作;1998
		7. 读长篇小说《长恨歌》;1998
		8. 从细节出发——王安忆近年短篇小说艺术初探;2003
		9. 读《启蒙时代》;2007
2	陈惠芬	1. 三个青年女性的爱情和理想——《雨,沙沙沙》等三篇小说读后;1984
		2. 从单纯到丰厚——王安忆创作试评;1984
		3. 阿三、琳达和"宝贝"的西方想象:[王安忆的《我爱比尔》、陈丹燕的《吧女琳达》以及卫慧的《上海宝贝》];2002
		4. 全球化背景下的地域性知识重建:从小说《长恨歌》和上海石库门"新天地"谈起;2003
3	程德培	1. 雯雯的情绪天地——读王安忆短篇近作;1981
		2. 一种共时态的叙述——从《小鲍庄》看王安忆创作主体上的转变;1985
		3. 结构:作为一种现实的态度——评王安忆小说近作的结构艺术;1985
		4. 面对自己的角逐——评王安忆的"三恋";1987
		5. 她从哪条路上来——评王安忆的长篇《流水三十章》;1988
		6. 消费主义的流放之地——评王安忆近作《月色撩人》及其他;2009
4	南帆	1. 王安忆小说的观察点:一个人物,一种冲突;1984
		2. 象征 - 虚实之间——评《小鲍庄》《透明的红萝卜》《爸爸爸》;1987
		3. 城市的肖像:读王安忆的《长恨歌》;1998
		4. 丰富的"看":王安忆小说;2007

续表

序号	批评家	发表文章及刊发时间
5	王德威	1. 海派作家又见传人;1996
		2. 前青春期的文明小史;2002
		3. 上海出租车抢案;2005
		4. 忧伤纪事;2006(《当代小说二十家》)
		5. 虚构与纪实——王安忆的《天香》;2011
6	曾镇南	1. 秀出于林:王安忆的短篇小说;1981
		2. 新作短评——《流逝》;1983
		3. 上升的螺旋——再谈王安忆的小说;1983
		4. 读《小鲍庄》;1986
		5. 不能对《小鲍庄》评价过高;1986

之所以选择如上六位批评家作为考察对象,首先是因其批评文章的数量之多和批评家本人的名气和影响力。再者,这些批评家的批评文字除曾镇南外,其他几位的批评文字皆延续至今,可见对王安忆作品具有强烈的"追踪"意图。从批评家的年龄来看,曾镇南为"前辈",程德培比王安忆长三岁,其他几位与王安忆几乎是同龄人。这个年龄结构,注定了批评家和作家在同一文学生态环境下共同成长,也就会与王安忆呈现出同样的文学史年轮。从地域来看,除了王德威身居海外,其他大部分是上海的"在地"批评家。批评的含量涵纳了为"老乡"找定位、树地位的考虑,同时,共同的生存环境,也有利于他们第一时间了解到王安忆的"思想动态"。纵向看批评家和批评题目,我们甚至可暂时抛开每个人特有的文风和批评套路,例如,陈惠芬所喜用的"女性"观察视点,看以《小鲍庄》和《长恨歌》为两个节点的流变,对王安忆的文学批评基本构成了中国当代文学的一部"批评热点简史"。从知青回城的焦虑到寻根热再到城市文化研究的兴起,这些批评进一步渗透到王安忆的文学史形象。从对同一位作家的批评角度的变化,

侧重点的"随时应变",早已告诉我们,作家被拉入了一个时刻变化着的历史叙述中间,并且"这些变化到底有多少重要性,在多大程度上被史家'所注意到',归根结底是相对的,它取决于生活在某一特定社会的某一史家在某一特定时刻刚好认为哪些事物才是重要的"。①

程德培是最早对王安忆的小说进行定位的批评家,也是全程对王安忆的作品进行第一追踪的批评家。程德培先生以《你就是你的记忆》为题撰写"以《红豆生南国》为例的王安忆论",这使长久以来在文学史的"熏陶"和"烛照"下的笔者产生了恍惚。事情仿佛不是"自己是自己的记忆"这单一层面,他们何尝不是互为记忆,或者说,作家是批评家的记忆,同时批评家是作家的记忆。从 1981 年程德培为王安忆写下那篇著名的评论(《雯雯的情绪天地——读王安忆短篇近作》)之后,到如今纵观其已完成的 7 篇评论,竟构成了一部当代文学史的缩影。其次,王安忆与程德培亦共在历史当中,且王安忆绝非是那种与批评家"格格不入"的作家,在她的很多作品中甚至可以直接看到批评沉淀的结论。

王安忆与批评家的互动可谓频繁,从早期《现代对话录:两个 69 届初中生的即兴对话》(与陈思和)、《我们的时代和我们的小说》(与郜元宝),到已经出版成书的《谈话录》(与张新颖)、《对话启蒙时代》(与张旭东),可以说,比之其他当代文坛的一线作家,王安忆似乎是一位更容易从批评家视角切入研究的作家。程光炜教授曾作《批评的力——从两篇评论、一场对话看批评家与王安忆〈小鲍庄〉的关系》一文,在论述当中我们可以隐约看到程光炜对作者的"同情",并尖锐地指出:"我们的研究应当从批评家这里开始,把他们因时代局限有意无意遗留的工作作为新的起点。"②虽然,作家的

---

① [美] 柯文:《在中国发现历史——中国中心观在美国的兴起》,中华书局 2002 年版,第 58 页。
② 程光炜:《批评的力量——从两篇评论、一场对话看批评家与王安忆 < 小鲍庄 > 的关系》,《南方文坛》2010 年第 4 期。

"经验"连同他们的后记、创作谈一起处于某种文学史的弱势地位，但是批评家遗留的工作又在于何方呢？反倒是我们经常从批评反作用于创作中，看到了所谓"批评的力量"。2013 年王安忆推出小说集《众生喧哗》，笔者就颇惊异于其显得有些理论性的题名，因为这个理论性名词在那两年的文学学术场合的出现频率实在太高，这个词汇的翻译引介者王德威教授其时仍然在不断地加强我们的印象，2011 年有一场座谈笔者也在现场，报告题目即为《众声喧哗之后：当代小说与叙事伦理》。当然，猜测、联想、记忆作为历史研究的证据存在缺陷，那么什么才构成文学史研究的题材和内容呢？柯林伍德在面对何为历史知识这一问题的时候也是有些踌躇的，对于是经验还是思想本身构成历史，他似乎都持否定的态度。他指出，历史学家必须是研究那个对象的适当人选，他说："对象必须是属于这样的一种，它自身能够在历史学家的心灵里复活；历史学家的心灵则必须是可以为那种复活提供一个住宅的心灵。"①柯林伍德所述的关于心灵的互相安放是特别引人入胜的，也就是说，在文学史上最终沉淀下来的可能是一种互动，而非甲高于乙，甲源于乙。如此来看，程德培之大谈对方的记忆，称得上"大快人心"了。

《匿名》写作截稿未出之前，复旦大学召开新作发布会，王安忆充分肯定了批评家对自己创作的影响，之后"凤凰读书"等媒体均以《陈思和让我要有勇气写一部不好看的东西》为题发布消息。除却创作过程当中来自批评家一方的鼓舞，脱稿之后，也有来自批评家方面的焦灼。回首 1996 年《海派作家又见传人》的发表构成对王安忆批评的分水岭，在此之前，"知青作家""寻根作家"王安忆还没有与海派"祖师奶奶"张爱玲彻底对接成功。但后见之明显然已经昭示王安忆的创作溢出了王德威的"赞誉"，而且她的创作除了在给读者制造障碍的同

---

① [英]柯林伍德：《历史的观念》，张文杰、何兆武译，商务印书馆 1998 年版，第 418 页。

时,也一次次给批评家带来挑战。于是,无论是从"在场"意义上,还是从"近乡"意义上,三十年来一直近距离观察王安忆及其创作的程德培就更加值得关注。

2015 年,王安忆在给淮阴师范学院师生的一次讲座上这样回忆:"当时上海有一个工人评论家程德培,写了一篇评论文章,题目就叫《雯雯的情绪天地》,这是第一篇评论我的创作的文章。"[①]在 2017 年改定的《小说与我》中,关于这篇评论的细节有所改变:"后来又有上海的年轻评论者程德培,写了第二篇,这篇评论的题目直接就叫《雯雯的情绪天地》。我觉得他这篇文章的命名有两点很重要,一个是'雯雯'这个人物,一个是'情绪'两个字,意味着一种内向型写作。"[②]事实上,曾镇南的《秀出于林》与程德培的文章发表于同年,在此也没有必要考证孰是初评的必要。倒是批评史的转变非常值得关注,1985 年左右《小鲍庄》让王安忆再度成为评论界的中心话题,陈思和、陈慧芬、南帆等王安忆研究领域的资深批评家几乎都于此时开始跟踪批评,其中《双重叠影,深沉象征:谈〈小鲍庄〉里的神话模式》一文更成为具有"寻根文学"代表性的批评潜入文学史的结论。在如火如荼的文学思潮之中,曾振南连续发表《读〈小鲍庄〉》和《不能对〈小鲍庄〉评价过高》表现出完全不接受文学史和创作的"转型",经过这次明显异数的批评之后,曾镇南甚至在王安忆的评论写作者队列中消失了。程德培似乎始终和作家"共同成长",连续发表《一种共时态的叙述——从〈小鲍庄〉看王安忆创作主体上的转变》《结构:作为一种现实的态度——评王安忆小说近作的结构艺术》,这些评论以叙事学的切入和文学思潮拉开了距离,也可以看到这位初评者一直以来的"友情评论"——批评家适应作家,寻找创作与自己的遇合,所以当我们从"神

---

① 王安忆:《来自经验的写作》,《光明日报》2015 年 9 月 10 日。
② 王安忆:《小说与我》,广西师范大学出版社 2017 年版,第 11 页。

话"之眼再窥视下列批评的时候,大概就会感到特别亲切:

> 我们欣喜说过的话已经应验,我们惊讶以前未曾被发现的新景观,很有可能,我们曾经自信的判断已经开始部分失效,我们曾经有过的错误猜测现在更加刺目,我们曾经忽略的现象变得愈加耀眼,我们消除了旧有的谜团继而又陷于更深的困惑……评论如同创作一样,都是一场面对自己的角逐。①

也就是说,在寻根、先锋、女性、都市这些文学批评方法此消彼长、大当其道的批评进程中,程德培关注的重点一直都在"自己"。接着20世纪90年代晃晃而来,诚如《向西,向西,向南》所呈现的那样,"猝不及防地完成了拐点",程德培也中断了文学评论的写作。

程德培使用的方法通常为文本的感性阅读,他认为:"王安忆的创作犹如钟摆,她不仅经常变化,而且频繁地来回于钟摆的两端。"②就在20世纪80年代末,程深为王安忆的"出路"问题担忧,等岁月峰回路转之后,2009年一篇"消费主义"的蔓延,昭示了批评从文本内部走向外部的策略,但如同小说本身那样,这篇批评并没有如从前那般引起轰动的效应。在同一线路上,20世纪80年代初期活跃文坛的曾镇南的批评也难以维持,当批评界大热评论《小鲍庄》,将其视为"寻根文学"扛鼎之作的时候,曾镇南却大大泼了盆冷水,既没有构筑"神话"叙说,也没有承认女性主义的突破,反而保持了自己批评"知青作家"的一贯现实主义标准,与此同时,他与批评"转型"的代言人之一鲁枢元笔战,前后撰文上万字,攻讦批评走向"支离破碎"的危险。③

---

① 程德培:《面对"自己"的角逐——评王安忆的"三恋"》,《当代作家评论》1987年第2期。
② 程德培:《面对"自己"的角逐——评王安忆的"三恋"》,《当代作家评论》1987年第2期。
③ 曾镇南:《从我与鲁枢元的论争谈到发展理论争鸣的几点方略》,《文论报》1988年8月15日;《支离破碎的思维——评鲁枢元对我的反批评》,《文艺争鸣》1988年6月期;《文艺学与科学的思维 – 再与鲁枢元先生商榷》,《江淮论坛》1990年第3期。

虽然,我们没有充足的证据证明王安忆之所以离开曾镇南视野的原因,但是,批评家关注点的转变显然与作家和自己的审美情趣、世界观的契合度有莫大关联,所以,曾镇南并不会如程德培这样的"老乡"那样不断赋予作者"意义",反而转向关注那些契合度更为紧密的作者。陈思和作为王安忆文学批评的最大户,他的批评流变更具有"建设性",从"根"的定位到人文精神大讨论的折射,两位"69届初中生"之间仿佛永远有着一种天生的默契。南帆和陈惠芬的批评也都体现了从题材论、人物论到小说的方法论、都市的文化论的演变过程。

通过对王安忆批评史的讨论,可以看到王安忆的文学史与张爱玲的文学史是怎么在批评的理路中进行同质的流变。而将这两条线路合二为一的时刻,也显示了批评家的建构作用。

从《小鲍庄》被定为寻根小说,到《长恨歌》成为张爱玲传统的代言,文学史的记录都加入了文学批评的结论,而作者、批评家与文学史之间的互动则呈现出更为丰富的文学故事。程光炜曾经详细分析《小鲍庄》在形成寻根代表作过程之中,"批评的力量"和批评与作家作品的异同。他说:"文学史研究就是与文学批评的博弈,同时也是一种对立、妥协和协商。"①近年来,程光炜以王安忆为文学史的考察对象,企图重返王安忆创作的文学场域,但事实上,也已经无法扭转王安忆的文学史定位。如前所述,作家和批评家之间可有互动现象,当王安忆开始面对"寻根",面对张爱玲的时候,她的创作思路也会受到影响。更重要的是,在一系列作家、批评家和文学史的互动过程中,文学的"转型"之势已经筑成,也正因为这个历史"势能"的存在,王安忆才会在历史的某个高度上蓄势待发。

---

① 光炜:《批评的力量——从两篇评论、一场对话看批评家与王安忆＜小鲍庄＞的关系》,《南方文坛》2010年第4期。

三、张爱玲和王安忆的"新海派"

前文提到，随着"张爱玲"热的逐步兴起，整个中国当代文学也经历着某种"转型"，这种转型又涉及文学观念从北京到上海的偏移。回顾当代文学史的记录，张爱玲最初并没有被纳入"海派作家"的序列。最早，严家炎将其作为"心理分析派"来理解和解析，《中国现代文学三十年》将其放置于沦陷区文学的成就。"海派"作为一个文学史上的流派建设，是在吴福辉《都市旋流中的海派小说》之后引起学术界的热烈反响，其中个别篇幅最早完稿于 1988—1989 年之间。当此之时，对海派作家的"挖掘"工作在紧锣密鼓地进行当中，可说形成了一个"时髦"的学科方向。纵观吴福辉个人的研究经历，他对海派作家的积累也基本于此时完成。1982 年他发表《中国心理小说向现实主义的归依——兼评施蛰存的〈春阳〉（附小说）》，1986 年发表《中国新感觉派的沉浮和日本文学》，1987 年发表《京派海派小说比较研究》，1989年发表《大陆文学的京海冲突构造》和《为海派文学正名》。吴福辉这样解释自己的研究源起：

> 时间到了 20 世纪 80 年代"京海论争"已逝去了整整半个世纪，其时人们发现，虽然沿海乘改革之风，已经使上海不再形单影只（上海现今的失落是另外一种性质的，而且我相信是暂时的。浦东添翅，浦西必然起飞），全国的经济似乎都在向深圳看齐，但就文学而言，内陆的风貌不仅没有完全与东南发达地区融为一体，反而个个用尽了黄土或南风，来滋润自己，模塑自己。西部文学，海派报刊，京味小说，陕军东征，先锋派，后现代，各样的大旗都在高扬。西北有了贾平凹、路遥、李锐还不够，还要出陈忠实、高健群。全国都学现代派，东南一带渐渐有了势头，苏童、叶兆言、格非、余华、孙甘露这些作家探索文体的实验性、先锋性，让人不禁想起往日的新感觉派。

大陆京海两大板块依然碰撞不已，你无法回避它。

我们怎么办？①

先有竞争者出现，然后有循迹和质问"怎么办"的人出现。上海的文坛向何处去，上海又该挑起一杆怎样的大旗？从起源上来讲，吴福辉的焦虑和上海批评家为王安忆找定位的焦虑如出一辙。吴福辉继而找到了海派文学的"现代质"，将海派文学纳入新文学的谱系下。对张爱玲的重新解读无疑是实现新的海派振兴的最佳方案，张爱玲身上所体现的那种都市市民日常生活的"传奇"，成为一个"正面"的海派生成的基础：她"正认为都市日常存在的悲欢人生里面，平、俗，才更包含奇异的成分呢。这比一般传统市民对'传奇'的看法，富有弹性。张爱玲不愧是十足的现代都市中人，她提醒我们，海派文学的通俗性已经具有新意。唯有 20 世纪三四十年代的上海环境，会产生这种新式的大众文化观念，而新式的大众文化与文学的结合，便是海派"。② 诚然，无法证明王安忆是否受到了吴福辉这种新的海派观念的影响，但是，王安忆与上海批评家诸人从张爱玲身上，以及在重新定位"上海文学"的过程中，隐含了以市民的世俗精神加 20 世纪八九十年代的上海历史进程，讨论搅合在一起的"海派"新质地。从而，也从上海周边的先锋技术层面的革新找到一个内质上的依托。

王安忆在 20 世纪 80 年代后半期的一系列"举动"，直到《长恨歌》问世后被指认为张爱玲传人前对自身创作的解释，呈现出逐步清晰的"新海派"所指。1988 年 3 月 17 日，王安忆写《"上海味"和"北京味"》表达了上海作家"谦卑"的心态："我想说的是作为作家，北京的作家要比上海的作家富有得多，他们手中有一个源远流长，已经被承

---

① 吴福辉：《都市漩流中的海派小说》，湖南教育出版社 1995 年版，第 303、304 页。

② 吴福辉：《都市漩流中的海派小说》，湖南教育出版社 1995 年版，第 226 页。

认和认同的文化作为工具和武器,而上海的作家则是一个赤贫者。"①
在同篇文章中,王安忆提及了张爱玲,注意,这时的她还没有"张爱玲
传人"的封号,她对张爱玲的理解还是在抬高北京文化的层面来谈的:
"张爱玲的上海且弥漫了女人日薄西山的凄楚和遗憾。失意是永恒的
主题,夕阳西下总是一幅美丽的图画。""一个暴发户的故事远没有一
个怀旧的故事富有人性与格调。"②上海的繁华与北京的文化根基相
比,只是烟花璀璨的一个瞬间。设想,王安忆的这种"精英"的心态无
疑不能为旧式海派的观念所容。紧接着在 11 月 16 日,王安忆与陈思
和的一次谈话也全篇贯穿了为时代代言的心态。这次谈话由《上海文
学》新刊发的小说《出道》开始,进而讨论始终围绕"69 届初中生"所应
承担的社会责任。在王安忆的眼中,"日常生活"很重要,但是市民社
会却使得崇高和文化被瓦解:"在那些日常事务中间,理想往往会变得
非常可笑,有理想的人反而变得不正常了,甚至是病态的,而庸常之辈
才是正常的。"③1990 年 6 月 11 日,王安忆对晚清小说《歇浦潮》做出
如下评价:"此类小说和着'鸳鸯蝴蝶派'的其他各支,为一个士大夫
文化的民族创造世俗文化所做出的一点贡献,以及这贡献里民主革命
的意义。因此,海上说梦人和《歇浦潮》的产生,本身便是一个上海故
事了。"④读书笔记中已经流露出民主革命和市民世俗同等并重的观
点,也证明此时的王安忆逐渐开始将阅读的目光投向那些"上海故
事",同时,她更将行迹投之于上海的大街小巷,寻找上海弄堂人生中
的"死生契阔"。王安忆在 20 世纪 90 年代并不特别谈起张爱玲,两次

①王安忆:《"上海味"和"北京味"》,《寻找上海》,学林出版社 2001 年版,第 142 页。
②王安忆:《"上海味"和"北京味"》,《寻找上海》,学林出版社 2001 年版,第 143 页。
③王安忆、陈思和:《两个六九届初中生的即兴对话》,《王安忆说》,湖南文艺出版社 2003 年
　版,第 3 页。
④王安忆:《上海故事——读 < 歇浦潮 >》,《王安忆读书笔记》,新星出版社 2007 年版,第 72
　页。

对张爱玲的"专论"皆是在香港的专门会议上。她最常谈论的是写小说的技术问题,她的感慨是"可惜不是弄潮人"的艺术坚持,她的实践是寻访、探问上海的市民故事。直到2000年,王安忆说:"张爱玲对世俗生活的爱好,为这苍茫的人生观作了具体、写实、生动的注脚,这一声哀叹便有了因果,有了头尾,有了故事,有了人形。于是,在此,张爱玲的虚无与务实,互为关照,契合,援手,造就了她最好的小说。"①可以看到,"世俗"占到了越来越重要的位置。2001年在一次和《南方周末》记者的谈话中,她又说:"如果要我做话剧,只有《金锁记》这一个可能。因为我觉得这篇小说很有世俗感,它里面有一种非常上海的特征——非常世俗。"②对世俗的观照与王安忆20世纪90年代的"上海故事"相结合,得出的结论是世俗的"芯子",是在上海本土上生成的一个新的张爱玲和新的海派。

笔者在这里必须避免走入这样一个误区:将作家的话当作文学史上最易获得的证据来引用。实际上,笔者试图展示由作家、批评家、文学史所共同展示的一个复杂的文学场域。王安忆多次强调自己与张爱玲关系不大,最大的关系就是两人都是写上海的女作家。而研究者为数众多的"比较文学"论,不论采用何种比较方式,基本都遵循了王安忆强调的这条原则,却忽略了两位作家最初可比性的来源为何。如今看来,王安忆与张爱玲不但有关,而且这种关联关乎上海的当代文学"转型"。更重要的,也往往被忽略的是,事实并非单纯可解释成王安忆借了张爱玲的名和势,而张爱玲接受本身的变化,以及新海派的内涵生成,才构成了真正意义上的波澜壮阔和文学史"芯子"里的故事。

---

①王安忆:《世俗的张爱玲》,《寻找上海》,学林出版社2001年版,第187页。
②王安忆:《王安忆箴言:假想的上海》,《王安忆说》,湖南文艺出版社2003年版,第255页。

第三章　对照记:海派"复兴"与
王安忆的创作转型

　　上海当年的确有风光不再的落寞之态。由于地理位置的原因,上海在改革开放之初并没能成为全国开放的先驱。根据统计,从1980年到1990年,上海外贸出口年递增率为2.2%,比全国平均水平低10.9个百分点,更比广东省低近14.8个百分点。① 而浦东的开发则使上海重新焕发了生机。各种证据显示,20世纪80年代末以来,海派的复兴之路与上海曾经的"落后"密切相关。在上海的"前进"道路上,一直存着一种"新-旧"双线交织的发展态势。一方面,是大力引进外资、高楼大厦迭起。1992年以后,上海开始大规模的城市改造和建设。另一方面,老上海的风姿时尚悄然重回历史舞台。外滩沿线以"不夜城"为主题的旧建筑得到修复,时髦咖啡馆以"一九三一"命名,旧上海月份牌和旧照片大流行,以"上海滩"为主题的影视剧热播,"上海怀旧"甚至成为20世纪90年代全中国热门的话题。

　　自浦东开发后,上海逐步迈向"先进"的行列,经济持续高速发展,对外开放纵深推进,"浦东的开发开放,在经过了前五年的基础开发之后,已顺利地进入到'九·五'计划的新创业阶段。浦东新区国内生产总值已从1990年的60亿增加到1996年的510亿。外商投资企业已从开发开放浦东前的37家增加到目前的4300多家,基础建设、功能开发均取得了大踏步的进展"。② 邓小平指出,上海前进道路的最有

---

① 熊月之、周武主编:《上海——一座现代化都市的编年史》,上海书店出版社2007年版,第572页。

② 特约评论员:《浦东开发凝聚着邓小平同志的心血》,《浦东开发》1997年第3期。

利条件是上海人,邓小平对上海人的理解基本符合大众的认知:精明而开放。上海人此刻的确着力于恢复他们自身性格的固有特点,完成上海文化优越性的重新塑造。事实上,正是上海人和上海空间构成了整个上海的文化场域,也可说这是小说家创作的直接源泉。如第一章论及,将"海派"视为一种宽泛的文学、文化存在方式,这种文学传统的复兴,正是20世纪90年代的海派小说创作大户王安忆所要面临的首要问题。海派意义上的"上海空间""上海人"是如何附身于回城知青王安忆的呢? 也可换个提问的方式,王安忆如何面对新旧交替发展中的上海空间? 她又怎样从"寻根"的热潮中,开始对上海洋房、上海弄堂、上海吃食、上海的"死生契阔",情有独钟? 本章取"对照记"为题,不仅指海派文学与王安忆的创作这两个"上海"空间描写和写作背景的对照,而且是在第一章海派"现代质"和"世情"写作传统流变与王安忆的遇合的基础上,从作家和文学传统两个方向来考证一个综合性体系。"对照"不仅是"海派文学又见传人"的证明,也恰是王安忆自身内在的转型机制。

第一节　城市空间:上海形象的转变与文学想象

一、城市空间的文学意义

按照费孝通的观点,中国社会从基层来讲是乡土性的,"我说中国社会的基层是乡土性的,那是因为我考虑到从这基层上曾长出一层比较上和乡土基层不完全相同的社会",而如上海这样的城市显然属于"近百年来在东西方接触边缘上发生的一种很特殊的社会"。① 多年

①费孝通:《乡土中国》,人民出版社2008年版,第1页。

来,人们似乎已经达成一个共识,那就是,上海不被纳入中国基层社会结构的考察范围,而作为"近代中国的异数"。① 而上海的"另类"地位在 1949 年起的一系列社会主义改造之后便失却了"另类"的效应,随之进入社会主义进程当中,诚如李欧梵所谈:"日占时期的上海是早已开始走下坡路了,但一直要到 1945 年抗战结束,因通货膨胀和内战使得上海的经济瘫痪后,上海的都市辉煌才终于如花凋零。而以农村为本的共产党革命的胜利更加使城市变得无足轻重。在 1949 年后的三个十年中,上海一直受制于首都北京而低了一头。而且,虽然上海人口不断增加,但却不曾去改造它的城市建设:整个城市基本上还是 20世纪 40 年代的样子,楼房和街道因疏于修理而越发的破损。这个城市丧失了所有的往昔风流,包括活力和颓废"。② 这些社会背景与革命性进程无疑对上海的城市文化发展起到了极大的作用,也抑制了上海再次作为中国"异数"的存在。纵然西方学者可以从西方资本主义社会的发展过程中,总结出由启蒙到现代主义的文学发展脉络,从而可明晰指出西方城市发展的历史阶段和形式,但无论在世界上的哪个地方,都是"历史学家们企图用概念系统解释城市,作家们却借助于想象系统"。③ 在中国的上海,作家与城市的结缘也在于城市的历史发展进程和功能形式的变更:"海派文学在中国现代文学史中也是个异数。因为海派文学不仅植根于体现了中国历史特征的半殖民地半封建社会的上海,更与作为英、法、美的租界地,全面移植资本主义的商品生产、经营管理、城市建设和生活方式,实行了时间短暂的资产阶级实验的上海有关,而这个意义上的上海是一向被主流大历史的叙述所

---

① 李今:《海派小说与现代都市文化》,安徽教育出版社 2000 年版,第 8 页。
② [美]李欧梵:《上海摩登——一种新都市文化在中国》,毛尖译,北京大学出版社 2001 年版,第 336 页。
③ [美]查理德·利罕:《文学中的城市:知识与文化的历史》,吴子枫译,上海人民出版社2009 年版,第 8 页。

遮蔽的。只有经过了相当长的时间沉淀,直到 20 世纪 80 年代中后期以后,人们才能较为客观地面对这个现代化与殖民地化、繁荣与耻辱同在的历史。"①上海的重新"崛起"是在 20 世纪 80 年代的中后期,一个标志性事件,正是 1984 年确定了以上海为首的 14 个开放城市,中国经济体制改革的重心逐步由农村向城市转移。对"上海"这一城市空间的文学想象和描述自然会应运而生,与海派文学历史性场景的相似性,也导致了文学描写内容的互文。

"空间"的一般含义为:物质存在的客观形态,由长、宽、高来体现。而人类之存在的空间,往往不可用简单的量化标准来衡量。空间及其空间观念,处在历史的变化中。空间理论在西方研究领域中已经蔚为大观,特别是经过本雅明、列斐伏尔、齐美尔、哈维等学者的现代性空间体验、文学空间制造、"空间 – 权力"结构等方面的阐发,我们看到,"城市空间"可以被赋予更多的文学意味。"空间在其本身也许是原始赐予的,但空间的组织和意义却是社会变化、社会转型和社会经验的产物"②,"空间和空间的政治组织表现了各种社会关系,但反过来又作用于这些关系"。③ 显然,城市空间的组织构成要取决于城市物质环境与在该环境中人的社会、经济、文化活动的相互作用,社会在形成过程中创造了空间,又受空间制约,空间反过来又会影响着社会构型,社会和空间处于一种辩证关系之中。具体来说,城市空间包含有物质、社会、生态、观念认知等多种属性。社会学者为其下定义为:"城市空间是广义空间的一种具体形式,与城市活动及其内涵密切相关。如果说,空间(时间)是一切外在事物得以存在的前提,同样城市空间也是承托与容纳城市活动的载体和容器,城市空间表现为城市地域范围内一切城市要素(物质和非物质的)分布及其相互作用,并随时间动

---

① 李今:《海派小说与现代都市文化》,安徽教育出版社 2000 年,第 6 页。
② 苏贾:《后现代地理学》,王文斌译,北京:商务印书馆 2004 年版,第 121 页。
③ 苏贾:《后现代地理学》,王文斌译,北京:商务印书馆 2004 年版,第 123 页。

态发展的系统或集合。"①根据城市空间的这一定义,其对文学的意义
具体可以体现为两个方面,这两个方面是理解 20 世纪 80 年代后期王
安忆小说"海派风格"形成的最主要参照。第一,空间形态影响了文学
中城市意象的表达。具体来讲,每一次"革命"都是对城市的一次"重
新表达",文学也必然表现为不同的想象方式。第二,空间的整体生
态,包括城市生活诸种环境的变化是文学产生的温床。小说中的人物
生存于作家想象的城市文本,而作家又生活在城市的生态当中。

二、空间意象的兴起和对照

作家借助于想象系统开始对上海的意象构筑,上海的意象却随着
"革命"的动态处于"重新表达"的状态,上海的建筑风格是其历史文
化的缩影。上海作为全国的"异数",在 20 世纪前半段,可说是因为这
个异数而艳丽异常,其脱出中国传统的乡土空间意象,以一种崭新的
妖冶姿态、风情万种、摩挲摇荡于字里行间的文学。而这种艳异的空
间意象却在对"资产阶级生活方式"的批判下露出"狰狞"的面目:

南京路,华灯初上。
摩天楼上霓虹灯光阴阴蝶蝶,海报《白毛女》和美国电影广告《出
水芙蓉》争艳夺目。
一辆小卧车里回荡着爵士昔乐。身着西装的老 K 扶着方向盘,和
他身旁给遮光板挡住面容的曲曼丽在说话:"……让共产党红的进来,
不出三个月,就会叫他趴在南京路上,发霉、变黑、烂掉……"②

虽然上海南京路的霓虹仍在闪烁,但是这种阶级敌人的糖衣炮弹

---

①黄亚平:《城市空间理论与空间分析》,东南大学出版社 2002 年版,第 15 页。
②沈西蒙:《霓虹灯下的哨兵》,上海文化出版社 1964 年版,第 11 页。

已经不同于穆时英式的"地狱上的天堂","上海"特有的意象群含有了"消费""享乐""物欲"等所指,被理解为旧上海资本主义生活方式的遗存。叙事者显然不是身处其中去"体味"城市的霓虹,而是作为绝对正确的宣判者,对上海南京路的性质做出了"发霉、变黑、烂掉"的宣判。南京路和外滩,是上海空间变革的焦点,作为上海城市"革命重组"的缩影,其中体现的是作为殖民主义的"毒瘤"如何去除和"人民性"的高大建筑如何重新叙述现代化的问题。作为时间的标杆则在20世纪五六十年代和20世纪80年代,两次城市面貌的"激变形态",是作家笔下的上海意象得以生成的温床。

"开埠和西方租借的设立几乎颠覆了原有传统的城市格局和社会秩序,将上海的发展带向另一个方向,由一个传统市镇向近代化大都市迅速转型。"[1]从20世纪20年代至20世纪30年代,上海洋行、银行及租界当局在外滩至河南路一带,建造大批六七层、十几层的办公大楼,可谓争奇斗艳。其中英式的新古典主义建筑占据主导风格,还有美式现代化格局的建筑,无不构筑起上海独有的异域风情,在市民和国人的眼中,这显然已经超出了"中国地盘"[2]。新的城市景观充斥着上海的城市空间,这一时期的上海"是一个国际传奇,号称'东方巴黎',一个与传统中国其他地区截然不同的充满现代魅力的世界"。[3]抗战时期的上海,工业建筑、文教方面建筑、居住建筑遭到日军大面积毁坏。与此同时,大批官僚、地主和资本家集聚上海,沦陷区无家可归

---

① 张晓春:《文化适应与中心转移——近现代上海空间变迁的都市人类学研究》,东南大学出版社2006年版,第15页。

② 作者注:[美]李欧梵《上海摩登》的第一章在论及外滩建筑的时候,强调建筑所体现的殖民色彩,他说:"对普通的中国人来说,所有这些高楼,直接地或想象地,都不是他们的家园。大饭店主要是为富人和名人服务的,他们大多系外国人。"北京大学出版社2001年版,第16页。

③ [美]李欧梵:《上海摩登——一种新都市文化在中国1930—1945》,毛尖译,北京大学出版社2001年版,第4页。

的难民也纷纷涌进租界避难，豪华的高级住宅和条件恶劣的棚户形成了鲜明对比。地产商趁机建造了一批小型公寓和新式里弄，以及两座较高水平的近代建筑——美琪大戏院和皇后电影院（今和平影院），以满足上流社会的文化娱乐需要。花园洋房与阁楼、棚户、水上居同时出现在上海空间中。此外，日军也在上海兴建了一些日本风格的房屋，主要为侵略战争服务，保留下来的极少。[①]

　　到了 20 世纪五六十年代，上海未再建造新的大体量办公、金融建筑，这些金融大楼被改作政府机关办公用房，外滩成了人民政府所在地。描写 1949—1959 年上海翻天覆地变化的选集《上海解放十周年》记录了当时的状况，极具史料价值，开篇 W. E. B. 杜勃依斯（Dubois）对上海外滩的个人感受多次被学界作为上海空间变化的例证："一九三六年，他到过上海，在外滩一带住过几天。二十三年以后，当我们登上上海大厦的阳台，俯瞰市区全景的时候，他指着外白渡桥以南的那一片绿化地带，再三地问：'这确实是外滩吗？'这里没有了帝国主义国家的军队和水兵，没有了流氓和妓女。这是人们比较容易想象得到的；变得这样干净这样美丽，这样景色迷人，是人们比较不大容易想象得到的。这就难怪杜勃依斯不敢相信他所看到的就是当年住过的外滩了。当他再次得到肯定的答复以后，他说：'变化太大了。'风很大，我们劝他到屋里休息。这位历史学家却站在那里，迟迟不动，像钻进了一部描写天翻地覆的伟大历史事变的书册里，舍不得出来一样。"[②]外滩房屋建筑、城市规划十年之间全部转换，杜勃依斯的惊讶也在情理之中。这种房屋"性质"的改变从金融建筑延伸到日常生活的方方面面，"旧的城市地标仿佛完全没有被过去的阴影所困扰，而是以强有

---

① 参见陈从周，章明主编：《上海近代建筑史稿》，上海三联书店 1988 年版，第 18－21 页。
② 参见《攀登新的胜利高峰》，载《上海解放十周年》，1960 年，第 3 页。

力的面貌重新融入并参与构造了新的都市形象序列"。①例如,随着公私合营的逐步完成,南京路的建筑虽然大体未动,但已是旧瓶装新酒。最为激烈的要数"文革"时期的改名风潮:匈牙利人设计的"大光明戏院"改为"东方红电影院";西班牙宫廷式的"浙江戏院"改为"先锋电影院";"上海大戏院"改为"人民电影院"等,不胜枚举。此外,随着国家工业化的高速发展,上海出现了"工人新村"等具有工业附属组织的新型社区,20世纪50年代的曹杨新村、20世纪60年代的彭浦新村,都属于工人阶级的"一方天地"。1959年,国家急需强大的电能和动力,因此加紧在闵行建立机电工业区和与之相配套的工业卫星城,闵行的"一条街"在此背景下仅用78天建成,是中国第一条"中华香樟街",与南京路形成了鲜明对比,成为当年最繁华的街道之一。正如福柯所言:"空间位置,特别是建筑设计,在一定历史时代的政治策略中,扮演了重要的角色。'建筑'自18世纪末以来,逐渐被列入到人口问题、健康与都市问题中。……(它)变成了为达成经济—政治目标所使用的空间部署问题。"②当时这样的建筑设计已完全不同于上海曾经的城市住宅设计,区别于西化风格,呈现出新社会的城市风貌。上海城市空间意象前所未有的改变,使得城市空间的性质也进行着重新的界定与改写。空间是统治和管理手段最重要的一环,空间意象功能的转变与新意象的兴起,隐含了新的领导阶级在城市空间这一维度上掌握领导权、寻求新定位的强烈诉求。

王安忆就是在上海城市的第一次激变中,跟随母亲搬入位于淮海中路的居所,她说:"在我睁开眼睛看这城市的时候,这城市正处于一

①参见张旭东:《上海的意象》,载《批评的踪迹:文化理论与文化批评:1985-2002》,三联书店2003年版。
②转引自戈温德林莱·莱特等:《权利空间化》,载包亚明主编:《后现代性与地理学的政治》,上海教育出版社2001年版,第30页。

个交替的时节。一些旧篇章行将结束,另一些新篇章则将起首。"①王安忆的家是淮海路最繁华的一段,商店林立,转弯即是锦江饭店。②淮海中路为旧法租界范围,是为纪念法国将军所建的大名鼎鼎的霞飞路。王安忆所述自家的建筑形式两侧建造"新式里弄"和"公寓"都有旧时痕迹,仿欧洲城市,沿马路底层房屋大多设计为商店铺面。王安忆作为一个新的社会成员能融入这里也经过了时代的挑选。根据老上海人的回忆:"淮海中路到复兴中路这一段的茂名南路,小时候就听说有'禁区'的讲法,户口很难报进去的,因为有政治上的要求。"③这是王安忆的父母带给王安忆的"优先"权力,也是他们全家作为一种"新文化"的载体进入上海,甚至"改造"上海的标志。20世纪70年代中期,王安忆搬离了这座居所,但是这里为她早期的写作提供了材料,是她作品中的"60年代"上海意象的主要来源。

如果说,1949年后上海意象的"激变",是以新的政府机构和政府"新人"对旧有建筑的占用,对带有殖民色彩的"上海滩"建筑的改造为标志,那么改革开放后,特别是1984年以后的城市意象的"激变"则是以新建筑的建造和对旧建筑的还原为标志的。20世纪30年代的上海意象虽然貌似与世界水平相似,但是"摩天大楼总是作为社会经济不平等的证据,表现高和低、穷和富"。④ 所以,在新感觉派作家笔下,舞厅、大楼、咖啡馆都无异于吞噬灵魂的黑色旋风。1983年,上海宾馆破土重建,既有复古式的建筑追求,又不乏先进的现代设施。1985年,建成上海首幢玻璃幕墙建筑——联谊大厦,这种建筑的形式成为全国摩天大楼的惯用形式。1994年人民大厦建成,高72米,作为新的上海党政机关的办公大楼。与此同时,大量的旧建筑回归本用,或被当作

---

① 王安忆:《死生契阔,与子相悦》,《寻找上海》,学林出版社2001年版,第35页。
② 王安忆:《搬家》,《寻找上海》,学林出版社2001年版,第87页。
③ 袁念琪:《上海:穿越时代横马路》,上海教育出版社2004年版,第237页。
④ [美]李欧梵:《上海摩登》,毛尖译,北京大学出版社2001年版,第15页。

历史纪念的展览品。上海建筑形式的这种回环式发展道路,一方面使得旧上海"海派"元素似乎于意象之上浮现,另一方面上海的形象也面临失却"独特性"的怀疑:

> 看两边鳞次栉比的建筑群峨然耸立,玻璃幕墙在阳光下激棱闪光让你睁不开眼,这些现代建筑是人类追求工业文明最疯狂的产物。它们干扰光线辐射,影响空气流速,压迫着城市地表的密度,使城市以每秒 0.0001 微米的速率下陷入海,同时它们还挑衅着城市人日益荒芜的视野和渐增渐高的智商。
>
> 夹在两排钢筋水泥建筑中的是一条被真正懂情调的上海人喻为"后花园"的淮海路。美美百货、巴黎春天、伊势丹这样顶尖百货的进驻使这条五彩斑斓充斥着时尚和垃圾的河流更以加倍的时速流动、奔涌。①

20 世纪最后十年的上海又一次发生了质的飞越,诞生于 20 世纪 70 年代的作家们如此描述这种飞速发生的变化:"'老上海'所要致力生产的实际上是一个'新上海',这一'新上海'被镶嵌在全球化的世界远景之中。"②同样是淮海路,但已与王安忆儿时住宅相去甚远。卫慧小说中的现代化体验和新感觉派作家的体验有相似之处,其间的压抑以致窒息却仿佛可以被安置于全国任何一座城市。这不禁让人产生了新的怀疑,海派的浮现,除了上海形象的互文之外,其生发作用,在 20 世纪 90 年代初上海的落后情况下回味逝去的辉煌,以及在 20 世纪 90 年代后半期,上海不顾一切使"玻璃幕墙"悦目刺眼之后,这种对旧上海回味,又变为一种独特性的追寻和慰藉:

---

① 卫慧:《愈夜愈美丽》,《卫慧精品集》,时代文艺出版社 2000 年版,第 424 页。
② 蔡翔、董丽敏等:《空间、媒介和上海叙事》,上海大学出版社 2013 年版,第 56 页。

当时在图书馆，藏书楼，辛苦看到的旧书，如今大批量地印刷发行，用最好的铜版纸作封面。可在那里面，看见的是时尚，也不是上海。再回过头来，又发现上海也不在这城市里。街面上不再有那样丰富的有表情的脸相，它变得单一。而且，过于光鲜，有一些粗糙的毛边，裁齐了，一些杂芜的枝节，修平了。而这些毛边和枝节，却是最先触及我们的感官的东西。于是，再要寻找上海，就只能到概念里去找了。连语音都变了，一些微妙的发音消失了，上海话渐渐向北京话靠拢，变得可以注音了。……总之，上海变得不那么肉感了，新型的建筑材料为它筑起了一个壳，隔离了感官。这层壳呢？又不那么贴，老觉得有些虚空。①

20世纪90年代的上海，沉浸于"怀旧"之中，很少有城市如20世纪90年代起的上海那样，让城市本身成为一个内涵性的、可研究的、审美的对象。"历史不仅属于博物馆和文献资料，都市本身就是一座开放的历史博物馆。时下，阅读城市似乎要成为一种新的时尚。"②图书馆里的"旧上海"显然更能使王安忆大受鼓舞。在这一意义上，王安忆和卫慧面临同样的问题。那么，这些长久以来被当作海派复兴的证据，其实就是"一种拯救的努力，它试图把这城市从被消解为空虚的、内部同质的时间中拯救出来"。③ 城市拯救的结果，就是"上海"作为一种文学形象的再度兴起。笔者认为，如果我们抛开学术界对海派诸位作家的发掘年表，抛开作品的实际作用的不同，最为明显的结论，也是最容易被确认的，是"海派"复兴首先体现为上海空间作为一种文学形象的展现。

在海派文学的发展脉络中，"私人性"自来凸显，从张资平、穆时

---

① 王安忆：《寻找上海》，学林出版社2001年版，第22页。
② 张松：《上海的"空间"遗产》，葛红兵主编：《城市批评上海卷》，文化艺术出版社2002年版，第216页。
③ 张旭东：《上海怀旧》，《批评的踪迹》，北京：生活·读书·新知三联书店2003年版，第314页。

英、刘呐鸥到张爱玲大概都可用"皮箱里的玫瑰花瓣"来概括,注定这是比全国任何一个地方都能体现出私密的城市。海派的"复兴"在20世纪90年代后半期直到21世纪,以上海的风花雪月作为最诱人的部分。"私人性"以文学中的"日常叙事"和文学选材上的儿女情长甚至是"身体写作"作为最集中的标志:1995年王安忆发表《长恨歌》,主人公王琦瑶是昔日上海小姐。1996年出版的散文集《前世今生》以上海青楼女子、女明星和名媛、太太们的时尚生活为描写对象,在一年内的累积发行量达到近7万册。1998年9月,卫慧的《上海宝贝》引起轩然大波。陈丹燕在20世纪90年代末连续出版《上海的风花雪月》《上海的金枝玉叶》《上海的红颜遗事》,销量更超过10万册。① 文学上海的私密性质落实在上海城市的变迁中,是城市面貌和功能性由集体性向私人性的嬗变,亦视为"海派复兴"的强烈征兆。20世纪50年代,上海政府改建和新建公共文化建筑:中汇大楼改为上海博物馆,花纱布大楼改为自然博物馆,逸园跑狗场改为可容纳万人的文化广场,跑马厅大厦改为上海图书馆,建成中苏友好大厦(今上海展览中心)和农业展览馆、鲁迅纪念馆。电影院是唯一还能存在的娱乐场所,但除放映的内容大变之外,经营的性质也有所改变,如百乐门舞厅取消一切其他项目而专事放映,更名红都电影院。在消费主义的土壤上滋生的闲暇娱乐机构:咖啡馆、戏院、舞厅和跑马场等逐渐退出上海人的视线。而这种偏向个人化和私密性的作家"公共空间"却被更为集体化的狂欢取代:三十年前,文化广场绝对是上海人的一个荣耀。它具有如人民大会堂一般的殊荣,成为上海人民的自豪。到了20世纪80年代,文化广场成为营利性的中心,先后成为证券交易所和花卉市场。直至2005年上海市政府投资11亿重建绿地和中心舞台。与"经济广

---

① 作者注:以上数据和作品整理,均来自于陈惠芬《想象上海的N种方法》,上海人民出版社2006年版。

场"同时进行的是,舞厅、酒吧、咖啡厅、私人会所等城市空间物的重新出现。1984 年 7 月 20 日,沪光电影院在全市开出第一家音乐茶座后,全市范围骤然兴起娱乐新时尚。1985 年初,国际、华侨、和平等大饭店试办营业性舞厅,专为外国人、华侨、港澳台胞服务,并规定收取外汇兑换券。不久,大都会书场对外开放夜场营业性舞会,南京东路东亚音乐茶座设置舞池供顾客起舞,由此全市兴起开设营业性舞厅、卡拉OK 厅的热潮。1995 年全市有舞厅 1394 家,卡拉 OK(含 KTV 包房)3124 家。① 文学借助这些独特的空间意象,展开了各种想象可能。在新一代作家的文学叙述中,新感觉派作家笔下的风月场所跃然而出:

> 上海有大大小小 1000 个左右的酒吧,这些酒吧或者挤得像着火,或者从周一到周五一个顾客也没有。它们像一些缤纷的疱疹密密麻麻地长在城市的躯体上,吸入这座城市背面暗蓝色的迷光,如同一片富含腐殖质的温床一样滋长着浪漫、冷酷、糜烂、戏剧、谎言、病痛和失真的美丽。艺术家、无业游民、时髦产业的私营业主、雅皮和 PUNK、过气的演艺明星、名不见经传的模特、作家、处女和妓女,还有良莠不齐的洋人。各色人等云集于此,像赶夜晚的集市。②

私密和摩登的都市氛围催化了"海派"记忆重回人们的脑际。王安忆就生活在这一"激变"的历史时空当中,当时上海作家的动态、文学历史经验,还有自身的居住、生活环境的改变,是围绕在她身边最为真实的存在,王安忆不可能抛却了这一切"客观实在"而另起"虚构"的炉灶。王安忆也在认真地探寻着这座城市的"隐私":"在那些低檐窄户的后头,背静的弄堂里,也蛰居着一些文雅的狷介的人生。只要听听那里的钢琴声就知道,手指头在琴键上摸索出沉思的夜曲,还有

①上海通志编纂委员会:《上海通志》第八册,上海人民出版社 2005 年版,第 5498 页。
②卫慧:《愈夜愈美丽》《卫慧精品集》,时代文艺出版社 2000 年版,第 433 页。

天井墙上,月光下的爬墙虎的影子。这都是些隐私一样的情节,藏匿在一扇扇缄默的门窗里面,是不能作街景的。"①王安忆没有选择新感觉派式现代技术层面的上海形象,而把眼光投向张爱玲式的世情海派的市井人生:"事实上我们看小说,都是想看到日常生活,小说是以和日常生活极其相似的面目表现出来的另一种日常生活。"②"我觉得上海最主要的居民是小市民,上海是非常市民气的。市民气表现在对现实生活的爱好,对日常生活的爱好,对非常细微的日常生活的爱好。"③在她那里,城市的秘密在上海的弄堂当中,在现代化进程中上海的独特性也体现在上海市民的世俗精神里。作为横跨激变时代的"老作家",王安忆在小说中表现了更多阶层的市民"私密性",将目光投向弄堂里的恒常人生。但又因为她的"横跨性",其小说里的上海形象,受到上海空间激变的影响,亦存在由集体记忆向个人化记忆的变更。

三、想象"文革"上海的形象

王安忆的小说创作是以上海的城市沧桑变迁为背景的。首先是上海由红色革命子弟向市场经济的弄潮儿的转变,对旧上海的怀念、挖掘以至于赞美,几乎与浦东开发的号角同时奏响。其次,是从 20 世纪 90年代中期开始,当上海彻底沉寂于全中国经济的壮美激情中,洋场风情已从"上海宝贝"们的宣泄中呼出了另类的历史记忆方式。"旧上海"在演变中的功能性由此进一步融入王安忆的创作,同时又含有反思和借鉴双管齐下的作用。对于身在上海,创作期绵长的作家,不可能无视这三十年的激变给她带来的转型。作为上海历史的观察者、在地者、反思者甚而是提升者,王安忆在打上"激变"烙印的同时,又必须采取俯视上海

①王安忆:《街景》,《寻找上海》,学林出版社 2001 年版,第 117 页。
②周新民,王安忆:《好的故事本身就是好的形式——王安忆访谈录》,《小说评论》2003 年第
  3 期。
③王安忆:《王安忆说》,《南方周末》2001 年 7 月 12 日。

形象演变的姿态,在激变中确立自身的创作风格,站稳脚跟。

　　王安忆小说中的内容从地点来观察,最多出现的是弄堂;从时间来考察,则多集中于"文革"时代。如果将王安忆的创作直接纳入上海怀旧的范畴,"民国上海"主导的描述或为一种误会。因为纵观她的小说,似乎仅有《长恨歌》的第一部分描写了王琦瑶在 20 世纪 40 年代竞选上海小姐的故事。另外一篇《桃之夭夭》里经过短暂的民国一瞬描述后,则到了 21 世纪后。王安忆对"怀旧"的看法,也与学者们的描述大相径庭,她的带有"新中国、新公民"姿态的表述方法很值得玩味:"《长恨歌》很应时地为怀旧提供了资料,但它其实是个现时的故事,这个故事就是软弱的布尔乔亚覆灭在无产阶级的汪洋大海之中。"①作家显然在对旧上海的一片怀恋与赞叹声中,"摆正"了自己的姿态,这是一种带有批判意义的定位。那么,上海的城市功能在海派复兴意义上的激变,又如何体现在其创作中呢? 王安忆指明了创作的主要方面:"要说是怀旧也行,事实上,这段生活是在我初有知觉的成长时期,是我最初看见的较为连贯的世界,它于我并不是'旧',而是世界初露水面,反是极新的。我喜欢它们,我的经验从它们开始,出发,大约也因为这,我以为《长恨歌》第二部是写得最好的一部。"②王安忆所述《长恨歌》的第二部分,描述的正是"文革"时代的上海。再者,我们可以先将其作品进行简单的题材归类,长篇小说 13 部中,涉及"文革"的占到 10 部(除了《天香》《遍地枭雄》《上种红菱下种藕》),可见作家对于"世界初露水面"时刻的重视。如果将王安忆的"文革"上海作为参数来进行合并同类项式的研究,从而考察其创作在海派复兴背景下的逐渐转型,不但小说的篇目大增,而且也比直接导入"怀旧"文化论更见说服力。

---

① 王安忆、王雪瑛:《〈长恨歌〉,不是怀旧》,《王安忆说》,湖南文艺出版社 2003 年版,第 120 页。
② 王安忆、王雪瑛:《〈长恨歌〉,不是怀旧》,《王安忆说》,湖南文艺出版社 2003 年版,第 122 页。

从开始写作以来,王安忆就十分重视在小说中描写"文革"时代的上海,在王安忆看来,"那是一个内心生活活跃的时期,外部的生活停滞了,内部便兀自生长着。事实上,外部的生活是有限的,内部却有着可无限扩张的空间,它无边无际。'文革'是一个充满激烈事件的时代,它非常容易转移我们的注意力,让我们忽略在那时节我们心里发生的戏剧",①其创作最初起源于带有强烈自叙传色彩的"雯雯"系列小说。王安忆不止一次说过,自己属于经验型作家,她的很多作品都建筑在经验的基础上:"我倾诉我的情感,我走过的人生道路所获得的经验和感想。在这一个阶段,我不承认小说是有思想和物质两部分内容的。因为那时,我写小说正处于一个类似童年时期的协调一致的情境中,我要倾诉的情感带有自然的形态,好比瓜熟蒂落。"②女作家的创作总是能够窥探出个人生活的影子,在这点上,王安忆对生活的清新、独特表达与张爱玲有共同之处。其中,发表于1984年的长篇小说《69届初中生》显然带有总结这一阶段创作的性质。小说从儿童雯雯写起,写她对保姆的无比眷恋之情,写她对小男孩的懵懂感情和游戏、依赖,对弄堂中各种"特殊"人物带有孩子气的观察视角,可以推断,这些题材基本是以王安忆童年的生活为模板,淮海路旧居及其周边的环境构成了小说中人物活动的最为重要的生活场景。③"文革"到来时上海的变化,在一个十几岁小女孩那里,体现为店铺名称的变更:

---

① 钟红明,王安忆:《启蒙时代:一代人的精神成长史》,《黄河文学》2005年第5期。

② 王安忆:《漂泊的语言》,作家出版社1996年版,第330页。

③ 作者注:淮海路旧居是王安忆早期创作的重要原型,为此笔者曾赴当地考察。小说中的弄堂已经面目全非,但这一段仍是淮海路最热闹的地方。从地铁陕西南路站一出,即可见百盛、巴黎春天屹立于淮海中路两侧,往前走就是茂名南路。瑞金路与淮海中路交汇处是东方商厦和青少年用品大厦,思南路可通孙中山故居,其间店铺颇有30年代的小资情调。王安忆家弄堂大约在思南路-瑞金路一带对面,如今新式里弄仍可见风貌,红房子西菜馆等雯雯的活动场景也保持原样。值得注意的是:淮海中路仍可见某些海派地景与解放地景的"混搭":团中央旧址保留在淮海中路567弄,连同不算太远的中共一大会址是典型的石库门建筑。另外,淮海中路833弄有一个白色牌坊,上书:人民坊。

第二天,雯雯和霏霏去上学,发现一条淮海路的商店全换上了新名字,用大黑字赫赫地写在红纸上:四新茶叶店,兴无服装店,灭资体育用品商店,红旗合作食堂……走了几步,又发现了一个四新布店,一个四新文具店,一个灭资五金店。①

在最初的这部小说中,主人公雯雯的心理活动被特别强调,而对于上海街景的叙述则置于雯雯的日常生活背后。在个人命运的天地里,小说还没有形成自觉的归纳意识。而在其后的《流水三十章》再写上海的街景,则要波澜壮阔得多:

黄浦江的水在倒流似的,太阳从西边升起而后东边落下。优雅的花园洋房,肃穆的石库门弄堂,攀上落地窗的牵牛花下,伸出天井墙头的夹竹桃花和无花果边,布满了彤红的最高指示与拙劣的领袖画像,将一个最最多姿多彩的上海变成了一个奇异的大道场,里面走着失了计算与失了目标的上海人。培养了百年的上海人雍容的姿态在一幕忠字舞里全部销毁,磨炼了百年的上海人电脑般的精明在一场夺权的混战中烟消云散,一座象征了上海平民新生的文化广场则在一场无名的大火中夷为平地。而今,上海人又将面临一场大迁徙似的上山下乡运动,上海这一座东方巴黎,危在旦夕,濒临灭亡。幸而上海人早已麻木,只留下了一个明哲保身的遍天下中国人的头脑与上海人独有的随机应变的才能,尚可一日一日安然地度日。②

从结构上看,王安忆出版于1990年的长篇小说《流水三十章》与《69届初中生》极其相似,二者都从细腻的心理刻画入手,表现女主人公从婴儿到而立之年的生命历程。《流水三十章》完成于1987年,也

---

① 王安忆:《69届初中生》,北岳文艺出版社2001年版,第104页(页码待定)。
② 王安忆:《流水三十章》,上海文艺出版社2002年版,第231页。

就是海派文学复兴初露端倪之时,当时王安忆在《小鲍庄》的文坛震动后,正遭遇"性"描写是非功过的纠结和批评的一个"低潮期":"《小鲍庄》以后,他们说我没什么指望了。'三恋'出来之后,有点黄鱼翻身的意思。以后又没指望了。评论界对于写作者,就像等米下锅,等着你赶紧出来点新招来对应他们的观念。1987 年我写了《流水三十章》,这本书写得非常难看的。"①可见,这部小说是为作者所不喜欢甚至是尴尬的作品,长达 30 万字的篇幅不过是为了定点爆破。在以上的一段引文中,王安忆开始注意描绘上海的历史变迁,脱离了一个孩童的反映生活。对景物的描写嵌入了作家的评判,但是这种"东方巴黎,濒临灭亡"的评判却略显生硬。即使如此,"东方巴黎"与"优雅的洋房"以及"算计的上海人"的出现仍是十分关键的。其一,"上海"作为一个独立的形象终于在小说中占据了和人物同等重要的位置。其二,因为这是王安忆找到了自己应该持有的视角,也是从观念上如何面对"文革"的小说创作理念。王安忆找到的方式正是上海人的"安然度日",只是她还不能找到如何驾驭一种"安然",而仍然选择了代言和评判的调调。如果我们可以沿着王安忆的访谈逆向而行,她终于逐步地推进批评界的"下锅之米",而终于在《长恨歌》之时将上海的独立形象趋于成熟:

　　上海弄堂的感动来自最为日常的情景,这感动不是云水激荡的,而是一点点积累起来。这是有烟火人气的感动。那一条条一排排的里巷,流动着一些意料之外又情理之中的东西,东西不是什么大东西,但琐琐细细,聚沙也能成塔的。那是和历史这类概念无关,连野史都难称得上,只能叫流言的那种。流言是上海弄堂的又一景观,它几乎是可视可见的,也是从后窗和后门里流露出来。前门和前阳台所流露的则要稍微严正一些,但也是流言。这些流言虽然算不上是历史,却

①王安忆、张新颖:《谈话录》,广西师范大学出版社 2008 年版,第 276 页。

也有着时间的形态，是循序渐进有因有果的。这些流言是贴肤贴肉的，不是故纸堆那样冷淡刻板的，虽然谬误百出，但谬误也是可感可知的谬误。在这城市的街道灯光辉煌的时候，弄堂里通常只在拐角上有一盏灯，带着寻常的铁罩，罩上生着锈，蒙着灰尘，灯光是昏昏黄黄，下面有一些烟雾般的东西滋生和蔓延，这就是酝酿流言的时候。①

这段对弄堂的大肆渲染的描写，势必会带来大量的引用，以为海派文本张目，其中最主要的元素——"日常"和"流言"作为上海形象的核心意义，正是为批评界所熟悉的海派元素。再细心观察，我们会得出一个更加诱惑的结论，《长恨歌》《流水三十章》《69 届初中生》三段引文的"中心思想"居然是一个意思："文革"没有改变上海的日常生活。只不过在《69 届初中生》里这个意思是不自然流露出来。在《流水三十章》中则是作家在正话反说，拐个弯到达了终点。而《长恨歌》因为有海派两元素的进入，就变成了"有意识"也是"自然"地流露。

阿格妮丝·赫勒将日常生活视为个体在社会中的一切再生产要素的总和，她指出："在个体层面上，我们的日常生活描绘着现存社会的一般再生产，它一方面描绘着自然的社会化，另一方面描绘着自然的人化的程度和方式。"②显然，在王安忆的小说里，一个被嵌入了海派风韵的"个体化"上海形象被逐步地凸显出来。这种上海形象属于个体"每时每刻都违背的社会体系"③，而由《流水三十章》到《长恨歌》中上海形象的逐步"日常生活"化，体现出逐步加重的自然人化。李今指出，以张爱玲为代表的海派小说的一个基本方面，是"以日常生活的逻辑消解价值的理想形态"。这也正是王安忆小说的上海形象所走过的"日常化"旨归。结合其个人生活环境由集体性向私人性的"地景"的配合，王安忆

①王安忆：《长恨歌》，作家出版社 1995 年版，第 6，7 页。
②［匈］阿格尼丝·赫勒：《日常生活》，衣俊卿译，重庆出版社 1990 年版，第 4 页。
③［匈］阿格尼丝·赫勒：《日常生活》，衣俊卿译，重庆出版社 1990 年版，第 33 页。

的"流言"与张爱玲的"流言"便有了同构的关系。虽然在表面上,王安忆的这种转变又一次投好了批评界的预设,但是她仍然声称:"实际上你要说《长恨歌》像谁,《长恨歌》真的有一点点学雨果写巴黎。"①王安忆一路走来,从壮阔中学出了日常和私密,从《巴黎圣母院》学成了《传奇》和《流言》,这其实是作为个体的日常生活与社会化自然碰撞的结果,也体现为王安忆对海派意义上的价值消解的思考:

> 这就到了一九六七年与一九六八年的冬春之交,他们的自行车阵,由小兔子带领,呼啦啦驶进市中心区的那所学校,占领了操场的中心位置。阳光格外明媚,奇怪的是,这里的阳光有一种旖旎。那是从欧式建筑的犄角、斗拱、浮雕、镂花上反射过来的,再经过悬铃木的枝叶、然后,又有一层肉眼看不见的氤氲——奇怪,这里的空气都要多一些水分,变得滋润。所以,阳光就有一种沐洗的效果。……这街区即便在这粗粝的时代,也有着一些奢靡的浮丽,而他们则是彪悍的。这城市就是这么多种多样,隔一条街,街上走的人就有截然不同的面容和表情。②

《启蒙时代》仍然以"文革"为背景,小说的主人公是一群在"文革"中成长起来的年轻人,王安忆关注他们在"文革"这样一个特殊时代中的内心的经历,以及这段经历对其人格的影响,这既包括自我身份的认同,还包括对外部世界价值的判定。尽管在陈思和看来,《启蒙时代》呈现出明显的教育小说的面目③,但以《启蒙时代》为代表,可见王安忆最终对"市民性"和"日常生活"的抉择,当然,这一抉择是在历经数次转型,作家已经能自觉自为地规划自己的创作。一方面,王安忆继续为小市民代言,促其翻身。另一方面,就是这种小市民成为革

---

① 王安忆:《王安忆说》,湖南文艺出版社 2003 年版,第 206 页。
② 王安忆:《启蒙时代》,人民文学出版社 2007 年版,第 90,91 页。
③ 陈思和:《论＜启蒙时代＞》,《当代作家评论》2007 年第 3 期。

命的主体，王安忆"要处理革命后代的精神生活这个具体的问题，而不是一般的一个革命问题"。① 由"雯雯"系列到《启蒙时代》，王安忆的成长小说一直都交结在这两方面之下，海派的风格、经验，恰是融合这两方面的介质，使得她终于明白"粗粝"和"奢靡"是上海形象演变的一体双面，使得她终于找到了方案来解决自己的上海经验。用 20 世纪 30 年代的"体"来完成 20 世纪 60 年代的"用"，但是她却始终不能忘却在氤氲中的"启蒙时代"，即对海派精神内质批判地继承。

第二节　城与人：从市民群体到小说人物形象

一、市民群体、社会生活的演变与"海派"的复兴

前一节从城市形象入手探讨了都市文化的文学表现，建筑的变化对海派文学复兴产生作用，而小说中的城市形象又成为复兴后的主要表征。然而，文本与城市形象之间的关系并不是简单的呈现与反作用的关系。"文化并非一系列自由流动的观念或信仰，文化也不是某个伟大艺术或文学作品经典的显现。文化的意义、过程以及工艺品都是在特定的物质条件下，被生产、分配与消费的。换句话说，文本与实践两者都是社会世界的产物，也是构成社会世界的主要成分。社会世界是由整体组织所构成。例如，由媒体机构以及其他文化生产者、家庭、教育以及各种不同的市民社会代理人，甚至特定社会团体的日常生活实践所构成。因此，任何试图了解文化与文化过程的努力，都必须仔

①张旭东、王安忆：《对话启蒙时代》，生活·读书·新知三联书店 2008 年版，第 127 页。

细思考这些复杂的物质条件。"①文学作为文化文本,被快速的纳入社会生产的链条当中,而市民社会成为这一链条的核心词汇。如果已经将"日常生活实践"作为 20 世纪"海派"发展情况的一个参照对象,那么日常生活的隐没与高扬,其背后无疑是市民社会生活的变迁。

1. 人口构成与社会生活多元化。

社会生活风格的多元化特征是海派文化的基础之一,这一基础特征首先体现在上海人口构成的多元。自开埠以来,上海的人口构成以内地的移民为主,还包括了大量的外国侨民。上海弄堂里可谓藏龙卧虎又藏污纳垢,三教九流共同构成了丰富的生活文化景观。毛泽东在上海的住宅位于安义路南里 29 号,巨鹿路景华新村沙文汉家曾经是中共的地下联络点。鲁迅居住在山阴路的新式里弄,《且介亭杂文》的名字即来源于"租界"二字各取半边。同样居住在上海弄堂里的文化名人不胜枚举:蔡元培、章太炎、柳亚子、瞿秋白、茅盾、巴金、郭沫若、夏衍、丰子恺等。海上名人黄金荣早年居住在八仙桥培均里,杜月笙、张啸林出道后仍在宁海西路附近大批建造弄堂房子。② 上海市民的职业分布极其广泛,在 1932 年上海华界就业的 157.1 万人口中主要职业构成的统计数据为:从事农业的为 16.8 万人,占 10.1% ,工人有 32.6 万人,占 20.74% ,从事商业的为 14.9 万人,占 9.5% ,家务劳动有 31.8 万人,占 20.25% ,无业者 25.7 万人,占 16.34% ,学徒、用工 9.2 万人,占 5.9% ,其他 8.8 万人,占 5.61% 。③ 非但中国籍居民阶层丰富,民国时期的外国人以及随之而来的西洋文化、生活方式在旧中国是一个特异的风景,可以说,海派文学文本对上海异域风情的表达以及海派文化的多元因子的基础正是上海城市的核心——上海市

---

①[英]安·格雷:《文化研究:民族志方法与文化生活》,许梦云译,重庆大学出版社 2009 年版,第 16 页。

②朱学范:《旧上海的帮会》,上海人民出版社 1986 年版,第 249 页。

③邹依仁:《旧上海人口变迁的研究》,上海人民出版社 1980 年版,第 106 页。

民阶层人口变化的直接反映。

海派的隐没首先表现在市民阶层的变化。中华人民共和国成立以后较长时间内，上海的外籍居民大量减少，这是外来人口变化中最为突出的表现。1946 年，上海有常住外籍居民 65409 人。其中约有12.5% 的人从事工商业，大部分的外籍居民(40.7%)或靠利息、救济、亲友的自助生活，或从事不正当职业，或被慈善机构收容，甚至还有少部分人成了游民。① 中华人民共和国成立后，上海政府对外籍居民的管理逐步严格，陆续颁布了一系列行政管理条例。1952 年到 1982 年，上海的外籍人口整体上呈现出下降的趋势，到 1980 年锐减到 600 余人。② 文学作品中再也没有出现外国风情，甚至连外国人的踪影也难以寻觅。而自 1983 年起，上海外籍居民的规模开始增长，这显然与改革开放以后国家的对外经济政策有关。据统计，1996 年常住上海的外籍居民上升到 20179 人，而临时来沪的外国人数多达 115.5 万人次。③ 外国人的大量涌入，使得上海的"东方巴黎"形象又一次浮现人前，外国人的社会生活模式对上海的新形象产生了深远的影响。而上海人也有了出国交往的更多机会，王安忆于 1983 年接受美国爱荷华写作计划的邀请，1986 年再次访美。紧接着，她又在 1987 年赴欧洲旅行，1989 年参加德国主办的法兰克福国际书展，1991 年到马来西亚和新加坡参加研讨会。

外国的文化传播、翻译作品也是上海众多学术著作中的耀眼明星。如上海译文出版社的"20 世纪西方哲学译丛""当代学术思潮译丛"，上海人民出版社的"西方学术译丛"等，这些基本学理的引进介绍都为文学的发展起到了极大的推动作用。

中外交流对上海的作用，不仅在精英学术层面发挥作用，而且在

---

① 熊月之主编：《上海通史》第十三卷，上海人民出版社 1999 年版，第 180 页。
② 熊月之主编：《上海通史》第十三卷，上海人民出版社 1999 年版，第 181 页。
③ 熊月之主编：《上海通史》第十三卷，上海人民出版社 1999 年版，第 183 页。

日常生活领域产生了更为重要和深远的影响。对于普通市民而言,西方的价值和行为取向渗透进生活,通过器物接触、抽烟喝酒、西餐西装、舞厅沙龙等方式传习。在 20 世纪 80 年代初,上海国际饭店树立东芝广告牌的事件还引起"姓资姓社"的轩然大波,柯达公司欲出资 25 万元购买的天桥广告也因为"景观"问题而流产。但到了 20 世纪 90 年代,洋式社会生活已经呈现风起云涌之态势,这些在王安忆及同时代的小说中都有体现。

　　《我爱比尔》里的阿三和《香港的情与爱》里的逢佳都以出国作为自己的奋斗目标,在生活里她们不断地参与进西方的生活模式。阿三是新一代深受西方影响成长起来的大学生,就读于师范院校的艺术系,极富现代前卫意识,穿着夸张而奇特,说着一口流利的英语,她向往着西方世界的生活,每遇到一个外国异性,都全身心的投入,渴望能得到他们的爱,阿三对那些白种男人"希腊式的侧影"极其迷恋。比尔离开后,马丁成了阿三的救命稻草,"阿三也抱着他,两人都十分动情,所为的理由却不同。马丁是抱着他的一瞬间,阿三却是抱着她的一生"。① 艺术天赋极高的阿三逐渐在出国之梦中迷失了自己。同样是靠嫁外国人而改变自己命运的逢佳则比阿三幸运得多。中年女性逢佳抛雏别夫,在香港孤身奋斗。为了改变窘迫的生存处境,实现移民美国的愿望,逢佳结识了美籍华人富商老魏。在做了老魏两年情妇之后,逢佳终于如愿以偿,移民澳洲,她与老魏也产生了真心相待的情意。可见,涉外婚姻潮正是 20 世纪 90 年代中后期以来上海青年女性中比较突出的现象,甚至为了出国而违背道德也毫不介意:"我觉得很值得,没有吃亏,假如靠我自己去奋斗,这两年到不了这个程度,许多大陆出来的新移民就是例子。……我还是觉得自己不错的,我倒觉得

---

① 王安忆:《我爱比尔》,中国电影出版社 2004 年版,第 73 页。

这两年的时间是用在刀刃上了。"①逢佳的态度鲜明体现了时代发展、社会生活环境变化给人们的生活观念带来了巨大冲击。

除了外籍居民和外国文化的影响,本地居民的构成和社会阶层的演变发生了更为巨大的变化,市民阶层的多元特征从中华人民共和国成立初期开始因为国家政策的调整而发生了质变。首先,以移民为主体的市民构成发生变化。国家加强了对外来人口的管理。从 1958 年颁布《中华人民共和国户口登记条例》起,基本阻断了农村人向上海的迁移。上海的市民也被动员支援边疆、回乡生产,到安徽、西藏、甘肃等地去支援社会主义建设。1958 年即有一万两千名知识青年到湖北、安徽去参加劳动,②1968 年底到 1969 年初,全国掀起了上山下乡的高潮,大批滞留学校的学生被这股狂潮卷向农村、边疆。在三大直辖市中,上海市跨省安置的知青人数多达 66.07 万人,居于首位,而安置的地区则横跨黑龙江、吉林、辽宁、内蒙古、新疆、安徽、云南、贵州等 11 个省、区。③ 通过"内收外扩"的政策,非但上海的人口构成发生了变化,人们对待生活的态度和生活方式也被纳入社会主义文化当中。大批的舞女、佣工、游民接受改造,洋场职员等职业也因经济体制的改动而消失。市民阶层的重新多元化则是伴随着改革开放政策的不断深化,市场经济体制的进一步启动,大批流徙于各地的上海知青纷纷返城,甚至成为商品市场浪潮中的始作俑者。外来人口又一次涌入上海,成为各个服务行业的主力,外来人口的增长在 1993 年甚至达到了常住人口的 23 倍之多。④ 上海人在复苏压抑了很久的生活文化上表现出极大的热情和勇气。自改革开放前在服饰、饮食、娱乐方面的微

---

① 王安忆:《香港的情与爱》,《王安忆自选集》第三卷,作家出版社 1996 年版,第 575 页。
② 许纪霖、罗岗等:《城市的记忆——上海文化的多元历史传统》,上海书店出版社 2011 年版,第 210 页。
③ 刘小萌:《中国知青史. 大潮:1966－1980》,当代中国出版社 2008 年版,第 114 页。
④ 王午鼎主编:《90 年代上海的流动人口》,华东师范大学出版社 1995 年版,第 30 页。

观抵抗已经略见端倪，"大都市的繁华，对外开放交流，对财富的崇拜和个性的张扬，对未来美好生活的向往……这些又重塑了上海的城市历史和上海人的历史体验"。① 在经济的飞速发展后，市民的多元选择和时尚引领在全国恢复为耀眼的中心。王安忆的创作是上海历史变迁的见证，她早期的小说主要以自身的知青经历为创作材料，随着城市市民阶层的变化，小说中出现了更多新的人物群像系列，社会生活的画面也越来越丰富起来。

2. 关于小说创作主体的考察。上海市民阶层的多元化是海派文化隐没和复兴的表征，也是其中的关键环节。此外，作家自身面临消费社会的抉择，作为文学可以谋生的情况是形成海派创作描写内容、文笔风格的又一大因素。文学社会学者埃斯卡皮将作家纳入文化生产的环节当中，吃喝拉撒仍然是认识作家这个职业的本质，"凡是文学事实总要提及如何向作为人的作家提供资助的问题"。② 20 世纪三四十年代的海派文人生活，曾在中国现代史上构成了独特的景观。以刘呐鸥为代表的行走在北四川路上的"现代沉溺者"③们，租下寂寥的大屋子，行走在"神秘街"中，盘桓于西餐馆、电影院、舞厅之间。就连经常流连于各大公寓居所的张爱玲也经常乘电车来到四川北路购买日本料子，因为这些东西符合她参差对照的美学观念。这些生活状态无疑都与文人的资助情况相关，刘呐鸥与施蛰存等人在四川北路的花园坊沙龙后，创办"第一线书店"，随后《无轨列车》创刊。刘呐鸥一直没有停止出资兴办书店的活动，水沫书店成为很多代表作的出产地。还是大学生的穆时英也因为施蛰存的推荐而逐渐走红。包括张爱玲在内的海派文人，或是自办刊物为新的文艺观念张目，或是在小报中赚

①蔡翔等：《空间、媒介和上海叙事》，上海大学出版社 2013 年版，第 39 页。
②[法]罗贝尔·埃斯卡皮：《文学社会学》，王美华、于沛译，安徽文艺出版社 1987 年版，第 71 页。
③叶中强：《上海社会与文人生活 1843－1945》，上海辞书出版社 2010 年版，第 407 页。

得自己的名气。无疑，如何生活，就会产生怎样的小说描写内容。在一定程度上，张爱玲与主流文艺的疏离姿态才造就了沦陷区的都会传奇，"新感觉派"与当局查禁的反复周旋才造就了文本中复杂的日常景观。1949年后，当代文化走上了"一体化"的进程，根据毛泽东《讲话》的要求，文艺有了不可撼动的读者对象——"工农兵"，亦有了不可撼动的表达形式——"为人民群众所喜爱的中国作风和中国气派"。作家一定程度上成为市民的"启蒙者"，而不必为了迎合口味再周旋于各大小报自谋出路。

　　文学在20世纪八九十年代的"转型"，则从创作主体上出现了与20世纪30年代海派文人似曾相识的面目。孟繁华和程光炜的《中国当代文学发展史》认为"20世纪90年代中国文学的最主要变化，是市场经济全面渗透到文学的体制、机构、策划出版和创作的各个角落"。[①] 王晓明也谈道，20世纪90年代文学与以往文学的"最重要的不同"，"就是它所置身的整个社会的文化生产机制，发生了根本的变化"。[②] "文革"刚结束后的20世纪80年代，文学的创作和发表基本保持了计划经济体制模式，到20世纪90年代则更多受到市场制约。不仅各大期刊下放市场、改刊，个体书商和被称作图书发行"第二渠道"的街头书贩的出现，更打破了国营出版社和新华书店垄断出版发行的局面。对于作家来讲，市场化的进程，无疑是一场空前剧烈、影响深入社会生活各个层面的大变革，作家不能在家中坐等收成，广告策划、名人效应逐渐形成，在文学创作中也要费一番工夫："作品的情节性和悬念性，得到了加强，相反地，多线条叙事，形式感营造，玄想与凝思，哲理和抒情，这些20世纪80年代文学所酷爱的艺术探索，都被作家所不取。"[③]世俗化的倾向，近市民趣味的选择，使得上海作家的创

---

①孟繁华、程光炜：《中国当代文学发展史》，中国人民大学出版社2009年版，第294页。
②王晓明：《面对新的文学生产机制》，《文艺理论研究》2003年第2期。
③张志忠：《九十年代的文学地图》，山西教育出版社1999年版，第10页。

作有了向海派回归的可能。王安忆虽然已经是知名作家,但是这场翻天覆地的改革对她的震动也是极大的,她说:"就在这纷纷下海的日子里,我们脸上都呈现出初民的单纯而执着的表情,我们焕发出初民般的鲁直而勃发的风貌。"①这一说法,显然是针对兴起于 20 世纪 90 年代初期的作家"下海"潮,大批作家投资房地产、古玩等行业,或是在市场的大潮下捞到不少金,或是一败涂地后开始了市场经验的职场小说。不仅是作家生活模式的新形势让人困惑,让王安忆更为震动的是中华人民共和国成立以来所一直秉承的作家使命感和理想主义高扬后的骤然没落:"等到个人主义遍地开花,我们陡然发现我们不再被大众需要,我们感到被抛弃的命运来临,寂寞涌上我们的心。"②可见,王安忆在 20 世纪 80 年代末到 20 世纪 90 年代初期,思考的重点问题是"作家"这个身份的问题,作家选择哪条道路的问题。她虽然属于体制内的作家,生活模式也难以融入新的摩登之中,但是她仍然开始思考小说创作中所流露出的核心观念,怎样才能摆脱"寂寞"。同时,寂寞的心情没有阻挡出版的热情,王安忆的长篇小说以及中篇小说的单行本不断重印。此外,她的作品还被编入众多的选集中再版。根据介绍,20 世纪 90 年代长篇小说热潮的兴起与书商、出版商的运作密切相关。③"长篇热"是以单行本出版为主要方式,首先要个体书商看中,然后是个体书商和出版社争夺稿源,导致稿酬上涨,作家写作欲望随之加强,导致长篇小说的年产量大幅上升。但无论如何,市场化的来临为作家的创作提供了不可多得的机缘,使得王安忆的生活体验大大丰富,也给她的"理想重建"提供了新的思考空间和写作内容、方式。

　　3. 关于小说接受者的考察。读者,是文学生产活动的关键环节,一部小说只有在经历读者的挑选、阅读之后才得以传播。而读者的阅

---

① 王安忆:《可惜不是弄潮人》,《当代作家评论》1993 年第 5 期。
② 王安忆:《可惜不是弄潮人》,《当代作家评论》1993 年第 5 期。
③ 张志忠:《九十年代的文学地图》,山西教育出版社 1999 年版,第 7 页。

读又决定于其所属的社会集团,他们的社会生活决定了小说中的共鸣感觉,以致热销甚至进一步成为经典。"一个文本被读解的具体语境以及读者对发送者文学能力的了解将会操纵他们的阐释。读者个人在统计方面把这些变元和阐释的特点联系了起来。"①都市性、通俗性、消费性、中西交融性这些海派小说的基本元素得以在20世纪80年代后期开始重新登上历史舞台,是以市民阶层中的"中产阶级"读者及其生活方式的浮现为基本前提的。

"中产阶级"(Middle Class)的一般定义是指:"一定社会条件下按一定分层模式划分的、处于中间等级状态的社会群体。"②其定性主要考虑个人的收入数量,但是,在我国一般认为,"中国中产阶级的重生始于邓小平1978年开始倡导的改革开放"。③这一内涵比较宽泛的概念被广泛应用于中国当代社会市民中的一部分人,包括私营企业主、个体户、党政干部、知识分子、外企白领、企业和社会组织的管理者、新兴技术行业的高收入者以及部分自由职业者。④"中产阶级"不仅仅意味着根据经济收入量化出一个新阶层,它更代表一种趣味,意味着生产出一整套新的关于消费,关于物质精神生活,关于自我身份认同的想象与追求。

每一位作家在写作之初,都会设定一个"想象的读者",如果说情节、人物等内容因素共同编织出一个读者既熟悉又陌生的虚构世界,那么小说的语言形式恰恰为这个虚构世界填充了一种气味,这种气味是使得读者与小说能够产生共鸣的第一触媒。以《叔叔的故事》为肇

---

① [荷]D. 佛克马、E. 蚁布思:《文学研究与文化参与》,俞国强译,北京大学出版社1996年版,第102页。

② 连连:《萌生:1949年前的上海中产阶级——一项历史社会学的考察》,中国大百科全书出版社2009年版,第5页。

③ 周晓红:《中产阶级:何以可能与何以可为?》,《江苏社会科学》2002年第6期。

④ 连连:《萌生:1949年前的上海中产阶级——一项历史社会学的考察》,中国大百科全书出版社2009年版,第1页。

始,王安忆仿佛从知青作家、寻根作家摇身一变。虽然许多批评家也从先锋实验的角度分析王安忆语言形式上的新面貌,但如果注意到王安忆小说中不断流溢的新内容:从衣、食、住、行的生活方式,到优雅、休闲、风尚、品位的一整套中产阶级生活想象,这种繁复、精致的语言,不厌其烦地渲染铺陈,就显出了不同的寓意。有意思的是,虽然王安忆从未被批评家归入乡土文学一脉,但即使是她在 20 世纪 80 年代创作的知青题材,文化寻根小说中,也很难让人读出"城市味儿"。相比前辈张爱玲的精致,王安忆的细腻其实与"城市"关联不多,更像是一种知识分子腔调与女性写作气质的混合。20 世纪 80 年代中期,王安忆曾有幸参加爱荷华写作计划而游览美国,她在随笔中感慨资本主义发达城市带给她的震惊体验,甚至在关于《小鲍庄》的创作谈中暗示自己正在探索一种与城市体验相称的写作形式,但至少在王安忆创作于 20 世纪 80 年代的小说中,这种尝试并没有明显的实效。

当批评家寻找新视角解读王安忆的创作转型时,"中产阶级"心态仿佛突然成为批评与创作之间贯通的关键词。城市景观、物象描摹、沪上小市民的俏皮话、女儿家的小心思,王安忆的"新世界"显然是为一个新的读者群体敞开的。它包含着对丰裕的物质生活的追求,也覆盖着诸如体面、品位等精神价值,甚至还勾连出了对日常闲暇时间的令人兴奋的规划,因此对于处在物质与精神双重饥渴中的现代化进程中的当代中国人来说,当然就具有无限的魅力。无论描写的形象为何,王安忆在行文中始终保持了很高的姿态,她的语言极富有穿透力,而且注意哲理性,这不能不说含有对"想象读者"设定的要求。于是,王安忆的城市记忆终于从模糊的异域体验或 20 世纪 80 年代的现代化想象中落到实处,在找到她的语言的同时,也就找到了她的读者。需要说明的是,新时期改革推进到 20 世纪八九十年代,市场经济催生中产阶级生活,这些现实因素固然是促使王安忆转型的外部原因,但不可忽略作家在文学写作自身的传统中寻找资源的途径。对于王安忆来说,历史上的海派文学恰恰提供了这种在现实中想象并实践一种将至未至的写作姿态,甚至与一个潜在读者群对话的可能。

海派文学得以繁荣的重要原因正是对于读者的重视,张爱玲一向重视与读者的交流,虽然注重学习西方的叙事技巧,但是也会在行文中以娓娓道来、从头说起的讲故事姿态出现。更重要的是,在20世纪30年代至20世纪40年代的上海,萌生了中国最早的"中产阶级"——这是海派小说的想象读者和最终的读者。上海现代化在西洋文明的冲击下迅速启动,新式的职业随之兴起,例如,买办、洋行职员、工部局雇员、医生、律师、教员等。在生活上,这些"中产阶级"在上海滩上维持着以西式生活为导引的时尚消费,穿洋装、上咖啡馆、打球、看电影。在文化消费上,"中产阶级"无疑是推动上海时尚变化的最大力量,其消费趣味逐渐形成了海派文化的传统与市民特色。20世纪40年代和20世纪90年代的小说接受者,虽然具有沧海桑田的新旧之分,但放置到市民"中产阶级"来讨论,二者之间的阅读情境可以找到相似之处,也就可能具有相似的阅读心理。如果说,城市形象的怀旧唤起了海派的记忆,在市场浪潮中走在后列的上海人用昔日的辉煌来追悼今夕,那么,市民阶层的转型和社会生活的演变则是海派文学复兴的真正推动力。从文学生产到文学消费的文化体系的重新成型,推动了秉持"海派传统"创作的互文和更新。

二、王安忆小说中的"知青"

上海城市空间形式的变革塑形了人物的模型,空间意象的重新兴起,在王安忆小说中的恒定时间——"文革"找到了对应的变化。而由空间塑形的市民形象在小说中的变化,在王安忆的小说中,也可以找到一个恒定的参照——知青。

知青无疑是20世纪后半叶中国社会中最值得关注的人口迁移群体。从1968年响应"广阔天地,大有作为"的上山下乡,到1979年掀起的"知青返城潮",众多的知青下乡故事、大迁徙带来的离合悲欢,是"50后"人生最可琢磨的一笔资本。知青经历在王安忆的创作生命中,同样是不可忽略的存在。王安忆是69届初中生,本着毕业插队落户"一片红"的政策,1970年她奔赴安徽淮北五河县头铺公社大刘大队七小队插队,当年被评为县学习毛泽东思想积极分子先进代表,又选为地区代表,最后至省代表,于当年秋天赴合肥开会。1971年恢复团组织,她争取入团,1972年才被批准。① 同年,考入徐州文工团。王安忆下乡的时间并不长,但是也使她具有了同代人相同的命运感,这造成她的小说拥有同代人的集体记忆。这种记忆的呈现,又可以体现出时代巨变中上海一代人的命运、性格以及变化。

从伤痕文学、反思文学、寻根文学,这些20世纪80年代的文学现象中走来,知识青年又是当代文学发展的主要推动者。我们反复提及,王安忆在每个文学思潮中似乎都有参与,甚至有"创始"之功,与之相伴的是,知青,在小说中一直存在,且发挥了不同的功能:

表3-1 王安忆小说中的知青形象一览表

序号	发表时间	小说名称	人物名字	备注
1	1980	《广阔天地的一角》	雯雯	主要人物
2	1980	《从疾驶的车窗前掠过的》	我	主要人物
3	1980	《雨,沙沙沙》	雯雯	主要人物
4	1980	《命运》	雯雯、彭生	主要人物
5	1980	《当长笛Solo的时候》	桑桑、向明	主要人物
6	1981	《幻影》	雯雯	主要人物
7	1981	《野菊花,野菊花》	"她"	主要人物
8	1981	《本次列车终点》	陈信	主要人物

---

①王安忆:《本命年述》,《独语》,湖南文艺出版社1998年版,第135页。

序号	发表时间	小说名称	人物名字	备注
9	1981	《运河边上》	小芳	主要人物
10	1982	《冷土》	小顾等	次要人物
11	1982	《绕公社一周》	邵玉生、郁小青等	主要人物
12	1982	《流逝》	文光、文影	次要人物
13	1984	《69届初中生》	雯雯	主要人物
14	1984	《麻刀厂春秋》	青松们	次要人物
15	1985	《大刘庄》	丁少君、刘业兰等	次要人物
16	1987	《她的第一》	她	主要人物
17	1988	《流水三十章》	张达玲	主要人物
18	1989	《岗上的世纪》	李小琴	主要人物
19	1991	《米尼》	米尼、阿康	主要人物
20	1991	《妙妙》	宝妹	次要人物
21	1996	《我爱比尔》	劳拉	次要人物
22	1999	《喜宴》	知识青年们	次要人物
23	1999	《青年突击队》	小汪	主要人物
24	1999	《招工》	刘海明、吕秀春	主要人物
25	2003	《桃之夭夭》	郁晓秋	主要人物
26	2004	《临淮关》	小杜	主要人物

　　由表 3 - 1 可见,在王安忆的创作中,这一类人物形象的多样性,但是知青人物形象的多样性是逐渐展开的。王安忆小说中知青形象的演变大致经历了三个阶段:第一个阶段是 1988 年之前,王安忆喜欢调动自身的知青经验,特别注重人物心理的细腻刻画。以"雯雯"为代表的知青人物形象,有着细腻的女性体验,这些人物的心理是社会主流意识形态最初的异端。人物的性格特点一般都比较纤细、敏感。《雨,沙沙沙》是王安忆的成名作,这篇小说的核心思想可以用小说中的一句话概括:"雯雯在十来年的生活中失去的信念,难道会被这陌生

人的一席话换回?"①小说描写了回城知青雯雯因为下乡种种不公平的待遇而失去了信心,在雨中徘徊的她,碰到了从一叶草的温暖中"站起"的他。雯雯受到他的关怀和教育,开始走向"沙沙沙"组成的"明亮世界"。小说基本秉承了伤痕文学的模式,体现的是回城后的迷惘一代的心绪。《本次列车终点》《命运》《当长笛 Solo 的时候》诸篇目是将这些心绪落实到实际的生活中,知青面临恋爱、住房、工作等方面的困难。小说中的人物心态和时代风潮的错位甚至构成最为触目惊心的情节:《流逝》中的"张家二公子"文光,在"文革"初期执拗着要和家庭划清界限,但是他发现离开"资产阶级"的家庭根本没法生存,下乡主动报名远赴黑龙江,但是没多久就返回上海当起了"寄生虫"。而妹妹文影的遭遇则更为凄惨,因为下乡与男友分手,最后因为精神病被送回上海。《流逝》与其他篇目相比,虽然描述了较为不同的"神秘"阶层的遭遇,但在写法上依然保持了平铺直叙,在知青形象的塑造上也并没有新的内容,这些知青在时代中的性格是较为无助的,形象的生命力是孱弱的。

从《流逝》开始,王安忆调整了知青性格的塑造类型,直到《岗上的世纪》一个蓬勃的生命强力——李小琴,跃然于"女性主义"的文本之上。直到 1999 年之前,王安忆小说中的女知青体现出不同以往的形象特征,一方面她们似乎在男性主导的"欲海"上沉没,另一方面却在悲剧中展现了生命的执着。第二章曾谈到,在李小琴这一中国当代文学中第一个"性本位"的女性形象身上,似乎可以窥见王佳芝、曹七巧、王娇蕊这些女性身上的魔力。后面连续几个中、长篇展示的是改革开放视野中的经济、文化以及现代化飞速发展中的女性生存境况。这显然是上海经济社会在 20 世纪 90 年代初大发展大变革后的产物,知青形象上所凝结的核心内涵已经发生了变化,回城期的迷惘洒脱已

---

① 王安忆:《雨,沙沙沙》,《王安忆短篇小说编年》第一卷,人民文学出版社 2009 年版,第 37 页。

过,代之以新市民生活中的突破和向往。《我爱比尔》和《妙妙》中的知青都没有出场,却是人物行动的楷模。《我爱比尔》中的劳拉成为最早一批嫁到外国的中国妇女,在上海小姐的圈子里具有一定的威信。《妙妙》里的宝妹则是整个小说结构的线索,小说中以宝妹的进城开始,以宝妹小说改编电影作为终结。小镇女孩妙妙正是踏着宝妹的步伐一步步走向进城的"堕落"之路的。市民性由单一的伤痕叙述,变成了市民阶层多元化的体现。据王安忆介绍,白毛岭女子监狱的采访是《我爱比尔》《米尼》的直接动力,她在那里足足待了一周的时间。① 王安忆走出自身的知青经验,而将知青的身份和在改革开放后各类女犯人的故事相结合,如此生成的新的故事内核,无疑将演变为在新的上海故事中知青的遭际。这种混合性,可以视为脱"历史"的,这个"历史"是曾经背负在知青身上的"文革"经验:悲壮的革命实践者和悲戚的青春丧失者。同时,混合型的结局,无疑又是历史性的,它可以表示成市场经济、消费社会中所重新凸显的市民特性,从而在人物形象的内质里完成海派文学传统的"复兴"。

在《米尼》的故事里,不仅展示了上海市民南下深圳的"淘金之旅",更着重叙述了隐藏在弄堂深处的"传奇"。王安忆开始在上海市民的特征里展示人物自身命运的逻辑。米尼决定到上山下乡的队伍中去了,但是小说里不再有广阔的送行队伍,也没有泪飚的青春宣誓,代之以米尼的一番"算计"。1970 年米尼到安徽下乡前,向阿婆索要父母去香港前留下的生活费。阿婆心想千辛万苦居然养大一只虎,反以哥哥姐姐赚钱自立为由讥讽。"米尼却将端倪看得很清,经常生出一些小诡计,迫使阿婆用钱。阿婆越是肉痛,她越是想方设法去挖阿婆的钱。看见阿婆脸皱成一团,她心里高兴得要命,脸上却十分认

---

① 王安忆、张新颖:《谈话录》,广西师范大学出版社 2008 年版,第 279 页。

真。"①作者在故事中解释道,父母、米尼和阿婆间的寄钱关系预示着
"插队的日子就这样开始了"。时代背景在米尼的插队之旅中被完全
简化,米尼作为知青在时代中的反映也就只剩下了小市民的斤斤计
较。非但下乡的历史动因被简化,米尼回城的原因则更为奇特。米尼
遇到了阿康的爱情,成为滞留上海的最浪漫借口。雯雯的悲观历史观
完全被米尼的"为爱疯狂"取代:"米尼到上海的第二天上午,就穿了
紫红的罩衫和海军呢长裤,还有一双锃亮的牛皮高帮棉皮鞋,按了阿
康给的地址,去找阿康了。"②"知青"这一在历史的风起云涌中所形成
的人物群体,在王安忆的小说中被赋予了新的性格特质。这些性格特
质,是海派众位作家所能谙熟表达的:身处于动荡年代却以人的世俗
性来取代历史的神圣性,以人的"原始性""功利性"来说明"世上有用
的人往往是俗人"。③

　　车站、列车是王安忆小说中知青活动的主要场所,可谓之写作过
程的"历史性场所"。车站与列车生活在王安忆小说中的前后变化最
好体现了人与历史的互动,知青形象也被赋予了新的内涵。车站也是
"历史性场所"向"日常生活场景"的过渡中,人物由历史承担者向传
奇承担者的生成场。车站,无论是在知青的行动还是在知青文学的表
达中,都是极具有象征性的。早在1986年郭路生的诗歌《这是四点零
八分的北京》便成为成千上万知青与城市诀别的代表作:"这是四点零
八分的北京,一片手的海洋翻动;这是四点零八分的北京,一声雄伟的
汽笛长鸣。北京车站高大的建筑,突然一阵剧烈的抖动。我双眼吃惊
地望着窗外,不知发生了什么事情。"④在王安忆早期的小说里,她反

---

①王安忆:《米尼》,云南人民出版社2009年版,第23页。
②王安忆:《米尼》,云南人民出版社2009年版,第24页。
③张爱玲:《必也正名乎》,金宏达、于青编:《张爱玲文集》第四卷,安徽文艺出版社1992年
　　版,第51页。
④食指:《食指的诗》,人民文学出版社2000年版,第47页。

复应用这个泪水凝滞的时刻来表达知青离开上海的历史悲剧：

> 她的新生活要开始了，心里充满了一种新鲜感，充满了喜悦。雯雯多么自私啊！她只爱护自己的一切，只注意自己的感情。她终于告别了那琐碎平凡的生活，走向了一个广阔的天地。在那天地里，她究竟要做些什么，那天地究竟是什么样的，她一片茫然。而想象在这茫然中便一无羁绊，自由自在地飞翔。
>
> 车窗开着，茫茫然的夜色，把前景遮断了。
>
> "风太大了，把窗关上吧。"坐在对面的一个男生说，他是面朝开车方向坐的，风直扑到他脸上，那是很冷的风。
>
> 窗关上了，夜色更加朦胧，几乎是黑漆漆的一片，只有一串灯火飞速地穿断这黑暗。雯雯的影子，在车窗上清楚地映现出来，像是一面黑色的镜子。雯雯看着自己在车窗上映出的影子，看得出了神。看着看着，忽然茫然了起来："你是谁啊？你究竟是谁啊？"那影子像是另外一个人。她觉得好玩，微笑了一下，车窗上的人影也微笑了一下，因为是影子，所以笑得有点茫然。①

列车上的人迷惘悲伤，列车外的人则是担忧痛苦。几次送行的描述，知青带上红花在锣鼓震天中奔赴广阔天地，亲人的哭声和列车渐渐远去的影子成为不和谐的出行画面。而《本次列车终点》《长笛 SO-LO 的时候》等小说中对回城列车的热烈氛围的烘托，则构成另外一个景观。列车的隐喻不言而喻，是上海知青对于离开城市奔赴农村的迷惘，不能回城的痛楚，其间还夹杂着生活环境变迁对人生的恋爱、工作造成的"不可归去"的矛盾。

车站这一象征物在《米尼》里变成了"传奇"的生成场所：阿康和

---

① 王安忆：《69 届初中生》，北岳文艺出版社 2001 年版，第 205 页。

米尼在蚌埠车站没能登上回上海的列车,这导致在寒冷的冬夜里滋生出两人之间的暧昧空气。知青同伴们的喧闹声是米尼和阿康彼此观察、吸引的背景,调剂了两性之间略带有刺激性的暗示。在时代的车轮中,此时只留下了乱世中的儿女来完成一场轰轰烈烈的爱情。直到米尼同时成为阿康和平头的女人,直到她坐上了南下卖淫的又一趟列车:

> 天黑的时候,他们都困乏了,你靠他,他靠你的打瞌睡。米尼的头从阿康的肩膀上滚到平头的肩膀上,她迷迷盹盹的,忽然时光倒流,十六年前夜行客车的情景似乎回来了,那是一列从蚌埠到上海的火车。她昏昏地想到:这是在往哪去啊? 窗外吹来的风越来越潮湿温暖,她产生了想洗一个澡的愿望。①

米尼的"我是谁"与雯雯的"我是谁"已经不是同一意义。在雯雯是迷惘而不盲动,在米尼则转换为彻底的历史虚无。米尼的强韧仅表现为在生活的粗鄙中的生存体验,而雯雯的脆弱却承担了历史进程中知青对于自身命运的思考。王安忆的叙述态度在车站的情绪上抽身而退,由主观情绪的渲染转向任由悲剧人物命运的发展。这种淡然而视,极度荒芜的雏形,在张爱玲的小说中是被广泛运用过的。米尼在上海的滞留,无疑也表现出"乱世的人,得过且过,没有真的家"。② 王安忆正是通过一种平静的叙述态度来体现日常生活中的悲剧,而取代了前期小说中以时代的受害者的姿态来直接控诉知青一代的青春流逝。在最近一个阶段中,这种平静的姿态已经水到渠成,王安忆虽然继续回到自身的经验,描述的还是雯雯的下乡,但是列车内外从人物

---

① 王安忆:《米尼》,云南人民出版社 2009 年版,第 151 页。
② 张爱玲:《私语》,金宏达、于青编:《张爱玲文集》第四卷,安徽文艺出版社 1992 年版,第 99 页。

形象到故事编排已经表达出某种游刃有余的叙述：

> 多年来，我一直在疑惑，从上海发往乌鲁木齐的 52 次普快上的那对夫妇，是什么人？
>
> 行旅中结识的人，就是这样，他们给你留下鲜明的特征，却不知来龙去脉。由于不知道，那特征就变得尤其显著，突兀在模糊的印象之上，笼罩了全局。
>
> 我们这些，来往于京沪线上的下乡知识青年，称这列上海与乌鲁木齐之间的运行列车为"强盗车。①

显然，颇具侦探色彩的小说开头，已经使得知青的列车故事颠覆。作为故事的讲述者，王安忆彻底为知青身份与景物的互动画上了句号，这预示着作为集体记忆中的知青形象，在经历《米尼》里的分解后，已经不可能再次构成小说文本中的历史材料。知青形象的消失，也意味其附加的众多社会历史符号：上山下乡、广阔天地、回城潮……完成了文学思潮在王安忆文学文本中的历史作用。

---

① 王安忆：《51/52 列车》，《王安忆短篇小说编年》第四卷，人民文学出版社 2009 年版，第 203 页。

第四章　更衣记:王安忆对海派文学传统的变异

　　王安忆继承了海派文学的衣钵,在上海这个"东方巴黎"的复现与更新中,逐步转型,完成了自身创作的新高峰。然而,在王安忆自身的素质中,还有一些不可忽视的"异质"的存在,这种"异质"集中体现在王安忆的小说叙事游离于上海时刻时所展现出的乡土景观。1939年,张爱玲19岁时乘船到达香港,两年后返回上海。1970年,王安忆16岁时乘火车赴安徽省淮北五河县头铺公社大刘大队七小队插队落户,18岁又考入徐州文工团,直到24岁调回上海。张爱玲的《更衣记》是海派作家于战乱时代的最好书写:"时装的日新月异并不一定表现活泼的精神与新颖的思想。恰巧相反,它可以代表呆滞;由于其他活动范围内的失败,所有的创造力都流入衣服的区域里去。在政治混乱期间,人们没有能力改良他们的生活情形。他们只能创造他们贴身的环境——那就是衣服。我们各人住在各人的衣服里。"①无论风起云涌的时局如何动荡,张爱玲只需要住在自己的衣服里,上海是她离不开的"城"。但是,王安忆却必须要走出这座城,并且时装也不可能在那时日新月异,因为人们的创造力已经不需要体现在衣服的区域,放眼望去,"广阔天地,大有作为"。王安忆的"更衣记"具有更为广阔的寓意,推动着她从海派文学传统的衣钵中变出更为多样的文本特征。

---

① 张爱玲:《更衣记》,金宏达、于青编:《张爱玲文集》第四卷,安徽文艺出版社1992年版,第32页。

第一节　王安忆小说的乡土叙事

对上海的书写是王安忆与海派文学传统对接的最主要的证据,而要谈到王安忆创作的发展和对这一文学传统的变异,首先必须另起一笔,从其创作中另一个不可忽视的部分——乡土说起。那些被称为土头土脑的乡下人,他们才是中国社会的基层。"'土'字的基本意义是指泥土。乡下人离不了泥土,因为在乡下住,种地是最普通的谋生办法。"①乡土与农村是不同的概念,乡土中含有"乡"与"土"两点内涵,乡下人与泥土紧密相关,而城里人对"土"则多有鄙夷:"城里人可以用土气来藐视乡下人,但是乡下,'土'是他们的命根。"②在文学类型中,乡土却是城里人的作品。对乡土文学作最早定义的是鲁迅先生,在《中国新文学大系·小说二集导言》中,他指出:"蹇先艾叙述过贵州,裴文中关心着榆关,凡在北京用笔写出他的胸臆来的人们,无论他自称为用主观或客观,其实往往是乡土文学,从北京这方面说,则是侨寓文学的作者。"③陈晓明则将乡土文学在当代文学中的意义做了解释:"乡土文学是现代文学中的一个概念,是指面对现代性的变革和革命的观念,文学家们或者回到传统乡村生活中去寻求精神慰藉;或者反映乡村生活中生与死的挣扎,或者去写出乡村土地上生活的质朴和本真品格。"④他进一步指明:"20世纪90年代后期以来,乡土文学概念受到重视,这与现代性理论的兴起相关。乡土的概念可以视为现代性反思的概念,是以情感的及形象的方式表达对现代性的一种批判或反动。但它也是现代性的一个有机组成部分,只有在现代性思潮中,

①费孝通:《乡土中国》,人民出版社2008年版,第1页。
②费孝通:《乡土中国》,人民出版社2008年版,第2页。
③鲁迅编选:《中国新文学大系 o 小说二集》,上海文艺出版社1935年版,第9页。
④陈晓明:《中国当代文学主潮》,北京大学出版社2010年版,第555页。

人们才会把乡土强调到重要的地步,才会试图关怀乡土的价值,并且以乡土来与城市或现代对抗。"①王安忆的创作转型恰是"现代性"为表征凸显的时候,王安忆因为有着切实的乡村经验,她的作品中出现了不同于张爱玲的"衣服"套子的选择。

在《小鲍庄》《大刘庄》等篇目中,她大胆地将笔触伸向传统文学寄寓的乡村。为人所津津乐道的《小鲍庄》的开头,虽然表面来看借用了七天七夜洪水神话,但究其实质,是对乡村风景的书写,是王安忆立足于上海之外的地方寻找写作的可能性。甚至在《富萍》《月色撩人》里,她在叙事的结尾也"突转"到了"乡土":

一路走,一路笑,路上有人停下脚来,看这只奇怪的队伍。他们就对着他笑,笑得他不好意思,转过脸走开去。终于上了船,船是舢板穿,坐定以后,就离了岸。走了一段,孩子嫌船走得慢,三个孩子普通调下水去,后边一个,两边各一个,推着船走。小女孩子坐在婆婆的怀里,从篮子里取出馒头吃。路子一直燃着,飘着鸭的肉香。富萍正划船,忽然一个转身,丢下浆,对了水要吐,却又吐不出。只有婆婆一人看见,暗自笑了。那青年望着苏州河,河面开阔,河水清泠,船抬得很高,几乎与岸齐平。沿岸的大仓库,还有人家,画卷似的慢慢展开,罩着水色。天也罩着水色,一律发出青蓝的颜色。人在其间活动,都变得薄薄的,绢人儿似的。三个小孩子推着船,其实是在嬉水,将身子浮在水面上,脚踢打着水。婆婆问怀里那个小的:你知道他们是什么?是观音边上的莲花童子,专来送子的。富萍一下子红了脸,低下头去,再没抬起来。②

第二天晚上,他一个人来到"万紫千红",不吃饭,不洗浴,就在歌

---

①陈晓明:《中国当代文学主潮》,北京大学出版社 2010 年版,第 556 页。
②王安忆:《富萍》,湖南文艺出版社 2000 年版,第 255 页。

厅听听歌。他也学着那些常客,在盘子里放了钱,点那女歌手的唱。他知道了女歌手的名字,叫豆官,觉得这名字很别致。有几次,豆官下场后,为表示谢意陪他坐一时,他夸她这名字有意思,她说,这其实是她的小名。在她们家乡,女孩子名字后面都要安一个"官"字,很土,可是,土到头不就雅起来了吗?简迟生问她家乡在哪里,她胡乱说了个地方,显然是假的,他也不追究。这地方来多了,他也知道,这些人嘴里,套不出一句真话。很可能,"豆官"不过是从《红楼梦》上学的,贾府为元春省亲专设梨园,那唱戏的都叫作"官"。①

在她的小说中,还长期存在着与"现代性"对抗的小镇风貌,例如《妙妙》《上种红菱下种藕》等。自从《长恨歌》问世以来,城市作家、海派传人作为王安忆身上的标签不断受到更多人的赞同,认为上海独特的都市精神在她的作品中获得了淋漓尽致的展示。无疑这也反映出王安忆创作的特殊价值,可是这种约定俗成的见解很大程度上窄化了作家创作中更丰富的内涵。其一,王安忆还有一个重要的身份——知青。其二,笔者不是将王安忆的部分小说拉入"乡土文学"的阵营,而是在其小说创作中确实出现了"乡土"意义上的叙事。在近四十年的创作履历中,王安忆反复上溯历史长河,试图通过创作展现出立体的中国风貌。

一、早期小说的乡村叙事

王安忆早期小说中的"乡土"还处于"乡村"揭露的状态,这些小说没有出现"反现代化"的苗头。如果对这些作品做一梳理,可以看出她其实并不留恋知青生活,甚至反复出现对乡土生活中贫困、艰难、烦闷的描写。与一般的知青文学不同,王安忆关注的不是青年中的精神

---

① 王安忆:《月色撩人》,云南人民出版社 2009 年版,第 261 页。

苦闷,而是乡村世界的物质匮乏。乡村的愚昧、贫困及私人空间的缺失等一些直接为雯雯所切身体验的因素,成了王安忆早期乡土书写的出发点。主流政治话语的"广阔天地"裹挟着的理想与追求同现实世界里的乡村生活所见所闻形成了强烈的冲突,这种境遇远远超出了雯雯的心理预期,以至于在雯雯的眼中,插队的"广阔天地"被表述成"噩梦般的大吴庄"。

　　以《69 届初中生》创作为标志,王安忆在此后很长时间里的小说思考重点被放置在了一个"城/乡"模式下,二者是否可以在同一个叙述空间里被叙述和理解,城乡民众之间显著的阶级分化导致了各自不同的人生理想与生活态度,这些都成了王安忆倾力解决的问题。在这部小说中,作者不止一次地把农村生活和城市生活做对比:

　　雯雯一时间都有些恍惚起来她这是在哪里这可是地狱可是阴间像于小蔓说的,像阿宝阿姨说的,在这里等着做猪做狗等着轮到自己投人生,去做人。①
　　"没福气啊投错娘胎了。我怎么没能投到上海去做人呢? 就是投街上去也比在这里活受罪强啊!"
　　"下一世吧"雯雯开玩笑。她想起了阿宝阿姨说的话,要做几世猪狗,才能投人生呢。她忽然庆幸自己投胎胜利,投到了上海。②

　　对于生活在上海革命干部家庭的"雯雯"来说,上海的生活状态和淮北农村的生活状态是有天地之差的,这一点确凿无疑。从写乡土生活开始,王安忆就没有停止过这种对比。只读过小学就经历"文革"的少女雯雯,在上海感受到的是日渐稀薄的理想主义氛围,出于青春期的无聊和前途未卜的焦躁,便执意要去安徽农村下乡插队。到了农村

---

①王安忆:《69 届初中生》,北岳文艺出版社 2001 年版,第 184 页。
②王安忆:《69 届初中生》,北岳文艺出版社 2001 年版,第 209 页。

以后,除了对农村的穷和苦感到后悔与不适应以外,雯雯"招工和上大学,都没有想过,她到农村来,想得到的要多得多,大得大,以至于她自己都有点糊涂了"。① 战天斗地,大有作为的理想与激情已经不能在意识的清晰表层支配雯雯的行动,然而却作为一种无意识,要求雯雯这样的城市青年主动地面对乡村,不逃避农村的落后与闭塞,并为之付出。而大吴庄乡村本土的知识青年吴绍华具有初中文化水平、在合作医疗社实习,后来又获得推荐上大学。对乡村的疏远和对城市生活的羡慕,使得她具有了一定的代表性,体现出一代乡村受教育青年对现代化的城市价值观的趋同,也显然应和了雯雯的思想状态,却恰恰是善良朴素的兰侠子所无力实现的。类似的乡村青年形象在 20 世纪80 年代后半期的文学创作中逐渐浮出水面,并引发广泛争议,这里面堪称代表的便是路遥《人生》中的高加林。身为作家的敏感,王安忆在这一阶段的写作中并未放过城乡二元矛盾冲突中乡村青年在精神气质上的种种症候。

在进行城市青年体验乡村后的精神探索的同时,作者也以相似的关注热情讲述着那些一样怀有梦想,却被无情关在"现代认同"门外的乡村青年的生活。不但是吴少华,《冷土》主人公刘以萍也是这样一个出身乡村的大学生角色。正是这样的际遇令人产生了一种宿命观,即城乡之间存在着一条难以逾越的鸿沟,虽然在乡村文化的衬托下城市文明一样显示出一些固有的弊病,但在奔向城市、奔向现代化的途中,农村人还是被丢弃在了历史车轮之后。《冷土》叙述了乡村女青年刘以萍失败的城市经验。虽然接受了大学的教育,在城市的报社里工作,和一个完完全全城市出身的男青年结了婚,但是刘以萍并未得到被承认的城市身份。相反的,在城里人中间她不土不洋,总是找不到自己的位置,到了农村,她由被艳羡到被冷落,她对乡村的背叛甚至受

---

① 王安忆:《69 届初中生》,北岳文艺出版社 2001 年版,第 175 页。

到了乡邻的奚落。最终她感到:

> 自己费了九牛二虎之力才达到的水平,有的人,比如小欣,却轻轻巧巧,不费力就超过了。她不知道这里面有什么奥妙。只觉得自己似乎白费了许多劲。也许一切都是注定的吧,她心里充满了宿命的感觉。①

显然刘以萍仍然保持了孝顺、良善、踏实等乡村女子的淳朴天性,同时也为城市散发出的迷人光芒所诱惑,城乡之间的断裂象征性地发生在她身上,身份和心理中的乡土性总是成为其跨入城市的羁绊。因此,王安忆不得不再次提出和面对的问题仍是雯雯留下的问题:

> 这世界上最不幸的人要算是农民了。她想到报社那刚调回的右派,诉说起在农村的日子是如何的悲愤,好像是下地狱去走了一遭。可是农民,他们的祖先、后代却永远在这里,他们该向谁去哭诉呢?②

在结尾处,王安忆似乎给乡村世界拟了一条绕过城市通向"云端"的道路,从而对城乡二元对立结构的无法打通而释怀:

> 地,实在是通人情的,给它多少爱,它结多少果,人,本是站立在地上,出生、成长、繁衍,就任他简简单单,朴朴素素地爱土地吧,为什么要期待他爱天国呢让他把希望植在地上吧,何苦要他寄托在云端即使将来有一天要上天堂,也需从地下升起云梯。③

可以说,王安忆早期小说的乡村叙事,是自觉的自身经验的书写。是"纪实"的成分远远大于"虚构"和想象的成分,这当然也与20世纪80年代初期所能接受的创作手法密切相关。现实主义仍然是作家所

---

① 王安忆:《冷土》,《海上繁华梦》,作家出版社1996年版,第138页。
② 王安忆:《冷土》,《海上繁华梦》,作家出版社1996年版,第111页。
③ 王安忆:《冷土》,《海上繁华梦》,作家出版社1996年版,第140页。

能运用的有效资源，加之"伤痕文学""知青文学"这些大的文学思潮的作用，作家难免会受其浸染，做出切合时宜的乡村回应。但如果细究作家在这些思潮中的表现，也可略见差异。《本次列车终点站》是王安忆早期比较重要的中篇，是"知青文学"的代表作品。虽然这个小说的故事是知青返归乡村以对抗城市的严峻生活，但作家并没有像《绿夜》和《我的遥远的清平湾》那样将笔触直接伸向乡村的赞美，而是着力写上海的市民生活。作为主人公陈信要返回的乡村，虽然有一番激情的渲染，但并没有确切的形象。"那是被细心分割成一小块小块，绣花似的织上庄稼的田野。一片黄，一片青，一片绿，河边边上，还缀着一个紫色的三角形。土地的利用率真高，并且划分得那么精致细巧。看惯北方一望无际辽阔的沃土的眼睛，会觉得有点狭隘和拥挤，可也不得不承认，这里的一切像是水洗过似的清新、秀丽。"①或许也只能从这上海郊外的景色中来反向推想乡村的广袤。

二、中国经验与乡土"寻根"

王安忆如何走出"雯雯"系列，也伴随着她将创作规划至新的大主题当中。这个大的主题显然来源于1983年美国之行："美国之行为我提供了一副新的眼光：美国的一切都与我们相反，对历史，对时间，对人的看法都与中国人不一样。再回头看看中国，我们就会在原以为很平常的生活中看出很多不平常来。"②进而，王安忆由知青的身份推演出一种更富使命感的主题召唤："旅居美国已成为我经验的一部分，使我的中国经验有了国际性的背景。"③就这样，王安忆抱着书写中国的

---

①王安忆：《本次列车终点》，《卷一墙基 王安忆短篇小说编年：1978–1981》，人民文学出版社2009年版，第210页。
②《〈小鲍庄〉·文学虚构·都市风格——青年作家王安忆与复旦大学中文系学生对话》，《语文导报》1987年第4期。
③王安忆：《乌托邦诗篇》，《王安忆小说选》，人民文学出版社2009年版，第205页。

决心回到祖国,但是,她在创作初期并不顺利。于是,她决定下乡采访,她似乎隐约发现只有乡间才能引起中国的疗救。《小鲍庄》的故事就来源于一个 12 岁少年在洪水中陪伴孤寡老人的事件:"孩子的死亡事件于我恰成契机,它以一个极典型的事例,唤起了我对我的中国经验的全新认识。我的中国经验在此认识之光的照耀下重新变成有用之物,使我对世界的体察更上了一层楼。"①下乡的采访经验,经过作家逐步地"提炼",又经过了凝听阿城的寻根召唤,再加上陈思和与李劼的文学批评的逐步渗透,王安忆小说的"中国经验"跃然纸上,而"寻根"也在主动与被动之间被定型于这位知青作家的身上。《大刘庄》《小鲍庄》从空间角度的叙事不但切实可感,更可以说,已经被自我经验托出了"中国经验"背后的历史。这一点亦可在梁丽芳在 20 世纪 80 年代中期对王安忆的采访中得以说明:"反正我对寻根的态度是一篇好的作品,寻根是永恒的主题,怎样去寻根是另一个问题。有人跑到黄河流域,有人跑到新疆,有人跑到大运河,每个人的方法不同。我在上海长大,你叫我到哪儿去找我的根呢我觉得我的根就在我自己身上找,你别看我才三十多岁,其实我的路已经走了很久了。你说哪一个人是在半路上出生的都是从最早的祖先过来的。"②由"乡村"到"乡土"的逐步转变,是王安忆创作生命里的重要一笔,而其中几个不可忽视的细节则折射出文学史与文本之间较为丰富的信息。

第一,时空转换与身份变奏。细心的读者一定会发现,无论是《大刘庄》还是《小鲍庄》,其描述的乡土都是"非纯粹"的。《大刘庄》让上海和乡村双线并行,而《小鲍庄》的观察视点明显跳跃了农人的目光,带上了城里人的评判。《大刘庄》创作于《小鲍庄》之前,其浮出水面具有实验性质:"雯雯"与乡民共存是否符合美学规则? 城乡的裂隙怎

①王安忆:《乌托邦诗篇》,《王安忆小说选》,人民文学出版社 2009 年版,第 205 页。
②梁丽芳:《从红卫兵到作家》,万象图书股份有限公司 1993 年版,第 66 页。

么从知青的视角中淡出？在《本次列车终点》那里，王安忆让家庭伦理做出了回归乡村的抉择，而在《大刘庄》当中，作家企图站在一个更高的视角上来理解城乡描写的方式。只有处理好城乡这一症结性的关系，才有可能理解"中国经验"。但是，王安忆的危险之处在于，其叙述的双线结构并没有带来和谐平衡的效果。《大刘庄》的两条线索并不是为了最终的交合而并置在一起，因而也必将隐去以百岁子为代表的农村青年在城市流浪的真实遭遇以及知青的农村生活。如果文本不在一切真正发生之前结束，则难以保证不再一次落入"雯雯的插队生活"的个人经验中去。因此可以说，在整合乡村与城市的经验中，王安忆充分运用了技术性的叙述方式来保证两条线索的展开，或者说躲避了实在的冲突。而在重新结构两方面经验的过程中，王安忆重新塑造了大刘庄与上海两个相互独立的意义空间，并试图在广阔的时间维度里叙述乡村和城市的发展历史与互为镜像、相互开启的可能性。与其说王安忆在《大刘庄》中的寻根是为了寻求中国文化传统之根和"中国形象"之根，不如说是为了追根溯源，厘清"中国形象"发展变化的来龙去脉。

　　城市和乡村空间上的断裂在文本中反映为一种时间差。它们是过去和现在的关系，却又在同一时空中并存。从《大刘庄》的结尾看："'百岁子，上海学生咋过来呢？搭车？搭船？'百岁子吐出一口烟，慢悠悠地说'搭一夜火车，到蚌埠，再搭一夜船，再走二十里地，就到大刘庄了。'""'不近哩''也不远。'"①这个"不近也不远"的表述里似乎提供了一种可能性，为"上海"和"大刘庄"两个独立的意义空间相互沟通提供了依据，而"不近也不远"似乎也表明了叙事者的中立态度。而在叙述的过程中，虽然作者致力于在文本中更好地塑造出一个全方位的中国，然而王安忆却很难跳脱自身的城市立场，取得乡村和城市在

---

① 王安忆《大刘庄》，《小鲍庄》，上海文艺出版社 2002 年版，第 283 页。

时空上的平衡关系,因而在两条线索的交织与对话中出现了重心的偏移。我们更多看到的是,体现二者在时间脉络中的承辅关系和在成为对方镜像时的不对等关系。王安忆显然对城市的发展变化史十分青睐,因此在叙述城市的发展史时反复地讲述其沧桑变化,使之具有了传奇的性质。小说终于还是让"上海"成为大刘庄的焦虑所在,从以百岁子为首的乡民口中,只有与上海相连接的故事才具有"传奇"的性质,甚至以大志子、平子的婚姻不自主来烘托出上海的某种救赎的作用。文本中所设置的互为镜像、相互沟通的可能成了时间脉络里不对等的单向作用。乡土作为城市永远消失的昨天的标本而存在,而城市则成为乡土遥不可及的梦幻。王安忆的寻根更像是一种对时间的检索,在此种意义上,正如百岁子说的:"听说,上海,街名起的全是地方名,唐山路啦! 河南路啦! 芜湖路啦! 兴许是哪地方的人去了,开出一条街,就起哪地方的名了"。① 王安忆的寻根,寻的是城市之根,而在表达中国经验的诉求中将乡土与城市构成了一种组合关系,虽然在百岁子口中的空间上的"不远也不近"已为叙事者所承认,而说出这一事实的百岁子却是流浪城市并最终不得不回归乡土的失败者。甚至叙事者在创作动机上设置两种线索平衡叙事的模式,在其意愿上更希冀找到更为合理而平衡的对话关系,而在文本中表达出的却是时间上的错位。

　　受到"寻根"影响后的《小鲍庄》则通过城乡互为命名的方式,描绘出立体化的中国形象。鲍仁文是一个一心追求上进的农村青年,他怀揣着成为作家的心愿走进城市(仅是县城)。他此时的行为方式是农村青年质朴式的城市皈依,丝毫不带有出走的"传奇"色彩。"他起床洗了脸,刷了牙,又用他娘的破梳子沾了点清水梳梳头,穿上他的蓝卡其学生装,夹着'作品'出发了。"②城市的面貌在他眼中,也只是乡

---

①王安忆:《大刘庄》,《王安忆自选集》第一卷,作家出版社1996年版,第170页。

②王安忆:《小鲍庄》,《王安忆自选集》第一卷,作家出版社1996年版,第276页。

村路上的风景而已:"城里很安静。街中央馆子里,一地的鸡骨鱼刺,一个围着稀脏的围裙的娘们,正往外扫,招来了两条狗。剃头店里只有一个师傅靠在剃头椅子上打呼噜。一只猪大摇大摆地从百货店走出来。"①显然,在鲍仁文的身上,已经隐藏了叙事者叙事态度的转变:叙事者由《大刘庄》的上海"传奇"视点逐渐位移到了农村青年的视角上。而经由捞渣事件促成了鲍仁文的好运,从另一方面,也是乡土功能的凸显。

第二,语言的力量。"这孩子的死亡事件把我吸引到乡间,我已经有了相当的阅历,我的阅历告诉我,这事件中有秘密,这秘密非同寻常,我决心着手调查这秘密,我意识到这秘密于我事关重大。后来的事情证明我的先见之明,孩子的死亡事件与我恰成契机,它以一个极典型的事例,唤起了我对我的中国经验的全新认识。"②从《小鲍庄》的文本来看,这里的"这秘密"正是被对孩子的死的官方祭奠语言隐埋下的小鲍庄自身的语言系统和它所代表的世界。王安忆曾说过:"这些语言包含了各地方的历史与社会发展状况,以及人生态度看世界的方式,确实妙不可言。""尤其是我们这些在现代城市里长大,接受全国统一规范语文教育的青年学生,初到一个偏僻农村,先是如聋作哑,茫然无措,一旦解到其中之意,那种欣喜若狂,实在是难以形容的。"③

以时空的倾向性转变为基础,王安忆在小说的语言上首先开始营造"中国经验"的"寻根"氛围。而淮北方言,是她最为便捷的写作资源。当然,王安忆对淮北方言的调动绝非停留在语气词"呗""哩""啥""咋"等,也不仅仅表现为人物的称谓"文化子""大志子""他大"等。断句的使用,往往展示独特的乡村生态和人物的性格:

---

① 王安忆:《小鲍庄》,《王安忆自选集》第一卷,作家出版社 1996 年版,第 277 页。
② 王安忆:《乌托邦诗篇》,《钟山》1991 年第 5 期。
③ 王安忆:《大陆台湾小说语言比较》,《上海文学》1990 年第 3 期。

鲍秉德家里的,早不糊涂,晚不糊涂,就在水来了这一会,糊涂了,蓬着头乱跑。鲍秉德越撵她,她越跑,朝着水来的方向跑,撒开腿,跑得风快,怎么也撵不上。最后撵上了,又制不住她了。来了几个男人,抓住她,才把她捆住,架到鲍秉德背上。她在他背上挣着,咬他的肩膀,咬出了血。他咬紧牙关,不松手,一步一步往东山上跑。①

这样的叙述将乡村的日常生活风俗氛围展现于纸上,成为王安忆乐于接受的方式。这种略带粗犷谐谑的场面,构成乡村风俗史的独特画面。王安忆最大限度地调动了以新的目光审视乡村的资源,将知青时代对乡村贫瘠的理念审判,换之以陌生化的新鲜视野。1990 年发表的重要创作谈《大陆台湾小说语言比较》一文中,她这样描述这种语言的力量:"中国有漫长的农耕史、悠久的农业文明,所以农民的语言所具有的文化内容已经历了长久的积淀与锤炼,并且其农业生产方式贴近于自然因而接近于人类本源性质,于是农民的语言便具有优美质朴的形态和人文气质。"②王安忆久居上海,淮北农村的语言不仅使她感到欣喜,而且她也不想只将这些语言视为一种单纯的写作方式和技术借鉴,显然,她是用农民的口语表达历史文化,甚至是生命哲学的蕴含:

早上还好好的。迎春妈在家烧锅,迎春大在园子里浇菜,迎春兄弟在家里割猪草,迎春在湖里锄黄豆,秾秾在地里站着,日头在头上晒着,小孩子蹲在门口拉巴巴,大花狗等着吃屎,西头哑巴在塘里涮衣裳。③

---

①王安忆:《小鲍庄》,《王安忆自选集》第一卷,作家出版社 1996 年版,第 308 页。
②王安忆:《大陆台湾小说语言比较》,《上海文学》1990 年第 3 期。
③王安忆:《大刘庄》,《王安忆自选集》第一卷,作家出版社 1996 年版,第 148 页。

　　同样的描写不仅见于《大刘庄》的开头，在《大陆台湾小说语言比较》一文中王安忆还重点介绍了《小鲍庄》的开头："鲍彦山家里的，在床上哼唧，要生了。"她认为，北方的口语可以直接进入小说中，使得小说更加形象生动。在《小鲍庄》中，王安忆"这一次则是试图从大众的语言中寻找到中国文化的原始面貌，怀有人类史社会学的用心，并力图将此反映出来"。它不仅仅是作为一种方法，还具有文化和历史的内涵。① 因此，在《小鲍庄》中，淮北方言已经不是作为叙事手段出现。王安忆在如何表达出中国的根——乡土的真实存在的问题上便十分倚重北方当地的语言系统，具体来说，便是倚重当地的口头语"仁义"。在王安忆的创作中，还原"仁义"一词被使用的语境，便还原了小鲍庄的价值立场、人际交往甚至历史命运等真实的存在物。而在小鲍庄人独特的"仁义"道德规则的指导下，从城市等外在的眼光中看上去的愚昧、软弱、了无生趣的乡土生活也才有了其合理性。例如，鲍五爷死了孙子，众人都劝他说，小鲍庄会赡养他，"敬重老人，这可不是天理常伦嘛"；鲍秉德疯了老婆，有人劝他离了，他一口回绝，"我不能这么不仁不义"；小翠子和建设子虽没有结婚，但在大家看来，小翠子已经是他家的媳妇了，离家出走就成了"不仁不义"；而"捞渣"这个孩子本身就已经成了"仁义"的化身。他的出生和死亡都是为了"仁义"。"仁义"作为一个语词系统的中心，解释了小鲍庄所有从前发生的和正在发生的事件。由此，王安忆进一步将口语提炼为小说哲学，升华为以"仁义"为中心的中国经验表述。用她自己的话来讲，这一次语言实践是从"'众'的语言中寻找到中国文化的原始面貌，怀有人类史社会学的用心，并力图将此反映出来"。②

　　第三，小说的哲学与观念。王安忆作为"寻根"作家之一，其受到

---

①王安忆：《大陆台湾小说语言比较》，《上海文学》1990 年第 3 期。

②王安忆：《大陆台湾小说语言比较》，《上海文学》1990 年第 3 期。

的 20 世纪 80 年代中期的寻根潮流的影响是毋庸置疑的,王安忆多次在采访和随笔中表示,要保留中国的传统文化,不能被西方现代全盘代替。这其中有中国文学界所受到的拉美文学的影响,更有王安忆从自身的旅美经验里生出的在一个偌大的世界视野里对"自我"的认同问题和对"自我"形成的来龙去脉考察的欲望。而王安忆并不是个扎根农村的作家,她的乡村经验并不能自行结构起一个完整的作为本体存在的"故土"的文学形式,在《小鲍庄》的写作中,应该说王安忆存在着一种焦虑,即作者本人应该如何表达中国的根——乡土。然而王安忆发现了只属于小鲍庄使用的语言,并凭借此结构起自己的乡村经验,使之构成小鲍庄的独特的语言系统——"仁义"。《小鲍庄》的洪水神话和仁义核心价值观念,最终成为反思现代性意义上的"乡土"武器,这一转变构成整个 20 世纪 90 年代乡土叙事的先声。待我们重新审视这两个重要范畴的生成过程,就会发现,王安忆创作规划的混杂性和偶然性。

　　王安忆已经清醒地认识到,自我经验的狭隘已成了她写作中的制约性因素。正如她的发言稿里所说:"像我们这一代年轻知识青年作家,开始从自身的经验里超脱出来,注意到了比我们更具普遍性的人生,在这人生的大背景下,我们意识到自身经验的微不足道。"[1]作家所刻意塑造出的乡土世界,不过是对善、朴、信的乡村语言和观念的展现。而作家所建构的这种具体世界,一旦脱离了个人意义上的规划总结、具体实践,就渐次成了抽象物,反过来参与到自我小说哲学的建构当中。从这一意义来讲,王安忆的乡土经验在寻根作家中带有普遍性,知青作家的"中国经验"和语言提炼,势必成为追寻乡土进而审视城乡关系的直接动力,而从想象的乡村到抽象的话语系统的异质体验,也就决定了这批作家不可能在真实的乡村经验中反复寻找到整合

---

[1]王安忆:《乌托邦诗篇》,《钟山》1991 年第 5 期。

民族本源意义上的写作资源。

三、王安忆小说中的"进城"和"返乡"

王安忆从"知青文学"到"寻根文学"的写作,由"纪实"到"虚构"的过渡,是乡土叙事在其创作中逐步被凸显的过程。"城"与"乡"的关系在小说中也由紧张对立变得更为复杂多样。说到底,没有"城"的对照,便不会出现"乡土"的意义,而由城到乡,或者由乡到城是小说中最值得品味的部分。王安忆小说为我们提供了丰富的城乡流动的文本。更为有趣的是,王安忆不光提供了比海派文学更为丰富的城市流动文本:在她的小说中存在"蚌埠－上海－香港(海外)"三元结构的传奇故事,在上海当中还存在着妙妙、富萍、提提们的"进城记",同时还有陈信、米尼们的"回城记",更有逄佳、阿三们的"离城记"。就在其成为海派传人之后,她的乡土叙事仍然日益升华而多姿。

"进城"是 20 世纪八九十年代的一个关键词,从 20 世纪 80 年代初的大批知青"返城潮",到后来的"打工潮",再到"外来妹"一词如水中之莲在东南沿海富足之地片片开放,特别是进入 21 世纪之后,当进城务工人员成为全社会关注的焦点,王安忆对上海的重新认识,特别是对城市底层人物和"外来户"的抒写和关注,首先展现出了不同于现代海派作家的风貌。现代文学海派诸位作家的创作中,没有对于这些"进城"叙事的着力表达。声光艳影或是凄迷悲欢的大上海,反而都凝固在了一种个人预设的氛围之中。在极少的情况下,凝固的摩登上海被外地人在电车里打破:

还有一个较有勇气的山东乞丐,依然打破了这静默。他的嗓子浑圆嘹亮:"可怜啊可怜! 一个人啊没钱!"悠久的歌,从一个世纪唱到下一个世纪。音乐性的节奏传染上了开电车的。开电车的也是山东人。他长长地叹了一口气,抱着胳膊,向车门上一靠,跟着唱了起来:"可怜啊可怜！一个人啊没钱。"①

　　张爱玲对山东人的描述只是一个概述，歌声的悠久仍然是典型的张氏风格，也正因为这种"从一个世纪唱到下一个世纪"的凝固性，其并不能展现一个活跃的外来者形象。与之相反，王安忆的"进城"则是全动态的。王安忆曾在接受访谈时提及："再以妙妙为例，我只想表现人在所谓经济改革冲击下的无路可走，妙妙是个想追求开放思想却找不到合适机会去实现的少女。她大学上不成，生意做不了，只好将整个人生都赔进去。其实妙妙也很有女性意识，很想改变默默无闻的人生，只是她除了身体之外手无寸铁。"②改革开放带来的"世界潮流"的诱惑，不仅深入城市人的价值观念，也波及如妙妙一般的偏远乡村青年。在创作于1990年的小说《妙妙》中，王安忆生动地描绘了一个小镇女孩的人生轨迹：为了能够跟得上北京、上海、广州这些大城市的"现代气氛"，从而完成进城的蜕变，妙妙先是在服饰上"闹革命"，继而在恋爱和人生信条上彻底"革命"。妙妙进城的打算最终落了空，她认识到："这世界上有两种落单的命运，一种是月亮，它的光芒将星星全遮暗了；另一种是孤雁，它日不能息，夜不能眠，被危险包围了。"③"进城"失败的妙妙有了关于人生哲学的瞬间思考，这种哲学思考虽然具有"悠久的歌"的某种风格隐现，但是它更多地被赋予了一种中国社会转型期的思考。因此，妙妙只能把那些经济改革成果确立、转化为精神信仰，这种本末倒置的追求本身是不得要领的，妙妙的自我城市化也注定只能是一个徒劳地在城市外围的努力。在北京青年与之发生关系的时刻，妙妙"不知道自己为什么不叫"，"也不知道自己为什

①张爱玲：《封锁》，金宏达、于青编：《张爱玲文集》第一卷，安徽文艺出版社1992年版，第98页。
②王安忆等：《从现实人生的体验到叙述策略的转型——一份关于王安忆十年小说创作的访谈录》，《当代作家评论》1991年第6期。
③王安忆：《妙妙》，《王安忆自选集》第三卷，作家出版社1996年版，第430页。

么不使劲挣脱,她软弱地对自己说,她是挣不脱的"。① 这种臣服心理,表明了妙妙对空间等级秩序的屈从,而这种屈从,直接以身体的伤害为代价。身体伤害并不能换取城市化的可能,却只能使之在此种隔阂中愈陷愈深。一定程度上,此处妙妙的臣服可以代表乡土社会的臣服,在城市化想象处于经济改革运动绝对领导地位之时,乡土社会成为阶梯形的空间等级秩序的附属物,它们看似主动地参与城市化的想象,实际上仍然是一个遭到拒斥和损害的过程。在这一过程中,乡土社会陷入了绝对的失败之境,恒定停滞的价值观念已不能容纳乡民的物质精神追求。

　　外地人如何融入城市,是王安忆小说中一个经常被表现的主题。从《69 届初中生》开始,《好姆妈、谢伯伯、小妹阿姨和妮妮》《保姆们》等都关注了深入上海家庭内部的保姆们的所见所闻,所思所想。《富萍》里的奶奶在上海西区最繁华的地区当了三十年的保姆,她见识过各种人家,甚至也会将闸北、普陀看作是荒凉的乡下:"戚师傅建议先走一遍过场,再挑有意思的仔细看,大家都同意。于是就跟了戚师傅绕着中央广场,一层一层盘上去。四边阳台木栏杆上爬满了人,看地下中央舞台上的杂技表演。只听见人群不时掀起惊呼声,偶尔,从人缝里可看见有一个亮闪闪的人,飞鱼般地跃起来,又落下去。后来,可能是杂耍的小丑登场了,人群中又爆出阵阵笑声。阿菊被这情形撩的十分着急,拉了富萍试着挤到栏杆边去,哪里挤得进去,连边都挨不着,还遭了人家的白眼。"②而奶奶的"思乡病"是从到虹口区的军区大院寻找东家开始的:虹口区空旷的天空显得凄凉,这让奶奶联想到即使在乡村,也还有水塘有鸡鸭的叫声。红砖房子、杨柳丝、袅袅炊烟的景致都使得扬州乡下的风光充满了色彩:

①王安忆《妙妙》,《王安忆自选集》第三卷,作家出版社 1996 年版,第 395 页。
②王安忆:《富萍》,湖南文艺出版社 2000 年版,第 174 页。

在乡里，也还有个塘，塘里有鸭鹅，田里有做田的人和牛。走走，就有了村子，村子里有炊烟，有母鸡打鸣，有北边飞来做窝的燕子。老远望过去，就见红砖房一座一座的。红砖是只在窑里烧一遍的粗砖，不如青砖细密结实，但看上去，丝丝杨柳中间，则分外妖娆。奶奶想起了扬州乡下的情景，多么有颜色啊！①

然而到了四川北路一带，奶奶的"思乡病"就好些了，因为街道变得狭窄起来，油烟味从弄堂口飘出来，蜿蜒的街道店面挨着店面，更重要的是，这里的人无论长相还是穿戴举止都文雅而非粗粝。"奶奶走在这里，思乡病完全好了。像方才说的，她已经染上了这城市市民的脾气，抱有成见。可谁能说她不是这里的市民呢？她要比那些年轻人更熟悉这城市。你听她说说她的奇闻异见，是你做梦也想不出来的。光是这条街上的，就够你听一大阵子的了。"②可见，王安忆特别强调的是外来者如何融入上海文化的问题，在她的视野中，上海的凝固是体现在其市民性的基础之上的。进城问题，究其本质，变为乡土文化和想象如何为城市文化和想象所取代。

笼罩在创作中的对现代化城市的惧怕之感在《神圣祭坛》亦有表达。"有的时候，他觉得假如他不说什么，不被别人听见什么，项五一就会在这拥挤的人丛中消失了。大街上有那么多的人，犹如一个波涛滚滚的海洋，吞没一个人本是太容易的事。其实，很多很多人都相继无声无息地消失，甚至在消失的瞬间都发不出一声像样的呼喊。这使项五一感到无法明言的恐惧。"③在《神圣祭坛》的自叙中，王安忆说："《神圣祭坛》……包含了我最迫切要说的话。"王安忆在选择以刘德生自杀作为现代城市危险表征的同时，也无意识的透露出在高速发展

①王安忆：《富萍》，湖南文艺出版社 2000 年版，第 8 页。
②王安忆：《富萍》，湖南文艺出版社 2000 年版，第 7 页。
③王安忆：《神圣祭坛》，《神圣祭坛》，人民文学出版社 1991 年版，第 121 页。

的现代城市笼罩下她对乡土社会的理解。"瞧瞧热闹也是好的，不瞧白不瞧，怎么说也是来了一趟上海。""刘德生几乎看花了眼，他想要是能到那上面去耍一耍，也就不枉来一遭上海了。"①现代工业城市的欲望吸引让这个乡村青年轻易地成了它的俘虏，在这里，乡村质朴的、恒定而从容的价值观念显然已不能起到任何作用。王安忆在展现现代城市的巨大吸引与变形的力量的同时，也展现了乡村文明在它面前的不堪一击。

王安忆不但描述外来者"进城"的过程，而且注意画其形象，描其灵魂：

老板是对面美发厅里辞职出来的理发师傅，三十来岁的年纪，苏北人。也许，他未必是真正的苏北人，只是入了这行，自然就操一口苏北话了。这好像是这一行业的标志，代表了正宗传继。与口音相配的，还有白皙的皮肤，颜色很黑、发质很硬的头发，鬓角喜欢略长一些，修平了尖，带着乡下人的时髦，多少有点流气，但是让脸面的质朴给纠正了。脸相多是端正的，眉黑黑，眼睛亮亮，双睑为多，鼻梁，比较直，睑就有架子。在一男人中间，这类长相算是有点"艳"，其实还是乡气。他们在男人里面，也算得上饶舌，说话的内容很是女人气加上抑扬缠绵夸张的扬州口音，就更像是个嘴碎的女人了。这与他们剽悍的体格形成很有趣的对比。他们的一双手，又有些像女人了，像女人的白和软，但要大和长了许多，所以，就有了一种怪异的性感。那是温水，洗发精，护发素，还有头发，尤其是女人的头发的摆弄，所养护成的。他们操起剪子来，带着些卖弄的夸张，上下翻飞，咔嚓作响，一缕缕头发洒落下来。另一只手上的梳子挑着发绺，刚挑起，剪子就进来了，看起来有些乱。一大阵乱剪过去，

---

① 王安忆：《悲恸之地》，《香港的情与爱》，作家出版社1996年版，第139页。

节奏和缓下来,细细梳平,剪刀慎重地贴住发梢,张开。用一句成语来形容,就是,动如脱兔,静如处子。①

细节处的把握是王安忆的强项,外貌的乡气与艳丽共存,行动的细腻和柔韧互生,苏北人在上海的心态一方面显出了某种自卑,一方面却又具有某种自信。因为作家有着对这些人物的细腻观察,使得小说的叙事在某些时候虽然貌似海派风格的柔肠,但是在内质上却是坚韧的风格。特别是进入21世纪之后,底层叙事的建构呼之欲出,王安忆的坚韧在《民工刘建华》和《姊妹行》中都有很好的体现。给"我们"做工的民工刘建华,不但有着烁烁发亮的眼睛,同时具有"勤劳,智能,自尊上进的品德",但是"我们"却与他短兵相接,矛盾丛生,这些矛盾来源于刘建华那执拗的个性和精明的算计。《姊妹行》叙述的是另一类社会关注群体——被拐妇女的生存状态。一对小姊妹分田和水在去徐州的路上被骗拐卖,分田终于逃脱了噩梦返回家乡,但是家乡的人却已经不能接受她。分田起身再次进城解救自己的妹妹水,她们的下一个目标是上海。这个短篇着力于"行",也就是进城的过程,分田的爱笑和恣肆的乡土风格逐步被以"丁楼"洗浴城为代表的城市所打击。最为深刻的是,小说在最后仍然指向了一个更大的城市来作为女孩子"摆脱世俗眼光"的方案。对社会弱势群体如民工、洗头妹、服务员等的关注,都可见王安忆在进行书写的过程中,始终关注在"现代性"体验中的城市疲惫,关心小人物为了生活的小伎俩,这恰是形成乡土叙事的初步准备,在这一意义上,王安忆的作品中出现了"返乡"叙事。

因为"进城"而衍生的"返乡"叙事,在王安忆的小说中经常作为突转之笔,将小说带入另外一个境界之中。王安忆早期的小说《本次

①王安忆:《发廊情话》,《王安忆短篇小说编年》,人民文学出版社2009年版,第133页。

列车终点》将列车的终点设定为人生迷惘的寄托,将返回乡村作为知青一代带有理想主义情结的人生归宿的叙事。在《上种红菱下种藕》和《月色撩人》里的"返乡"不光是主人公行为的推动力,也成为作家个人的叙述动力。从乡土回望上海更是王安忆的目的,而正是这种颇有韵味的"回望"造就了她书写"城/乡"在海派风格之上的水乳交融、浑然天成。

两部小说的主题是小镇女孩的成长故事(显然已被王安忆烂熟于胸),在《上种红菱下种藕》多的是期盼和延展,秧宝宝沉寂在华舍小镇中,跟随乡亲体会绍兴、温州、杭州的距离。江南风光烟雨凄迷,月色朦胧中的工厂是秧宝宝命运的隐喻。在《月色撩人》里则体现出流连和回溯,小说在行将结束的时候忽然插叙一笔,已经成为城里男人宠儿的外来妹提提,还有一个美丽的乡土名讳——艳官。作家似乎破釜沉舟,拿出一翻"必也正名"的决心,全然将上海的背面托出给读者。王安忆找到了乡土的书写方式,却没有在"江南"逗留太久:

> 可它真小啊,小得经不起世事变迁。如今,单是垃圾就可埋了它,莫说是泥石流般的水泥了。眼看着它被挤歪了形状,半埋半露。它小得叫人心疼。现在,它已经在秧宝宝的背后,越来越远。她的腥臭烘热的气息,逐渐淡薄,稀疏,以至消失。天高云淡。①

秧宝宝最终离开了小镇,去往绍兴,原因是这个美丽的世界在逐渐的崩塌中。王德威曾有过一个颇具穿透力的比较,将此篇与李伯元创作于近一百年前的《文明小史》相对照,认为这无疑又将"是上海那充满魔幻的引力的吸附,华舍镇的人们仍如彼时朝圣的江南世子那样

---

①王安忆:《上种红菱下种藕》,文汇出版社 2006 年版,第 304 页。

汇聚于黄浦江畔"。① 果然,在《月色撩人》中这种猜测被进一步证实:

> 传说中熠熠生辉的上海,尤其从海门看上海,更为旖旎,具体到个人所在的局部,声色就暗淡了。……然而就是在这样的局部,上海显露出它的生动性。……人流是由无数男女组成,大多是年轻的,冷漠的脸,由于身在这城市的脉跳之中,而生出一种骄矜与自得。提提和老师两个外乡人,走在人流中,却完全介入不进。②

江南的生态被上海打破,但是上海又是江南的唯一归宿。作为上海前史的江南人文再一次发出了它微弱的声音。如果说,坚韧的叙事是纪实的最高成就,而返回江南又是虚实相生。王安忆的乡土叙事经历了由具象到抽象,抽象到再抽象,如今终于在江南与上海的对照中,看到了当年穆时英、施蛰存和苏青的江南。人生困惑和现代化的疲惫造就了江南,同时,又确因从底层发出呼唤的乡土声音给江南的色彩加上了坚实的依托。这种乡土叙事及其在一位作家身上所展现的综合性,在中国当代文学史上独树一帜。

第二节　王安忆的京海给养及其意义

一、叙述的"故事"和审美的"故事"

王安忆是一位勤奋的学习者,曾先后出版多部读书笔记、讲稿。在对其他作家作品的解析中,每每能够洞察作家对自我的规划,因为无论是借鉴还是批评都是审读者的小说理论的升华。王安忆是当代

---

① 王德威:《前青春期文明小史》,《当代小说二十家》,生活・读书・新知三联书店 2006 年版,第 43 页。
② 王安忆:《月色撩人》,云南人民出版社 2009 年版,第 122 页。

作家中较为重视小说理论总结的作家,也是出版小说技巧、评论最多的作家。20世纪90年代初,她抛出了惊世骇俗的"四不原则":第一,不要特殊环境特殊人物,第二,不要材料太多,第三,不要语言风格化,第四,不要独特性。这是王安忆所遵循的写作技巧守则,应该是她积累多年后找到的固定风格。"四不原则"从何而来,又到底代表什么,这似乎成为理解20世纪90年代后的王安忆的一条必经之路。张新颖对王安忆的写作前途深表忧虑:"我们设想着却设想不出抱着这一理想的王安忆会走多远。"[1]但是王安忆也总是这样给批评家出难题,在《长恨歌》之外,还有《姊妹们》,该小说被收录进《上海文学》"当代文人的精神故乡"序列之中,写作时间恰在1995年。再联系到《蚌埠》《天仙配》《屋顶上的童话》等"四不要"小说引起了人们的关注:"在王安忆的这一系列小说中,我们读到了内在的舒缓和从容。叙事者不是强迫叙述行为去经历一次虚拟的冒险,或者硬要叙述行为无中生有地创造出可能性。"[2]从叙述内容上,王安忆小说中的上海形象有当年海派风韵,但是就她介绍的这个叙述态度,或者说是叙述形式所造成的叙述效果来讲,其来龙去脉仿佛并不那么简单。

王安忆开始特别重视提炼自己的小说论,也是自20世纪80年代后期开始的,她的第一本小说理论、评论集,是出版于1991年的《故事和讲故事》,该书首印仅1200册。从20世纪90年代末到21世纪初,王安忆在复旦大学的小说讲稿先后两次再版,她的小说理论也逐渐受到重视。纵观多年来的小说评论,写于1987年的《汪老讲故事》的确值得关注:

①张新颖:《"我们"的叙事——王安忆在九十年代后半期的写作》,《打开我们的文学理解》,山东文艺出版社2005年版,第41页。

②张新颖:《"我们"的叙事——王安忆在九十年代后半期的写作》,《打开我们的文学理解》,山东文艺出版社2005年版,第42页。

　　汪曾祺老的小说，可说是顶顶容易读的了。总是最最平凡的字眼，组成最最平凡的句子，说一件最最平凡的事情。轻轻松松带了读者走一条最最平坦顺利简单的道路，将人一径引入，人们立定了才发现：原来是这里。诱敌深入一般。坚决不竖障碍，而尽是开路，他自己先将困难解决了，再不为难别人。正好与如今将简单的道理表达得百折千回的风气相反，他则把最复杂的事物写得明白如话。他是洞察秋毫便装了糊涂，风云激荡过后回复了平静，他已是世故到了天真的地步。……汪曾祺的小说写得很天真，很古老很愚钝地讲一个闲来无事的故事。……汪曾祺貌似漫不经意，其实是很讲究以结构本身叙事的，不过却是不动声色，平易近人。……汪曾祺老笔下几乎没有特殊事件，都是一般状况，特殊事件总是在一般状况的某一个时节上被不显山露水地带出。事实上，汪曾祺的故事里都有着特殊事件，堪为真正的故事，这种一般与特殊结构上的默契，实是包含了一种对偶然与命运的深透的看法，其实也是汪曾祺的世界观了。汪曾祺讲故事的语言也颇为老实，他几乎从不概括，而且是很日常的过程。……汪曾祺的文字里，总是用平凡的实词，极少用玄妙的虚词，如是虚词，也用得很实……汪曾祺还常常写一些实得不能再实的大实话，我们上海人叫作"说死话"。"说死话"，真是很不好解释的，这是一种用料极少却很有效果的幽默。……汪曾祺还很少感情用语，什么都是平平常常实实在在地去写。人心里有时会有的那一股微妙曲折的情绪，他像是不经意去写似的，他总是写实事，而不务虚。然而，时常的，很无意的一句话，则流露出一种心情，笼罩了之前与之后的全篇。……以此还可见，汪曾祺是很会很会讲故事的，实已是讲故事讲出了精，才到了今日的"情节淡化"。奇致已成了骨子，而不在皮毛。①

---

①王安忆：《汪老讲故事》，《王安忆读书笔记》，新星出版社2007年版，第31页。

首先引起重视的是这段话的写作时间——20 世纪八十年代末。在这期间，王安忆小说创作从表面形式来讲，发生了明显的变化：根据《王安忆短篇小说编年》的篇目顺序，王安忆最后一篇带有引号的短篇小说是《洗澡》，从《叔叔的故事》开始引号没有了，王安忆开始"讲故事"。整个 20 世纪 90 年代上半期，王安忆的创作力达到顶峰，一系列"名篇"如雨后春笋般更新目录，直到 1997 年才出了又一个短篇《蚌埠》。甚至在此时，论者多引为的"不像小说的小说"——《姊妹们》《屋顶上的童话》《天仙配》大概都可以归类到"最最平凡的字眼，组成最最平凡的句子"。王安忆对新的写作方式得心应手，下笔千言，正是因为发现了小说的秘诀在于"故事"，特别在于"诱敌深入一般"的故事，只要一睹《叔叔的故事》的开头，一切便已经明了：

　　我终于要来讲一个故事了。这是一个人家的故事，关于我的父兄。这是一个拼凑的故事，有许多空白的地方需要想象和推理，否则就难以通顺。我所掌握的讲故事的材料不多且还真伪难辨。一部分来自传闻和他本人的叙述，两者都可能含有失真与虚构的成分；还有一部分是我亲眼目睹，但这部分材料既少又补贴近，还由于我与他相隔的年龄的界限，使我缺乏经验去正确理解并加以使用。于是，这便是一个充满主观色彩的故事，一反我以往客观写实的特长；这还是一个充满议论的故事，一反我向来注重细节的倾向。我选择了一个我不胜任的故事来讲，甚至不顾失败的命运，因为讲故事的欲望是那么强烈，而除了这个不胜任的故事，我没有其他故事好讲。或者说，加入不将这个故事讲完，我就没有办法讲其他的故事。而且，我还很惊异，在这个故事之前，我居然已经讲过那许多的故事，那许多的故事如放在以后来讲，将是另一番面目了。①

---

① 王安忆：《叔叔的故事》，《王安忆自选集》第三卷，作家出版社 1996 年版，第 1 页。

作者不但告诉大家:"我终于要来讲一个故事了",而且极度渲染故事真实性的可疑:"这是一个拼凑的故事,有许多空白的地方需要想象和推理,否则就难以通顺。"王安忆的叙述极度辗转,态度游移不定:"这便是一个充满主观色彩的故事,一反我以往客观写实的特长;这还是一个充满议论的故事,一反我向来注重细节的倾向。我选择了一个我不胜任的故事来讲,甚至不顾失败的命运,因为讲故事的欲望是那么强烈,而除了这个不胜任的故事,我没有其他故事好讲。"那么,王安忆是要参与一种具有"元话语"风格的叙述学游戏吗?

王安忆"讲故事的欲望"是有针对性的。紧接着《汪老讲故事》后,在1988年她连续写下两篇讨论《故事是什么》和《故事不是什么》。作家极力辩白:故事是小说的构成部分,但是由语言来实现。故事必须有逻辑连贯的情节,同时故事必得是平凡的、有血有肉的。特别值得注意的是,王安忆此时以"故事"做文章,具有明显的反先锋文学姿态:

让片断独立成章,是一条诗化和散文化的道路,常常受到高度的赞扬。这些赞扬是从对我们传统文化的反叛出发的。他们认为,中国小说的传统是从话本而来,以讲故事为重要,而这一类小说则走向了诗化,是一种高度的进步。我的小说也常常荣幸地被列入这些表扬的名单之中,而我至今才发现是大大地出了误会。①

王安忆此时列举的对象,经常是《北京文学》于1988年左右发表的小说。例如,以《到黑夜我想你没办法》为主要的批驳对象,她反复解释"经验性传说性故事和小说构成性故事是两个范畴",意思是《北京文学》近来的许多小说只具有情节,但是没有"小说构成性的故

---

① 王安忆:《故事不是什么》,《王安忆自选集》第四卷,作家出版社1996年版,第345页。

事"。自 1986 年李陀、林斤澜担任《北京文学》的主编以来,这本杂志的先锋性特别引人注目,1987 年余华的名篇《十八岁出门远行》即发表于此,李陀等人一时成为"先锋文学"的始作俑者。1988 年,该杂志仍然大版面推广先锋,从第 1 期到第 6 期,发表的理论文章皆具有这种特色,例如一直在进行的关于"伪现代派的讨论"。其间,刊登的作品也都是符合其办刊的理论,汪曾祺为这些小说频频叫好。可见,王安忆此时在《汪老讲故事》中抬出的汪曾祺,并不是正在《北京文学》活跃的作为先锋姿态的汪曾祺,而是一个前时代的汪曾祺,一个传统的汪曾祺。她明确指出了这点:"这是一组优秀的短篇,正如汪曾祺老在同期《北京文学》中所称赞的:'好!'如是不好,我们的分析便不会有什么意义了。而也正因为'好',它的走向极致便也更暴露了其窘况。"她进一步与这些作品划清界限:"我们究竟对我们所要背叛的东西了解还是不了解,甚至我们嚷嚷着要挣脱的东西,究竟是不是确实地背负在我们身上,而不是背负在人家身上。"①王安忆并不强调反传统,在她看来,中国小说的传统是讲故事的传统,小说不能背叛故事的传统,而应该老老实实讲完整每一个故事。

"故事"不是叙述方式的构成,王安忆叙述的"故事"首先涉及的是作者的距离控制问题。本雅明对故事做了一番论述,他认为长篇小说的兴起正是故事传统衰微的结果,这类似于王安忆所讲的 1988 年《北京文学》部分小说情节大于故事。本雅明认为:"讲故事的人取材于自己亲历或道听途说的经验,然后把这种经验转化为听故事人的经验。小说家则闭门独处,小说诞生于离群索居的个人。此人已不能通过列举自己最深切的关怀来表达自己,他缺乏指教,对人亦无以教诲。写小说意味着在人生的呈现中把不可言诠和交流之事推向极致。囿

---

① 王安忆:《故事是什么》,《王安忆自选集》第四卷,作家出版社 1996 年版,第 365 页。

于生活之繁复丰盈而又要呈现这丰盈,小说显示了生命深刻的困惑。"①从中我们似乎可以找到王安忆在《叔叔的故事》里"讲故事"的"欲望"是"充满议论"的理由,正是要回归叙事"讲述"的力度,从而将写小说的方式扭转为"除了讲故事别无他法"的选择。王安忆在此前后的心态也都应证了小说叙事方式转变的道理,她说:"新时期的文学是以诚实著称的文学,我们自由而勇敢地面对自己,真诚地将我们的新发现告诉给许多倾听的人们","我经历了一段游离的时期","《叔叔的故事》重新地包含了我的经验"。②自我经验的重新融入使得王安忆找到了讲故事的方式,不是作为本雅明意义上的离群索居者,而恰是作为一个转化个人经验的叙事者出现在小说当中。

王安忆叙述故事的意义不是在别人,而恰是在汪曾祺这样一位作家,且是在前文所提及的具有意味性的 1987 年到 1988 年这一时间段而提出。既然这段时间又恰恰发生在王安忆创作转型的关键时刻,这不能不让我们对王安忆的艺术"给养"问题重新产生疑问。正当海派文化研究呈现雨后春笋之态势,上海的社会结构、市民生活重新成为从意象到审美的文学萌动时期,王安忆如此关注北京杂志的动态,而且找出了一个汪曾祺的"故事"来对抗部分先锋文学的写作方式,那么,她显然不只找到昔日的上海风情作为依赖的对象。也可以理解为,从创作方法来讲,王安忆找到了同样正在勃动的"京派"传统。当然,并非反对先锋的"技术"创作而提倡从容的故事态度就可谓之"京派"。但是,"故事"在京派文学的创作中是一个重要的层面,而且有关故事的理解又恰能对应王安忆此时的观念。沈从文非但将自己的小说皆归于故事,而且特别强调故事的重要意义:"中国人会写'小

①[德] 阿伦特编:《启迪:本雅明文选》,张旭东、王斑译,北京:生活·读书·新知三联书店 2008 年版,第 99 页。
②王安忆:《关于＜叔叔的故事＞》,《独语》,湖南文艺出版社 1998 年版,第 215 页。

说'的仿佛已经有了很多人,但很少有人来写'故事'。"①沈从文的许多小说对民间传说、佛经故事以及其他典籍进行改造,融古典风味与传奇色彩为一炉,将人性和神性相交织。周作人不但在苦雨斋中对自己的故事娓娓道来,他还特别注重故事的写实性与古朴性,在给另一位京派作家废名的《竹林的故事》所作的序言中,他谈:"冯君所写多是乡村的儿女翁媪的事,这便因为他所见的人生是这一部分。""他所描写的不是什么大悲剧大喜剧,只是平凡人的平凡生活——这却正是现实。"②王安忆所欣赏的正是这种较为古典的小说创作观念,她十分怀念20世纪80年代初期那些"老实"创作的岁月:"我们像个辛勤、老实,甚至颟顸的农人,种下故事的种子,然后培土,浇灌,锄草,捉虫,朝出暮归,按着自然的生熟法则,收获小说。"她还说,"完美的小说"的基本素质应该是"写实的外形中充斥着诗的浪漫"。③ 这些无疑都属于汪曾祺身上所流露出来的京派气质:"汪曾祺老总是很笨拙很老实地讲故事,即便是一个回忆的故事,他也并不时空倒错地迷惑,而是规规矩矩地坦白出什么时候开始回忆了,将过去式与现在式很清楚地划出,拉开距离,很不屑于去玩些小花头似的。"④同样,王安忆也特别留意沈从文小说里那种悠闲的"看",认为这种创作透露出一种可贵的适宜的距离感,是"在一个安全的壳子里边"⑤的写作。

王安忆的"故事"叙述学,从作者写作的距离控制问题,逐渐引向了故事的叙述态度问题,即故事的叙述应为写实的和审美的。回溯"京海之争",为京派定型风致,的确切合了王安忆的设想,并给予她写

---

① 沈从文:《月下小景·题记》,《沈从文全集》第九卷,北岳文艺出版社2002年版,第216页。
② 周作人:《<竹林的故事>序》,《周作人散文全集》第四卷,广西师范大学出版社2009年版,第307页。
③ 王安忆:《知识的批评——从蒋韵说起》,《王安忆读书笔记》,新星出版社2007年版,第150页。
④ 王安忆:《汪老讲故事》,《王安忆读书笔记》,新星出版社2007年版,第32页。
⑤ 王安忆、张新颖:《谈话录》,广西师范大学出版社2008年版,第126页。

作的营养。"京派的理论家带有明清帝都的古朴之风，即使是争论，也具有宁静、恬适和随和的风度，仿佛一位谆谆善诱的教师爷在规劝着一个调皮促狭的学生，仿佛一位眉宇清明的艺术之神谛视着骚动纷扰的人世间。"①这何尝不是她所追求和反思的批评方式，并且，在对他人的作品分析批评后，王安忆也将京派的风致部分地运用在自己的作品当中。有趣的是，对京派的运用也同时作用在作家创作转型的重要时刻。对这一资源的调动，又来源于前三十年文学发展后对"审美"的追求和追问，她说："像我觉得汪曾祺的小说，写两类东西最好，一个是劳动，一个是享受。""他所有的劳动和享受全都不是那么伟大的，都不是那么壮阔的，全都是很日常的。""当代文学的控诉性太强了，劳动其实被意识形态化了。"②京派关注乡村，远离意识形态，又注意一种平静的故事态度，这些特征吻合了王安忆对自身下乡经验总结"自然地"改变。王安忆说："我现在写农村，并不是出于怀旧的目的，也不是祭奠插队时期的日子，而是因为农村的生活方式在我眼里日渐呈现出审美的形式。"③她甚至坦言："抑或是因为厌倦了都市生活，对那质朴的自然和人性生出想念。""为了种种明了或不明了的理由，对那插队的回想，自己的身影逐渐缩小淡去，而背景却逐渐地清晰，甚至微微的有些凸现起来。"④从故事的叙述形式到审美的视点，王安忆将其重新归纳为生活的写实的形式，贯彻到小说的创作理论当中："小说这东西，难就难在它是现实生活的艺术，所以必须在现实中找寻它的审美性质，也就是寻找生活的形式。现在，我就找到了我们的村庄。"⑤

---

① 杨义：《京派文学与海派文学》，上海三联书店 2007 年版，第 3 页。
② 王安忆、张新颖：《谈话录》，广西师范大学出版社 2008 年版，第 192、193 页。
③ 王安忆：《生活的形式》，《茜纱窗下》，上海文艺出版社 2002 年版，第 574 页。
④ 王安忆：《插队后记》，《独语》，湖南文艺出版社 1998 年版，第 176 页。
⑤ 王安忆：《生活的形式》，《茜纱窗下》，上海文艺出版社 2002 年版，第 576 页。

二、王安忆的"抒情"和"启蒙"

德国汉学家顾彬对京派文学与海派文学的对比，基本概括了研究界共识性的观点："京派注重土生土长的、乡村的和过去的东西，而海派倾向于描写异域的、城市的和目前的内容。一方面是传统和道德，另一方面则是市场和颓废。后者包含了从现代主义向通俗文学的过渡。"①王安忆被冠名为海派作家的传人当然有其足够充分的论据，但是，如上文所述，在写作的给养上，王安忆的写作观念部分地展露出京派当年的写作理论。这些理论也会影响她小说创作的风貌，王安忆的作品中有丰富的上海描写，同时又构成独特的乡村和过去的风致。她的创作在 20 世纪 80 年代中期似乎也可归纳为经历过"现代主义向通俗文学的过渡"，但在 20 世纪 90 年代初直至如今，王安忆从"京派"那里汲取了平实而审美的艺术观念，在"故事"里完成自己的小说，其中的议论又颇有"道德和传统"的韵味。王安忆的小说创作在海派和京派的共同给养下，凸显出自身创作的独特性——"抒情"和"启蒙"。

"抒情"是来源于西方抒情小诗的概念，与叙事相对，一般将其理解为一种强调个人风格的表达情思、抒发情感的方式。王德威将抒情的概念做了深化，他认为："抒情的定义可以从一个文类开始，作为我们看待诗歌，尤其是西方定义下的，以发挥个人主体情性是尚的诗歌这种文类的特别指称，但是它可以推而广之，成为一种言谈论述的方式；一种审美愿景的呈现；一种日常生活方式的实践；乃至于最重要也最具争议性的，一种政治想象或政治对话的可能。"②海派文学自晚清滥觞以来，"情"是一个十分重要的方面。从内容上来讲，"情"经历了由晚清言情小说的社会讽寓向张爱玲、苏青式的世俗日常过渡；从形

---

① [德] 顾彬：《20 世纪中国文学史》，范劲等译，华东师范大学出版社 2008 年版，第 148 页。
② 王德威：《抒情传统与中国现代性》，北京：生活·读书·新知三联书店 2010 年版，第 72 页。

式上来讲,都市情感的言说方式也经历了由现代小说技法的实践到古今华洋交错品格的成型。但是,"抒情"的审美愿景经常展现在京派的小说创作中。其次,京派作家的生活和写作方式更能体现出抒情的复杂性和对话性。通过观察,我们发现,王安忆的小说正表现出一种复杂的抒情风格。

　　海派作家笔下并非从未出现乡村的风貌,但是,将他们笔下的乡村与王安忆的乡村相对照,就会发现其中"抒情"的分野。穆时英、施蛰存、苏青都是由江南小镇来上海谋生的作家,在他们的作品中也出现了上海之外的物貌风情,概括来讲,即是以"老屋""旧宅"为代表的"乡土"书写对象。穆时英幼时家底殷实,但随着父亲接连投资失败而家道中落,巨大的落差使穆时英饱尝世态炎凉,独特的人生经历奠定了其半自传小说《旧宅》《父亲》《百日》《烟》的总基调。穆时英笔下的"老屋""旧宅",明显不同于都市夜总会的繁华喧闹,在以"家"为单位的私人空间中展开的苍凉叙述,不免为"老屋""旧宅"增添了落寞颓唐的象征意味。在穆时英的《父亲》中,"旧宅"是父亲沉默暮年的象征:"院子里那间多年没放车子的车间陈旧得快倾圮下来的样子,车间门上也罩满了灰尘。"①《旧宅》则以父亲的一封告知旧宅变卖的来信开篇,少年对于"旧宅"的种种回忆构成了主要内容,文中的"我"极耐心地细数着房间钉子的总数,盘点着园内树木的种类,叙述着年幼时与父母之间的点滴琐事,温暖的回忆却随着旧宅易主而烟消云散。"旧宅"一方面贮存着儿时珍贵的回忆,一方面蕴含着家道中落的无奈与苦楚。在施蛰存的小说中,"旧宅"则拥有更多的出现频率:《梅雨之夕》《桃园》《旧梦》《周夫人》《夜叉》等篇中充满了"寂寞"居所的影子。而这些"旧宅"的风貌显然与作家流连上海的心情有关,对待家屋的怀恋也带上了疏落的情感:"虽然我旅居的时候很少,但我从来不很

---

①穆时英:《父亲》,《白金的女体塑像》,江苏文艺出版社 2009 年,第 12 页。

恋念我的家屋。"①《旧梦》中的主人公微官重回旧居,打开"旧宅"的刹那间,回忆与思绪纷至沓来。微官记忆中的桂树、矮门、蔷薇花与现实重叠,幼时在旷地放风筝、赛跑、捉迷藏的回忆无不展现着童年的美好时光。然而,破烂不堪的矮屋,旧时玩伴芳芷样貌及生活的变化,寄予美好情感的小铅兵却成为芳芷孩子的玩物,又时刻展现着"过去"与"现在"的裂痕,"物非人非"的"旧宅"带给微官的心灵震颤促使他飞快逃离,魂牵梦萦了十七年的"旧宅"顷刻"覆灭"。由此,我们看到,对于已经在东方巴黎打拼的海派作家来讲,乡村的审美性不过是关于某种童年尘封的记忆,这种记忆的场景布满了蛛网,带有寂寞颓唐的灰色调。

　　女作家苏青出生于宁波城西的鄞县(今鄞州区),其父早年赴美留学,从6岁起她被寄养在乡下外婆家。在《浣锦集》中的《海上的月亮》《自己的房间》中苏青描写了自己极度沉郁的心情:"我对它流下泪来。眼泪落在它的眼皮上,它倏地睁开眼来,眼珠是绿的,瞳孔像条线,慢慢的,它又闭上眼皮咕喀咕哈的睡熟了。我的心中茫茫然,一些感觉也没有。"②而在《豆酥糖》《外婆的旱烟管》和《河边》中又表达了对古朴生活的流连:"现在,我的父母都已死了,祖母也有六七年不见面,我对她的怀念无时或忘。她的仅有的三颗门齿也许早已不在了吧? 这四包豆酥糖正好放着自己吃,又何必千里迢迢的托人带到上海来呢?"③一方面,她谈道:"我自己实在也并不怎样喜欢《结婚十年》,那意思倒并不是因为听得人家骂了才如此,天晓得,我是从来不把这些不相干的言语放在心上的。我只觉得这本书缺乏'新'或'深'的理想,更未能渲染出自己如火般热情来,不够恨,也不够爱。家庭生活是琐碎的,这本书也显得有些琐碎起来了;假如勉强要替它找寻出一些

---

① 施蛰存:《我的家屋》,《施蛰存作品新编》,人民文学出版社 2009 年,第 201 页。
② 苏青:《自己的房间》,《苏青文集》(下),上海书店出版社 1995 年,第 274 页。
③ 苏青:《豆糖酥》,《苏青文集》(下),上海书店出版社 1995 年,第 238 页。

价值点位话,那只有说平实的记录也可以反映出这个时代吧。我爱
《浣锦集》……在这里我回味了过去的生活,有些心酸,但却不能使我
号啕大哭。"①另一方面,这种心酸而不能痛哭的心态恰反证了海派作
家在日常生活中的乐感体验和创作心态:"近年来,我是常常为着生活
而写作的。"②可以说,这批海派作家踩着隐隐的心酸绝尘而去,在迈
向都市的时刻又迎合了市民趣味,走上了另外的艺术道路。所以,海
派小说最终体现的是"城为大,生为大"的姿态。王安忆的创作经验虽
然始终离不开"上海"这一核心意象和上海的社会变迁,但是究其作品
里对待乡土的态度,却并非是"颓圮"和"寂寞"的。

　　"华舍镇"是近年来王安忆小说中的核心乡土表达,"老屋"不是
生命中的旧乡,却是生命更新的场所:

　　一九九六年,我生病,想找个清净的地方修养,母亲建议我去她老
友家乡,她曾在老友的老屋里度过一段。……住下一个月领悟到这江
南小镇的亦静亦闹,它是可疗治虚无的病症,药方就是生活,那种没有
被剩余需求遮蔽又不必为生存苦争的生活,它一点一点滋养着安宁的
日常快乐。那个小镇子名字叫作华舍,我在小说《上种红菱下种藕》中
写的那镇,就用了它的名字。不过,我自己另为它画了一张地图。当
我去时,老屋已经荒了,母亲老友一家,搬进了镇上的新工房。小说中
小女主人公所寄居的那屋,就用了这格式。格式里的人自然亦不同
了。我也同里边的小人儿一样去抽了签,真是贴心贴肺,劝我"莫叹年
来不如意",从那寺后的灶间看出去,正是个埠头,搁着淘米箩和青菜,灶

①苏青:《<浣锦集>与<结婚十年>》,《苏青文集》(下),上海书店出版社1995年版,第
　437、440页。
②苏青:《自己的文章——<浣锦集>代序》,《苏青文集》(下),上海书店出版社1995年版,
　第431页。

间里亦是前头说过的柴米烟火气。江南的教事，就是这般人间情味。①

很显然，这种生命的更新会使华舍镇的老屋有了明朗的色彩，非但如此，老屋必然又透露出一种"人间的情味"。在《上种红菱下种藕》的描述中，老屋虽然表面是荒寂的，但在秧宝宝的眼中却是繁荣的。特别是灶间里的竹篮和大铁锅，院子里的舂米舂杵、木桶还有破纺车，后院里的南瓜藤、葫芦藤……这些日常生活的物事，都给小女孩带来了极大的喜悦感。这篇小说尤为明显地体现了王安忆在重新认识小镇风景时的"京派给养"，老屋甚至带有了对文明的抗拒姿态，在王安忆笔下的华舍镇具有了某些湘西边城的风韵，以秧宝宝这一小女孩的视角看来，外乡人的进入无疑是对古朴宁静的破坏："这小镇子不晓得什么地方，就嵌着遥远地方的一些人，带着陌生的神情，警觉地看着四周。早上，天灰蒙蒙的，华舍就动起来了。拖拉机轰隆隆地开过来，车斗里的青石料还蒙着一层霜色。中巴也开出来了，一路吆着上客。店铺哗啷啷地吊起卷帘门，自行车丁零零地响。镇子的上方，还压着一片晨雾，刚刚显出大致的轮廓。"②

将《上种红菱下种藕》看作回归京派审美隐逸冲淡的传统小说，其间又回荡着现代性体验中的疲惫之感，这些方面都可以在具体的文本中找到对应。但是，王安忆这种江南的抒情风格却不是山水之间的朴拙人性，而是回荡着浓厚的人间气息。前文提到，其间固然还与海派的人事俗情有联系，总之，这种"抒情"在王安忆那里表现出很大的混杂性。另外，还有一个重要的方面，不但与风格相关，也牵涉叙事的态度。王安忆的态度绝非简单的抒情，她也没有像海派作家那样以俗还俗甚至将抒情作为谋生文学的一个对照。

①王安忆：《江南物事》，《茜纱窗下》，上海文艺出版社2002年版，第397页。
②王安忆：《上种红菱下种藕》，上海文艺出版社2006年版，第252页。

在京派作家抒情的背后,还有一个强大的道德声音,甚至可以从周作人、沈从文的散文里嗅出优雅翻转的批判锋芒。王安忆的乡村抉择背后,往往具有批判的锋芒,而正是在现代性的体验中,她用"启蒙"来完成城乡二元结构在文本中的和谐共处。众所周知,现代性无疑肇始于启蒙,启蒙与真理、革命与欲望这些都是现代性体验中经常被谈及的论题。反观《荒山之恋》《岗上的世纪》这些乡土中的性叙事,显然不是京派的人性和神性的交接,而是革命与欲望的体现。再看以知青叙事为依托的《大刘庄》《喜宴》《桃之夭夭》,也充斥着"我们知青"对乡土贫乏的困惑。

最终,这些情与理的表达、爱欲与传统的博弈,还是要汇合在王安忆所擅长的上海叙事当中。2008 年的小说《启蒙时代》仍然沿用了《上种红菱下种藕》的少年视角,此时这些少年观察的对象不再是外来的人,而是困惑在寂寞的街巷中。当我们对这位作家的给养问题进行了一番通考后,王安忆的"启蒙"宣言也就不再难以理解了。在与张旭东等人的对谈中,她首先说:"只是我觉得上海的市井也罢,风华也罢,都是被张爱玲热给简单化而且消费化了。我内心里面并不是那么强调我和这些题材划清界限。"既然要开启"启蒙"时代了,与海派市井的浩大声势,当然存在这种所谓的界限。她又说:"我觉得市井里面有非常多的合乎审美含义的东西存在,它不是正史,不是概念,也不是诗和赋一类的,它可能类似'曲'吧。"不是正史,而是富有一种抒情的审美格调,但又不是京派对照意义上的概念,是切实的自我经验,"曲"也许是最好的概括吧。当然,最终王安忆亮明了态度:"我对上海的市井态度不是大家所想象的。当然我是批评它的。"①从《启蒙时代》的整个文本来看,虽然启蒙带有正话反说的意思,在"文革"中谁完成谁的启蒙成为大家在观看后的悬念,但是,从叙事者的态度,到小说最后的

①张旭东、王安忆:《对话启蒙时代》,生活·读书·新知三联书店 2008 年版,第 31 页。

风格，"抒情"与"启蒙"仍然固化在了王安忆最终的上海文本当中。

三、面对"京海结构"

在 1987 年前后，王安忆曾经数次见到汪曾祺，汪老告诫她一定要学好北方话，嘱咐她小说中语言的重要性。前文提到，王安忆的确比较重视小说语言的进一步锤炼提升。事实上，非但是语言，王安忆在对京味语言和海味语言的借鉴基础上，也开始注意两者精神内核的不同，特别重视北京作家和上海作家在各自的表达中成功或不甚成功的原因。她举例说明："北京使人想到'爱'，北京人说我爱北京，上海则令人想到机会，'爱'这个词于上海是不合适的。"又说："同样是玩，在北京玩出了艺术，在上海，'白相人'则霸下了一面江山"。① 作家以语言作为出发点，究其终意是要说明上海的"功利"特点。在对上海作家失败原因的分析中，王安忆的观点中流露出某种对上海当代文化的担忧："解放以后生产资料所有制的改革以及公共道德的强调，使得这两个城市的文化又出现了更加复杂的情况。上海人的小康心理更削减了人文艺术的想象力与气质，而天下为公的理想，且具有伟大的道德感与使命感，也富有浪漫的激情。这种情况使我们更加困惑，却也更坚定了立场，而使上海更加抛荒了。"②王安忆无比感慨上海人不能融入自 1949 年以来道德的"浪漫激情"中去。反观这一动人而又触目惊心的比喻，王安忆小说中的"抒情"带有浪漫激情和市民情长的驳杂性，而且王安忆的"启蒙"显然也是早有预谋的。

时间还是回到 20 世纪八九十年代，在这个关键时刻，京派与海派不仅作为艺术的给养，也作为一种文化的内在结构，作为社会发展的物质与精神交结的表现形态，最终触动了王安忆的写作机关，造成了

①王安忆：《"上海味"和"北京味"》，《寻找上海》，学林出版社，2001 年版，第 141、137 页。
②王安忆：《"上海味"和"北京味"》，《寻找上海》，学林出版社，2001 年版，第 146 页。

小说中丰富的"海派小说"变体。

城市，首先是社会发展的聚落的结果。北京文化的形成依赖明清政治发展、少数民族融合黄河文明的作用，而上海文化的形成则更多具有经济组合的意味。洋务派发动的洋务运动最早在长三角地带构成一些聚落性质的帝国"特景"，后西方列强的资本主义入侵，半殖民地半封建的形态，构成了上海的印象。这一根源上的不同，即使到了改革开放后仍然有其隐形的表现，北京作为政治中变革不变的中心，其首都地位及随之而来的文化优势不可撼动，而上海再次成为经济实践的先锋，开放性与多元性的再度展现，中国现代化发展路径中势必会发生一些突破"内陆性"的文本宣言。在王安忆面前的"京海结构"就首先表现为对文化的审美抉择与艺术表现手法多元性的吸纳。恰逢社会大转型大发展的时代，西方各种艺术资源大开放大发展，单就王安忆有过笔记的资源就不计其数：西蒙·波娃、阿加莎·克里斯蒂、米兰·昆德拉、福克纳、马尔克斯等。文学界里重新出现的"没有西方哪有现代"的态势和陕军东征、新京味小说等现象并行不悖。加之，与中国城市化进程相伴随而来的城乡二元矛盾，乡土与都市风情在小说文本中的重新姿态分配问题，这些共同构成了类似于"京海之争"中一些主要论题的再度浮出水面，那么，无论从写作内容还是从写作方法上，王安忆所表现的转折意义都是复合性的体现。

其次，王安忆所面对的京海结构不光是文学界的资源性问题，还是一个社会转型期作家所面临的社会结构，或者说是作家的生存、写作方式和写作姿态的调整问题。20世纪90年代初期《渴望》的轰动，与之相伴随的恰是"京味"文化浪潮的一次新崛起。"欲说当年好困惑"的第四代人以追忆和悲情的语调告别了20世纪的"浪漫激情"，剧中极度传统的表达方式仍然是建筑在当代北京的生活和胡同文化的对立之间的。而最后的归国华侨对破旧四合院的缅怀，似乎拉开了20世纪90年代的市场化大潮与"人文精神"之战的序幕。王安忆也是从

20 世纪 80 年代成长起来的"精英"面对消费社会的快速兴起，京海结构表现为对文化内核的趋向与对市场的皈依。正如在百年前的上海的大开放中形成的复杂的革命运动与通俗化文学的共同争艳那样，上海的部分知识分子的思想解放和学术操守仍然推动他们成为新结构中的争鸣论者。"人文精神"的讨论是 20 世纪 90 年代初社会转型期抉择的一次表现，这场讨论最初以《上海文学》为阵地，后在北京的《读书》上连续刊登 6 篇文章，从 1993 年到 1995 年前后持续两年时间，争论文章达到上百篇之多。王安忆在上海的多位友人参与了这场讨论，讨论在当代中国显然具有重大的思想史意义。中国的现实问题是人文精神讨论的出发点，而检讨 20 世纪 80 年代以来的现代化进程是它的最大贡献。在这一问题上，京派与海派的文人品格不是文化溯源上的不同，而是在精神呼吁上最终走到了一处。由此，我们便可得出结论，王安忆对海派文学的最大变异，是在商业文明的洗礼下对人文精神的思考和坚守，是在城市文明过度繁荣时刻对城乡二元矛盾的思考。这种变异面对的是新形势下的类京海结构，同时来源于在写作方式上对京派和海派文学资源的共同的批判与继承。

结语　传统之"轻"与历史之"重"

本文的四个记——世情记、双人记、对照记、更衣记,意在初步展示出当代文学历史变革的错综复杂。特别是将海派文学传统作为一种文学、文化存在方式,首先,自外而内,影响到作家观察世界的方式。其次,作家的转型和变异在自觉或不自觉中背负了传统的特质。当笔者面对浩如烟海的原始材料,一种以历史家的眼光来书写社会记忆的动机,似乎将作家这种"个人的记忆"置于非常不利的位置。然而,个人的记忆何尝不是组成社会记忆的原件,马克思曾经说过:"人们的社会历史始终是个体发展的历史,而不管他们是否意识到这一点。"①因此,在一定程度上,本文更重视将王安忆作为当代文学史研究的一个"材料"。那么,作家与海派文学传统的关系也就不再单纯表现为影响论和流派学的研究范式,而被重新纳入历史线性发展的进程当中去考察。这其中包含有:海派"世情"精神的隐现,批评家、作家与文学史的互动关系,20世纪八九十年代的上海城市变革作用于小说文本的现象,王安忆的抉择和变异。

在对文学历史发展做了一番梳理之后,王安忆作为海派文学传人的定位,首先建立在"怀旧"争鸣的基础之上。王安忆作为在1949年后成长起来的作家,她的作品在20世纪90年代前后的某些转型,绝非简单地向一个失落的传统致敬,小说中的情节设计也被她本人反复地辩白,在她那里,"怀旧所产生的问题在于,它是一种带有很大倾向性的历史观。如果过去被重建为一种舒适的避难所,那它所有的负面特征都必须

---

①《马克思恩格斯全集》第27卷,人民出版社1964年版,第4783页。

消除。过去变成比现在更美好和更纯真的年代"。① 因此,以《长恨歌》为代表的"海派小说"在作家的本意里是具有更新意义的,但是为什么这些小说再一次成为一个失落传统的入室弟子呢? 这是因为,"怀旧也在更大的领域发挥作用。最强烈的是作为对刚刚逝去的过去的一种反应,因而成为正经历迅速变革社会的一种特征"。② 可以说,王安忆小说的"怀旧"不是建立在"旧"的描写基础上的,而恰是建立在"上海"作为新的增长、多元、浮丽的空间形态之上。在市民的物质、精神生活重新丰富后,市民的生活再次成为独立的描写领域,而文学的发展亦再度与经济齐头并进。在王安忆身上,海派文学传统以较"轻"的叙事形态承担了"重"的历史脉络。

从地域文化和人的关系来看,王安忆身上显然不是开始便具有承担"海派"的预设和紧张。其一,王安忆是外来者,同志文化和市民文化在开始就不存在水乳交融。其二,王安忆是知青,在十几岁人生观形成的重大阶段里,她的角色认同显然将相伴终生。以张爱玲为代表的海派作家,他们永远无法走出"上海"这座城池(无论是个人生活还是描写对象皆如此),小说里所表现出来的世界观和历史观也囿于个体生命的困顿。王安忆以市民精神为外衣,骨子里却生成了深刻的历史逻辑。海派作家的交际圈子各自为营,与政治之间的关系扑朔迷离,这些在东方巴黎的文本中表现出通俗文学的质地性。知青一代人经历过历史的动荡,对政治的敏感性自不必问,而且在历史的沉浮中的苦难感,对乡村世界的书写,对"中国"的表达和建构,才是她生命里永恒的诱惑。

同时,必须指出的是,正是因为王安忆徘徊在传统和历史的"轻"与"重"之间,以寻找自身创作的突围,使得她的小说也带上了明显的瑕疵。海派小说中呈现出的活色生香,表现为作家对上海那些艳异氤氲的

---

① [英]约翰·托什:《史学导论——现代历史学的目标、方法和新方向》,吴英译,北京大学出版社 2007 年版,第 15 页。
② [英]约翰·托什:《史学导论——现代历史学的目标、方法和新方向》,吴英译,北京大学出版社 2007 年版,第 14 页。

描述,在王安忆那,终将是无法复制的。在叙事方式上,王安忆极度细腻地展示上海的风情,但是这种细腻往往不能立即转化为鲜明的意象,一个具有超强历史责任感的作者终将上海形象拉入"论说"的泥潭:

20世纪80年代初期,这城市的时尚,是带些埋头苦干的意思。它集回顾和瞻望于一身,是两条腿走路的。它也经历了被扭曲和压抑的时代,这时同样面临了思想解放。说实在,这在中华人民共和国成立时,它还真不知向哪里走呢! 因此,也带着摸索前进的意思。街上的情景总有些奇特,有一点力不从心,又有一点言过其实。但那努力和用心,都是显而易见,看懂了的话,便会受感动。①

即使是最富有海派格调的《长恨歌》,这样的论说方式仍然随处可见。可以设想,在王安忆的创作转型规划中,引号的离场恰是作家在场的强烈表征。王安忆小说中的上海形象显然有别于海派小说,传统之"轻"变得无法承担历史之"重",这种有失于天然的人工雕琢,在强力附意的同时,也为读者带来了阅读的障碍感。当王安忆的最新小说《天香》横空出世,作家无疑以决绝的姿态调整作为意象写作的缺陷,但晚明的繁冗物象也许最终给读者带来了更大的"现实苍白感"。

"文章合为时而著,歌诗合为事而作",当笔者再度翻阅王安忆的成名作《雨,沙沙沙》时,小说描述的场景久久在心中萦绕:

很快就轮到雯雯分配了,一片红,全部插队。雯雯有点难过,因为要和他分两地。坚贞的爱情本来能弥补不幸的。可是他却说:"我们不合适。"这真是雯雯万万没想到的。爱情,就被一个户口问题、生计问题砸得粉碎。这未免太脆弱了。可却是千真万确、实实在在的,比那白云红帆都要确实得多。雯雯哭都来不及,就登上了北去的火车。心中那画呀、歌呀,全没了,只剩下一片荒漠。可是,不知什么时候起,这荒漠逐渐

① 王安忆:《长恨歌》,作家出版社1995年版,第276页。

变成了沃土,是因为那场春雨的滋润吗?①

　　雯雯稚嫩的焦虑,仍然是极富有魅力的。对于作家来讲,生命自然流露的气质与历史生活的互动,是创作不竭的动力。在张爱玲那里,即使是历史的虚无感描述也罢,那个人拉响的生命胡琴仍然令人怅然若失,产生极大的阅读共鸣。王安忆,作为当代文学史研究最重要的"材料",她无疑提供了异常的丰富性和深刻性。然而,当笔者透过"历史"这扇早已不再透明的窗子,再度深入她在作品中的观念注入,以及她面临思潮的数次创作转型,丰富的文学史故事却始终无法再度回响生命的胡琴。

---

① 王安忆:《雨,沙沙沙》,《王安忆短篇小说编年》第一卷,人民文学出版社 2009 年版,第 38 页。

附录1 王安忆主要作品发表编年

1.本附录包含王安忆在报刊发表的全部小说和可考证初刊的其他文章。

2.数据主要来源于中国人民大学图书馆全国报刊目录索引数据库,并结合吴义勤等主编《王安忆研究资料》(山东文艺出版社,2006年)的附录一和裴艳艳《王安忆小说主题研究》(中国戏剧出版社,2010年)的附录一和附录二,在查阅发表原刊的基础上进行了修订。

3.对于文章体裁的认定,在个人阅读的基础上,主要参照《王安忆短篇小说编年》(人民文学出版社,2009年)和王安忆、张新颖《谈话录》(广西师范大学出版社,2008年)。

1976年
散文:
《向前进》,载《江苏文艺》第11期。

1977年
散文:
《老师》,载《光明日报》12月18日。
《十月底的旅途中(速写)》,载《新华日报》1月23日。

1978年
短篇小说:
《平原上》,载《河北文艺》第10期。
散文:
《雷锋回来了》,载《少年文艺》第4期。

报告文学：

《我的脸火辣辣的》,载《儿童时代》第 7 期。

1979 年

短篇小说：

《一个少女的烦恼》,载《青年一代》第 2 期。

《谁是未来的中队长》,载《少年文艺》第 4 期。

散文：

《一支舰队的故事》,载《儿童时代》第 3 期。

1980 年

短篇小说：

《信任》,载《少年文艺》第 1 期。

《小院琐记》,载《小说季刊》第 3 期。

《广阔天地的一角》,载《收获》第 4 期。

《从疾驶的车窗前掠过的》,载《人民文学》第 6 期。

《雨,沙沙沙》,载《北京文艺》第 6 期。

《这是不是那个》,载《广州文艺》第 6 期。

《新来的教练》,载《收获》第 6 期。

《苦果》,载《十月》第 6 期。

《黑黑白白》,载《儿童文学》第 6 期。

《命运》,载《新港》第 7 期。

《啊,少年宫》,载《芳草》第 8 期。

《当长笛 Solo 的时候》,载《青春》第 11 期。

散文：

《"司令"退职记》,载《儿童时代》第 2 期。

1981 年

短篇小说：

《幻影》,载《上海文学》第 1 期。

《晚上》,载《江城》第 2 期。

《留级生》,载《巨人》第 2 期。

《"这个鬼团"》,载《文汇》第 3 期。

《墙基》,载《钟山》第 4 期。

《野菊花,野菊花》,载《上海文学》第 5 期。

《婚姻》,载《南苑》第 5 期。

《朋友》,载《人民文学》第 9 期。

《本次列车终点》,载《上海文学》第 10 期。

《金灿灿的落叶》,载《青春》第 12 期。

中篇小说:

《尾声》,载《收获》第 2 期。

《运河边上》,载《小说界》第 3 期。

散文:

《"我是一颗蒲公英的种子"》,载《文汇月刊》第 6 期。

《年青的朋友们》,载《芳草》第 8 期。

《路上人匆匆——把笔触伸进人的心灵》,载《中国青年》第 11、
12 期。

1982 年

短篇小说:

《小家伙》,载《西湖》第 1 期。

《迷宫之径》,载《文汇月刊》第 2 期。

《绕公社一周》,载《收获》第 3 期。

《分母》,载《上海文学》第 4 期。

《B 角》,载《上海文学》第 9 期。

《车往皇藏峪》,载《希望》第 9 期。

《舞台小世界》,载《文汇月刊》第 11 期。

中篇小说：

《命运交响曲》,载《当代》第 2 期。

《归去来兮》,载《北疆》第 3 期。

《冷土》,载《收获》第 5 期。

《流逝》,载《钟山》第 6 期。

散文：

《挖掘生活中的新意》,载《文汇报》4 月 22 日。

《感受·理解·表达》,载《上海文学》第 8 期。

《我的老师任大星》,载《浙江青年》第 9 期。

《我的同学们》,载《新港》第 9 期。

1983 年

短篇小说：

《窗前搭起脚手架》,载《人民文学》第 1 期。

《大哉赵子谦》,载《北京文学》第 2 期。

散文：

《太湖笔会剪影:中秋》,载《钟山》第 1 期。

《书后独语》,载《奔流》第 6 期。

《我爱生活》,载《人民文学》第 6 期。

《放松和力度》,载《作家》第 7 期。

《第一次……》,载《海燕》第 12 期。

言论：

《"难"的境界——复周介人同志的信》,载《星火》第 9 期。

1984 年

短篇小说：

《麻刀厂春秋》,载《北京文学》1984 年第 8 期。

《人人之间》,载《雨花》1984 年第 9 期。

《一千零一弄》,载《上海文学》第 12 期。

《话说老秉》,载《文汇月刊》第 12 期。

长篇小说:

《69 届初中生》,载《收获》第 3、4 期。

散文:

《我们家的男子汉》,载《文汇报》4 月 15 日。

《小镇上的作家》,载《文汇月刊》第 9 期。

1985 年

短篇小说:

《"少年之家"》,载《清明》第 5 期。

《阿跷传略》,载《文汇月刊》第 6 期。

《我的来历》,载《上海文学》第 8 期。

《母亲》,载《海燕中短篇小说月刊》第 8 期。

《老康回来》,载《丑小鸭》第 10 期。

《街》,载《作家》第 11 期。

中篇小说:

《大刘庄》,载《小说界》第 1 期。

《小鲍庄》,载《中国作家》第 2 期。

《历险黄龙洞》,载《十月》第 3 期。

《蜀道难》,载《小说》第 4 期。

散文:

《花匠(外一篇)》,载《西湖》第 1 期。

《奥运会精神》,载《钟山》第 1 期。

《美国一百二十天(续)》,载《钟山》第 2、3 期。

《陈村,走通一条河》,载《西湖》第 3 期。

《佛光》,载《野草》创刊号。

《六月的故事》,载《花城》第 4 期。

《生活与小说》,载《西湖》第 9 期。

言论：

《我为什么写作》，载《女作家》第 2 期。

《〈虬龙爪〉讨论会:两点感想》，载《小说界》第 6 期。

《关于〈小鲍庄〉的对话》，载《上海文学》第 9 期。

《说说〈69 届初中生〉》，载《文汇报》12 月 10 日。

1986 年

短篇小说：

《前面有事故》，载《钟山》第 1 期。

《大地苍茫》，载《女作家》第 1 期。

《打一电影名字》，载《采石》第 3 期。

《鸠雀一战》，载《上海文学》第 5 期。

《牌戏》，载《北京文学》第 5 期。

《作家的故事》，载《雨花》第 6 期。

《爱情的故事》，载《天津文学》第 9 期。

《阿芳的灯》，载《人民日报(海外版)》11 月 11 日。

中篇小说：

《好姆妈、谢伯伯、小妹阿姨和妮妮》，载《收获》第 1 期。

《海上繁华梦》，载《上海文学》第 1 期。

《阁楼》，载《人民文学》第 4 期。

《荒山之恋》，载《十月》第 4 期。

《小城之恋》，载《上海文学》第 8 期。

长篇小说：

《黄河故道人》，载《十月长篇小说专辑》11 月。

散文：

《故事一:飘洋船》《故事二:环龙之飞》《故事三:玻璃丝袜》《故事四:陆家石桥》《故事五:名旦之口/多余的话》，载《上海文学》第 1 期。

《男人和女人,女人和城市》，载《当代作家评论》第 5 期。

言论：

《我看一九八五年的中国文学》，载《文艺报》1 月 11 日。

1987 年

短篇小说：

《她的第一》，载《解放军文艺》第 1 期。

《爱情的故事(三题)》，载《女作家》第 1 期。

中篇小说：

《锦绣谷之恋》，载《钟山》第 1 期。

散文：

《面对自己》，载《文学报》1 月 1 日。

《话说父亲王啸平》，载《上海戏剧》第 1 期。

《关于家庭》，载《现代家庭》第 5 期。

《渴望交谈》，载《文艺报》8 月 15 日。

言论：

《漫谈知青文学：插队后记》，载《人间》第 2 期。

1988 年

中篇小说：

《逐鹿中街》，载《收获》第 3 期。

《悲恸之地》，载《上海文学》第 11 期。

长篇小说：

《流水三十章》，载《小说界(长篇专辑)》2 月。

散文：

《茹家楼》，载《野草》第 3 期。

《文学作品：记一次服装表演》，载《人民日报》3 月 20 日。

《旅德散记》，载《滇池》第 5 期。

《"上海味"和"北京味"》，载《北京文学》第 6 期。

言论：

《现代对话录:两个 69 届初中生的即兴对话》,王安忆、陈思和,载《上海文学》第 3 期。

《我看长篇小说》,载《文艺报》5 月 25 日。

1989 年

短篇小说:

《洗澡》,载《东海》第 9 期。

中篇小说:

《岗上的世纪》,载《钟山》第 1 期。

《神圣祭坛》,载《北京文学》第 3 期。

《弟兄们》,载《收获》第 3 期。

《好婆和李同志》,载《文汇月刊》第 12 期。

散文:

《房子》,载《收获》第 2 期。

《访日点滴》,载《小说界》第 2 期。

《法兰克福》,载《作家》5 期。

《又旅德国》,载《散文世界》第 9 期。

言论:

《妇女问题与妇女文学》,载《上海文学》第 3 期。

1990 年

中篇小说:

《叔叔的故事》,载《收获》第 6 期。

散文:

《采访白茅岭》,载《黄河》第 1 期。

《塞上五忆》,载《文学报》5 月 17 日。

《我的音乐生涯》,载《音乐爱好者》第 5 期。

言论:

《大陆台湾小说语言比较》,载《上海文学》第 3 期。

《上海开埠后的市民故事——读〈歇浦潮〉》,载《上海文论》第 5 期。

1991 年

中篇小说:

《妙妙》,载《上海文学》第 2 期。

《歌星日本来》,载《小说家》第 2 期。

《乌托邦诗篇》,载《钟山》第 5 期。

长篇小说:

《米尼》,载《芙蓉》第 3 期。

散文:

《回忆》,载《天津文学》第 7 期。

《回忆倪慧玲》,载《新民晚报》7 月 9 日。

言论:

《看电影也是读书》,载《文学自由谈》第 2 期。

《〈泥日〉的彼岸》,载《上海文论》第 3 期。

《写作小说的理想》,载《读书》第 3 期。

《创作与评论》,载《小说评论》第 4 期。

《从现实人生的体验到叙述策略的转型:一份关于王安忆十年小说创作的访谈录》,载《当代作家评论》第 6 期。

1992 年

散文:

《顾城在海岛》,载《文学报》10 月 29 日。

言论:

《近日创作谈》,载《文艺争鸣》第 5 期。

1993 年

中篇小说:

《伤心太平洋》,载《收获》1993 年第 3 期。

《光荣蒙古》,载《时代文学》第 4 期。

《"文革"轶事》,载《小说界》第 5 期。

《进江南记》,载《作家》第 7 期。

《香港的情与爱》,载《上海文学》第 8 期。

长篇小说:

《纪实和虚构》,载《收获》第 2 期。

散文:

《往事重读》,载《上海文学》第 1 期。

言论:

《可惜不是弄潮人》,载《当代作家评论》第 5 期。

《当前文学创作中的"轻"与"重"——文学对话录》,陈思和、王安忆、张新颖等,载《当代作家评论》第 5 期。

1994 年

言论:

《我们的时代和我们的小说》,王安忆、郜元宝,载《萌芽》第 7 期。

《告别青春的回忆:读殷慧芬小说集〈欲望的舞蹈〉》,载《上海文学》第 7 期。

《问女何所爱:有关电影〈风月〉的创作对话》,陈凯歌、王安忆,载《上海文学》第 9 期。

1995 年

长篇小说:

《长恨歌》,载《钟山》第 2、3、4 期。

散文:

《墨尔本行散记》,载《小说界》第 7 期。

《寻找苏青》,载《上海文学》第 9 期。

言论:

《感情和技术》,载《今日先锋》第 3 期。

《我们以谁的名义?》,载《文学自由谈》第 3 期。

《重建象牙塔》,载《当代作家评论》第 4 期。

《情感的生命:我看散文》,载《小说界》第 4 期。

《无韵的韵事:关于爱情的小说文本》,载《上海文学》第 6 期。

《形象与思想:关于近期长篇小说创作的对话》,载《文汇报》7 月 2 日。

1996 年

中篇小说:

《我爱比尔》,载《收获》第 1 期。

《姊妹们》,载《上海文学》第 4 期。

散文:

《残疾人史铁生》,载《中国残疾人》第 1 期。

《〈心疼初恋〉序》,载《小说》第 2 期。

1997 年

短篇小说:

《从黑夜出发——屋顶上的童话(二)》,载《北京文学》第 9 期。

《蚌埠》,载《上海文学》第 10 期。

中篇小说:

《文工团》,载《收获》第 6 期。

散文:

《雅致的结构》,载《外国文学评论》第 3 期。

《最远和最近》,载《文学自由谈》第 3 期。

《华舍住行》,载《随笔》第 5 期。

《夜走同安》,载《寻根》第 5 期。

言论:

《小说的世界》,载《小说界》第 1 期。

《〈约翰·克利斯朵夫〉的世界》,载《小说家》第2期。

《处女作的世界(第二讲)》,载《小说界》第2期。

《〈红楼梦〉的世界》,载《芙蓉》第3期。

《〈呼啸山庄〉的世界》,载《小说家》第3期。

《〈心灵史〉的世界(第三讲)》,载《小说界》第3期。

《〈九月寓言〉的世界(第四讲)》,载《小说界》第4期。

《小说的技术》,载《花城》第4期。

《小说的思想》,载《上海文学》第4期。

《〈巴黎圣母院〉的世界(第五讲)》,载《小说界》第5期。

《我看〈百年孤独〉》,载《北京文学》第5期。

《〈复活〉的世界(第六讲)》,载《小说界》第6期。

1998年

短篇小说:

《天仙配》,载《十月》第1期。

《流星划过天际——屋顶上的童话(三)》,载《延河》第2期。

《小东西》,载《天涯》第3期。

《千人一面》,载《钟山》第3期。

《杭州》,载《小说界》第5期。

《大学生》,载《江南》第6期。

《聚沙成塔》,载《珠海》第6期。

《轮渡上》,载《上海文学》第8期。

《遗民》,载《作家》第10期。

中篇小说:

《忧伤的年代》,载《花城》第3期。

《隐居的时代》,载《收获》第5期。

散文:

《欢喜渡》,载《美文》第1期。

《童年的玩具》,载《中华读书报》8 月 19 日。

《风月三篇》,载《解放日报》12 月 11 日。

言论:

《没写完的故事:创作谈》,载《延河》第 2 期。

《上海和小说》,载《上海小说》第 4 期。

《影视创作与小说作家》,载《电视·电影·文学》第 4 期。

《一个故事的第四种讲法》,载《文学自由谈》第 5 期。

《盛曙丽说》,载《文学自由谈》第 6 期。

《丧钟为谁而鸣:读〈青春:天堂与地狱一步之遥〉》,载《萌芽》第 8 期。

1999 年

短篇小说:

《小饭店》,载《阳光》第 1 期。

《酒徒》,载《钟山》第 2 期。

《剃度——屋顶上的童话(五)》,载《天涯》第 4 期。

《艺人之死》,载《电视·电影·文学》第 5 期。

《喜宴》,载《上海文学》第 5 期。

《开会》,载《上海文学》第 5 期。

《青年突击队》,载《北京文学》第 6 期。

《冬天的聚会》,载《人民文学》第 10 期。

《花园的小红》,载《上海文学》第 11 期。

《招工》,载《北京文学》第 10 期。

长篇小说:

《飞向布宜诺斯艾利斯》,载《芙蓉》第 5 期。

散文:

《死生契阔,与子相悦》,载《收获》第 1 期。

《接近世纪初:世纪末的艺术》,载《台港文学选刊》第 1 期。

《上海影像》,载《艺术世界》第 3 期。

《寻找上海》,载《小说界》第 4 期。

《生活的形式》,载《上海文学》第 5 期。

《江南梅雨季节时》,载《解放日报》8 月 10 日。

言论:

《荐书断语》,载《文学自由谈》第 1 期。

《观后与写后》,载《解放日报》3 月 16 日。

《翻身的日子:关于〈马鞍山日记〉》,载《阳光》第 6 期。

《艺术的边界》,载《花溪》第 6 期。

《残酷的写实:重读〈包法利夫人〉》,载《读书》第 11 期。

2000 年

短篇小说:

《王汉芳》,载《北京文学》第 1 期。

《陆地上的漂流瓶》,载《北京文学》第 1 期。

《伴你而行(二篇)》,载《当代》第 5 期。

长篇小说:

《富萍》,载《收获》第 4 期。

散文:

《我是一个匠人》,载《时代文学》第 1 期。

《日常生活的常识》,载《电视·电影·文学》第 1 期。

《编故事》,载《电视·电影·文学》第 3 期。

《成长》,载《十月》第 4 期。

《人物的型》,载《电视·电影·文学》第 4 期。

《用你的矛刺你的盾》,载《电视·电影·文学》第 5 期。

《气氛》,载《电视·电影·文学》第 6 期。

《回忆文学讲习所》,载《人民文学》第 9 期。

《山花烂漫》,载《上海文学》第 10 期。

言论:

《人间疾苦:小说〈乡村诊所〉》,载《万象》第 2 期。

《知识的批评:从蒋韵说起》,载《上海文学》第 7 期。

《南音谱北调:〈又见楰子红〉》,载《上海文学》第 9 期。

《王安忆注视文坛和乡村》,王安忆、王雪瑛,载《作家》第 9 期。

《感受土地的神力:关于文坛和王安忆近期创作的对话》,王安忆、王雪瑛,载《文汇报》8 月 19 日。

2001 年

散文:

《窗外与窗里》,载《万象》第 3 期。

《不思量,自难忘》,载《群言》第 1 期。

《男人与女人(英文)》,载《Women of China》第 3 期。

《散文三篇》,载《长城》第 5 期。

《女性的脸》,《Women of China(中文海外版)》第 11 期。

言论:

《我看 96、97 上海小说》,《小说界》第 1 期。

《我看 98、99 上海小说家》,载《小说界》第 6 期。

2002 年

短篇小说:

《保姆们》《民工刘建华》《丧家犬》《陆家宅的大头》,载《上海文学》第 3 期。

《舞伴》《波罗的海轶事》《小新娘》《闺中》,载《收获》第 3 期。

《乘公共车旅行》《校际明星》《刻纸英雄》《猪》《阿尔及利亚少女》《流言(一)》《流言(二)》,载《小说界》第 4 期。

《世家》,载《花城》第 6 期。

《角落》《云低处》,载《人民文学》第 8 期。

中篇小说：

《新加坡人》,载《收获》第 4 期。

长篇小说：

《上种红菱下种藕》,载《十月》第 1 期。

散文：

《拿起镰刀,看见麦田》,载《大家》第 1 期。

《茜纱窗下》,载《延河》第 3 期。

《城隍庙里的玩与吃》,载《创作》第 4 期。

《凡俗的趣味》,载《上海文学》第 10 期。

言论：

《中日女作家会议作家谈(附评论)》,宗璞、王安忆、残雪,载《百花洲》第 1 期。

《边地的忠诚——读小说〈寻枪〉》,载《文汇报》5 月 17 日。

《文学能否面对当下生活:关于几位知名作家近期创作变化的对谈》,王安忆、李雪林,载《文汇报》5 月 11 日。

《作家的压力和创作冲动》,载《文汇报》7 月 20 日。

《另一个时代正在到来:日本小说》,载《读书》第 10 期。

《王安忆:为审美而关注女性》,载《中国妇女报》12 月 11 日。

2003 年

短篇小说：

《爱向虚空茫然中》,载《当代》第 1 期。

《发廊情话》,载《上海文学》第 7 期。

《姊妹行》,载《上海文学》第 7 期。

《羊》《乒乓房》,载《人民文学》第 11 期。

长篇小说：

《桃之夭夭》,载《收获》第 5 期。

散文：

《东瀛初渡》，载《万象》第 5 期。

言论：

《好的故事本身就是好的形式：王安忆访谈录》，周新民、王安忆，载《小说评论》第 3 期。

《自述》，载《小说评论》第 3 期。

《解读〈悲惨世界〉》，载《大家》第 4 期。

《保持可贵的怀疑》，载《文学自由谈》第 6 期。

《自觉与不自觉间——评陆星儿〈痛〉》，载《文汇报》7 月 28 日。

《生活与故事　故事与影视——漫谈中国当代电视连续剧之一》，载《上海文学》第 12 期。

2004 年

短篇小说：

《一家之主》，载《大家》第 3 期。

《临淮关》，载《上海文学》第 7 期。

《51/52 次列车》，载《北京文学原创版》第 7 期。

散文：

《工人》载《海上文坛》第 1 期。

《英特纳雄耐尔》，载《上海文学》第 1 期。

《永不庸俗》，载《人民论坛》第 1 期。

《精诚石开：关于史铁生》，载《文汇报》3 月 24 日。

《为情感找到生命》，载《海燕》第 7 期。

言论：

《长度——漫谈中国电视连续剧之二》，载《上海文学》第 5 期。

2005 年

短篇小说：

《化妆间》，载《花城》第 6 期。

《后窗》，载《上海文学》第 10 期。

长篇小说：

《遍地枭雄》，载《钟山》第 1 期。

言论：

《生活的形式》，载《当代作家评论》第 1 期。

《华丽家族：阿加莎·克里斯蒂的世界》，载《当代作家评论》第 5 期。

《小说的当下处境》，载《大家》第 6 期。

《谁夺走了我们的性格》，载《美文》第 10 期。

2006 年

短篇小说：

《角落》《当代学生》第 12 期。

散文：

《检讨"挑剔的体裁"》，载《书城》第 2 期。

《走向盛年》，载《书城》第 5 期。

《老城厢的出发》，载《读书》第 6 期。

言论：

《"那个人就是我"：评〈北非丽影……〉》，载《南开学报》（哲学社会科学版）第 4 期。

《城市与小说》，载《文学评论》第 5 期。

《"小说与当代生活"五人谈》，莫言、王安忆等，载《上海文学》第 8 期。

《"寻根"二十年忆》，载《上海文学》第 8 期。

2007 年

短篇小说：

《厨房》《公共浴室》,载《上海文学》第 8 期。

长篇小说:

《启蒙时代》,载《收获》第 2 期。

散文:

《复兴时期的爱情》,载《书城》第 4 期。

《我和法国文学》,载《西部》第 11 期。

《我们和"叔叔"之间》,载《安徽文学》第 11 期。

《虚构与非虚构》,《天涯》第 5 期。

言论:

《谈话录(一):成长》,王安忆、张新颖,载《西部》第 2 期。

《谈话录(二):关节口》,王安忆、张新颖,载《渤海大学学报:哲社版》第 29 期。

《谈话录(三):"看"》,王安忆、张新颖,载《当代作家评论》第 3 期。

《谈话录(四):前辈》,王安忆、张新颖,载《西部》第 5 期。

《谈话录(五):同代人》,王安忆、张新颖,载《西部》第 6 期。

《〈启蒙时代〉:看一代人的精神成长》,王安忆、钟红明,载《文汇报》4 月 8 日。

《成长·启蒙·革命——关于〈启蒙时代〉的对话》,王安忆、张旭东,载《文艺争鸣》第 12 期。

《改编〈金锁记〉》,载《南通大学学报》(社科版)第 23 期。

2008 年

短篇小说:

《红光》,载《小说月报》第 1 期。

《积木》《浮雕》,载《花城》第 1 期。

《菜根谭》《古城的餐桌》,载《西部》第 1 期。

《黑弄堂》,载《人民文学》第 4 期。

中篇小说:

《骄傲的皮匠》,载《收获》第 1 期。

《月色撩人》,载《收获》第 5 期。

散文:

《寿岳家》,《书城》第 5 期。

《我的朋友》《论长道短》,载《书城》第 11 期。

言论:

《谈话录(六):写作历程》,王安忆、张新颖,再《西部》第 1 期。

《市井社会时间的性质与精神状态:〈生逢一九六六〉讲稿》,载《当代作家评论》第 1 期。

2009 年

言论:《刻舟求剑人:朱天心小说印象》,载《当代作家评论》第 4 期。

2010 年

言论:

《张爱玲之于我》,载《书城》第 2 期。

《有尊严地活着——白桦八十岁生日晚宴暨新作研讨会侧记》,贺捷生、高洪波、王安忆等,载《诗歌月刊》第 1 期。

《我们一边存在着,一边虚构着》,载《上海文化》第 2 期。

《夜宴中看现代城市的魅与惑——关于〈月色撩人〉的对话》,王安忆、王雪瑛,载《当代作家评论》第 3 期。

《小说的创作》,载《东吴学术》第 2 期。

《童年·60 年代人·历史记忆——苏童作品学术研讨会纪要》,陈思和、王安忆、栾梅健,《渤海大学学报》(哲学社会科学版)第 6 期。

2011 年

长篇小说:

《天香》，载《收获》第 1、2 期。

散文：

《东边日出西边雨》，载《上海文学》第 2 期。

《小说的异质性》，载《花城》第 3 期。

《小说与电影》，载《书城》第 4 期。

《小说的情节》，载《书城》第 5 期。

《相信无法证实的虚构生活》，载《黄河文学》第 5 期。

《短篇小说的物理》，载《书城》第 6 期。

《经验性写作》，载《书城》第 7 期。

言论：

《访问〈天香〉》，王安忆、钟红明，载《上海文学》第 3 期。

《圣女娜塔莎——讲述〈战争与和平〉》，载《东吴学术》第 3 期。

《喧哗与静默》，载《当代作家评论》第 4 期。

2012 年

中篇小说：

《众声喧哗》，载《收获》2012 年第 6 期。

散文：

《音乐生活》，载《十月》第 4 期。

《我的老师们》，载《新民周刊》2012 年第 26 期。

《剑桥的星空》，载《十月》2012 年第 1 期。

《温柔的资本》，载《十月》2012 年第 3 期。

《命运与无命运》，载《十月》2012 年第 2 期。

言论：

《虚构》，载《东吴学术》2012 年第 1 期。

《小说创作——在常熟理工学院"东吴讲堂"上的讲演》，载《东吴学术》第 2 期。

《教育的意义——2012 年在复旦大学的演讲》,载《中国青年》
2012 年第 20 期

《给毕业生的三条建议》,载《羊城晚报》2012 年 8 月 19 日。

《写作人之危境》,载《文汇报》2012 年 4 月 18 日。

2013 年

散文:

《游戏棒/闪灵》,载《花城》第 1 期。

《林窟》,载《钟山》第 1 期。

《和而不同——以隔离进行打通》,载《文汇报》5 月 8 日。

《恋人絮语》,载《钟山》第 1 期。

《释梦》,载《钟山》第 1 期。

言论:

《人人有手机,城市还有故事吗?——关于写作、技术与历史经验
的对话》,王安忆、弗里德克里、詹明信,载《书城》2013 年第 7 期。

2014 年

言论:

《尽头是我们的处境》,载《光明日报》2 月 10 日。

《写作和批评不必非要经过某种媒介,这容易使"美学"变成"成
功学"》,载《文汇报》11 月 11 日。

2015 年

长篇小说:

《匿名》,载《收获》第 5 期。

中篇小说:

《归去》,载《收获》第 5 期。

散文：

《建筑与乡愁》，载《花城》第 1 期。

言论：

《写作者的幸运》，载《文艺报》3 月 9 日。

《我与写作》，载《淮阴师范学院学报》(哲学社会科学版)第 5 期。

《当我们讲故事的时候我们在讲什么》，载《文汇报》7 月 9 日。

《来自经验的写作》，载《光明日报》9 月 10 日。

《老老实实讲故事最难》，载《长江文艺(好小说)》第 5 期。

《学步者的脚印》，载《长江文艺》第 10 期。

访谈：

《〈长恨歌〉之前的岁月——王安忆专访(上)》，载《世纪》第 4 期。

《别人的定位不那么重要——王安忆专访(下)》，载《世纪》第 5 期。

2016 年

散文：

《成长初始革命年》，载《收获》第 6 期。

《教学记》，载《长江文艺》2016 年第 12 期。

言论：

《现在中国的长篇小说，真的很差》，《新京报》(书评周刊·主题)1 月 9 日。

《文明的缝隙，除不尽的余数，抽象的美术——关于〈匿名〉的对谈》，载《南方文坛》第 2 期。

《艺术要寻找的是特殊性》，载《文艺报》3 月 9 日。

《写完〈匿名〉后我很不安》，王安忆、玉裁，载《中国出版传媒商报》3 月 18 日。

《仙缘与尘缘》，载《中国文学批评》第 3 期。

《小说家的第十四课堂》，载《文学报》8 月 18 日。

《写作就是在释放自己的经验》,载《短篇小说》(原创版)第 9 期。

2017 年

中篇小说：

《红豆生南国》,载《收获》第 1 期。

《向西,向西,向南》,载《钟山》第 1 期。

《乡关处处》,载《长江文艺》第 5 期。

言论：

《王安忆访谈》王安忆、苏伟贞,载《扬子江评论》第 6 期。

《解读〈悲惨世界〉中的时间和空间》,载《天津日报》8 月 14 日。

《祛魅时代的异象》,载《文汇报》8 月 16 日。

《小说与我》,载《书城》第 9 期。

《她多么爱生活,爱得太多太多》,载《文汇报》12 月 22 日。

《精诚石开,他活在暗处还是有光处》载《收获》2017 年冬卷。

2018 年

长篇小说：

《考工记》,载《花城》第 5 期。

言论：

《对所有作家来说,思想都是一个大问题——王安忆访谈录》,王安忆、木叶,载《青年作家》第 2 期。

附录2　周明全访谈刘芳坤

一、一路"考来"，斑驳的痕迹是文学的

周明全：你博客首页上的自我介绍是：女酒鬼、死文青、假名流。这个很有意思。喜欢喝酒啊，那我们是同道了，得找个时间，拼拼酒量。

刘芳坤：谢谢明全兄的关注，很高兴接受你的采访。我其实从不酗酒的，也就微醺而已。芒克的小诗《酒》说："那是座寂寞的小坟。"当时舍友出国了，一个人蜗居在人大品园四号楼最高层"憋"毕业论文，同学、朋友有时候来看一眼：我披头散发的，酒瓶子横横竖竖搁在书架上，这串子外号是他们起的。有时候，酒是打通我和文学空间的机关吧，所以很愿意和兄一起喝酒、分享文学空间。后来想一想，"死、假"这些形容词，难道不包含了这一代人的"反抗绝望"么？于是索性写在博客里留念。

周明全：你的通用简历是："'80后'，浪游川蜀、关东、京城，巧合戴学士、硕士、博士三顶高帽，现诚惶诚恐任教于晋阳城。"很多批评家都在访谈或自述性文字里，介绍过自己的求学之路和批评之路，所以，今天我们这个对话，首先就请你再具体介绍一下你的求学之路和因何走上批评之路的？

刘芳坤：我就是"标准化"升学之路的那种，从小当好学生，一直到了博士后，每一个目标的实现都伴随着一次考试的正常发挥。当年为之骄傲、流泪、激动万分的小情怀，放在一代人的生命过程里，反思一下，也不是说悲哀吧，总之有种骤然失语感。但唯一可说的

是,回首一路"考来"的生命中,斑驳的痕迹却是"文学"的,以至于从祖国的黄土高坡去往西南腹地,在川师大读完本科;又杀了个对角线闯关东,在东北师大获得硕士学位;最后在首都获得博士学位。都说山西人恋家,可我从自己主事起,就无时无刻不想着"逃离"。如果问,是什么让我开始研究文学,究其本质,就是对于"远方"的希冀,原来这个向往,文学会很容易就给予我了。随着求学之路的深入,当初的一腔热情逐渐地平静下来,而对于文学的热爱还在,加之多年来受到这么多良师益友指导鼓励,自然而然就走上了文学批评的道路。

周明全:我访谈过十多位"80后"批评家,他们都谈到了自己的导师对自己为人为文的影响,看来导师对你的影响也很大的?

刘芳坤:是的,有劳马和程光炜两位当导师,我真是很幸运的,一个是创作个性鲜明的作家,一个是敏锐而严谨的学者。马老师的指导是那种微言大义、一针见血型的,就和他的小说是一个风格。而他对我做人做事的影响更大,他其实非常性情,我可以感受得到他珍惜我叫他"马老师"而非"马书记",读博三年中,他从没有让秘书接听过我打的电话,不管再忙也要定期见见我,甚至人在国外还要发短信督促我多读书。我给马老师写过一篇评论,我绝对没有因为他是我的老师而通篇吹捧,但他看了以后还是让我删去了一些字句,比如:"他的小说被介绍到国外",他觉得可能说得太好了。去年他获得蒙古国颁发的最高文学奖,而前两届获奖的是谷川俊太郎和高银,这个事实岂不是比我说的厉害多了。有一次,我看到他办公桌上放着的两种名片,一沓是"作家劳马",另一沓是"中国人民大学党委副书记马俊杰"。我嘴上笑他"分裂",内心真的非常钦佩他,他在文坛默默耕耘二十年,一点也不想让所谓的"领导"身份介入他的文学写作中,这十多年的坚持一定是有纯粹文学情怀的人才做的到的。至于程老师,知遇之恩,终生难忘。考博之前,对他甚至只能远观崇拜,根本不曾也不敢和他对话。考博试卷上有一道题是论张爱玲《半生缘》，我是个张迷，汪洋恣肆写了一堆，提交了一份最不像正确答案的答卷，居然破天荒地得了90分！复试是第一次面对面谈话，他非常亲切地告诉我分是他打的，语气就好像认识了很久似的。当时只有马老师名下还有招生名额，据马老师说，程老师复试结束后就极力向他推荐我，说："收下这个女生吧，保护她对小说的感觉。"我当时想，这么"高高在上"的大学者，普通考生的一份答卷还能有如此记忆，世界并没有传说中的那么黑暗和潜规则，程老师也是有纯粹文学情怀的人。于是，我才有了继续求学的机会，后来每周跟随他的课堂讨论，这个意义不啻为我学术上的脱胎换骨。

周明全：是的，此前我也和杨庆祥、黄平聊起过程光炜，他们都对程光炜老师赞叹有加，能谈谈程光炜老师对你从事文学批评的启发吗？

刘芳坤：首先，是做学问的思考方式，这点非常重要。因为我明显是感悟型选手，学问是要有扎实的功夫和高度的提炼哲思。"师傅引进门，修行在个人"，但"门"是首要条件，程老师给我的敲门砖就是英国历史哲学。历史哲学学派或曰后现代历史叙事的研究，重视的是历史的可变性，认为历史是一种过去与现在之间的不断对话。因此，我明白了必须去重新"发现"记录之外的那些小说的"细节"，用卡尔的话说，就是"在另一个时代发现的一个时代的值得记录的东西"。而科林伍德也认为所谓"历史思维"，其基本点就是反思，"因为反思就是在思维着思维的行动"。而"门"是文学社会学，又让我明白了作为"事实"而存在的文学，作为一种现象的剖析是具体的生产、传播、消费，而非单纯的感兴、蕴藉，文学批评也不是从一个抽象到另一个抽象的概念。现在已经难以形容我在能找到门和路时候的兴奋了，有时候就是这么一点点，没有达到就打不开格局。虽然在硕士阶段我就发表过批评文字，但文章的格局是在程老师的指导下才打开的。其次，程老师非常注重文章的历史感，为文质地是厚沉的。我有时候会打开自己的邮箱，重温和老师的通信，博一阶段，程老师真是"手把手"在教，大标题、小标题、字句上……总之，都提点我少一些花哨的，做到平易而深刻。我一篇篇读他的文章，甚至偷偷亦步亦趋地"模仿"。我越来越意识到，写批评光靠文学感觉不行，文学批评需要建构的能力，程老师的"文学/社会/历史"研究法，姑且这么总结吧，对我是亟须的综合。大家都说程老师是一流的学者和批评家，在我眼中，他更是一流的教师。

周明全：在你从事文学批评中，还有哪些老师对你产生过影响？

刘芳坤：我是比较关注文学批评的，家里的批评书籍比小说多。这点我十分自信地说，一线批评家的文章我都会看，他们身上的养料确实丰厚，我满满地汲取成长了。从学术传承上说，东北师范大学和中国人民大学的老师对我的影响肯定更大。比如，从硕士到博士后，已经当了我十年导师的张文东先生，是他把我引进了学术之门，我觉得他就是所谓的"侠情"之士。再比如，孙郁老师身上永远散发着君子之风，他文笔的流畅，是不喝酒也会醉的啊。总觉得君子之风的东西可能有涩味，但孙老师的文章里是适宜的，他的回味是淡的，是生命里必需的那种适宜的味道。例如，孙老师在比较张爱玲与汪曾祺的时候，曾经说过这么一段话："人应当安于小，不被俗谛所拢，如是才能日有所进益。做到这一点并不容易，超俗只是一点幻想，在漫长的人生之路，谁都无法免俗。"因为有比较好的学习条件，我很幸运地和当下许多知名学者、批评家有过交流，我得出的结论是，上一代的老师们，真是行文与气质皆具品味，内外兼修才是大家风范。

二、小说不仅是虚构，也是史料

周明全：这十年来，因跟随程光炜老师做"重返八十年代"研究而崛起了很多的青年批评家。那么，你在人大跟随程光炜老师主要研究哪块?

刘芳坤:我在人大读博期间,正经历了我们课堂研究的转型期。我做了两个报告:一个是《诗意乡村的发现》,另外一个是《女知青爱情叙述的失效》。前者谈史铁生《我的遥远的清平湾》与 20 世纪 80 年代文学批评在思潮裹挟之下对它从知青写作到文化寻根的认领。后者谈的是张抗抗作为一个知青,跨越了"文革"和"新时期"的"跨界作家",这一身份特质对 20 世纪 80 年代文学的起源性意义。在继续"重返八十年代"的过程中,我们发现,20 世纪 70 年代作为 20 世纪 80 年代的"前奏"是很重要的,这就必须打破从前的文学史"成规",重建 20 世纪 80 年代与 20 世纪 70 年代和 20 世纪 60 年代的历史联系,希望从中分辨出潜伏在 20 世纪 80 年代里面的多重思想脉络,继而重新勘探 20 世纪 80 年代文学的边界。以程老师的《八十年代文学的边界问题》和《为什么要研究七十年代小说》为标志,我们做了三个学期的讨论。程老师开玩笑叫我是课堂上的"知青研究专家",想想真是的,我以前发表的学术研究论文似乎都是关于知青一代的。对于父母上一代人的记忆追溯兴趣,开启了我学术的领域。毕业论文选题的时候,因为我的家庭原因,着急毕业。程老师建议我先写作家论,把这个复杂的论题留待以后慢慢充实。我就选择了王安忆,她也当过知青嘛,而且是海派作家,和我的硕士论文张爱玲联系到一路了。

周明全:你博客上有句你妈妈说的话:"你一个'80 后',居然要研究'70 年代',还批了课题!?"作为一个"80 后"批评家,你在研究时,有隔阂吗?

刘芳坤:是啊,很多人都觉得不可思议。毕业后,我就真的按照当初的计划,立志于把未来的学术道路献给 20 世纪 70 年代。当我怀孕 4 个月正在家里躺着犯晕的时候,我们副院长给我打电话,非常兴奋地说:"芳坤,你的《1970 年代小说研究》中了教育部社科基金项目!"不怕人笑话,我当时居然失声哭了。什么是文学的经验呢? 它与日常生活经验存在区别，再说，即使作为亲身经历者，其文学经验和表达也并非完全相同的。历史何必执着于从岩层、骨架、墓穴中去清理？历史在"当下"甚至"未来"都可能被复现，在一代代的讲述传承中，向来都能较为清晰地显于眼前。可惜，到目前为止，我没有看到它的有效文学表达。

周明全：你如何看待那一时期的文学？

刘芳坤：开始进入真的太难了，因为我们长期接受这样一个价值判断和审美标准，你怎么一下子能接受千篇一律的"高大全"？后来王德威的《想象中国的方法》给了我启发，王老师说："比起历史政治论述中的中国，小说所反映的中国或许更真切实在些。"小说不仅是虚构，也是史料。上个月，我去东北做博士后开题，张未民老师又给了我意见，他说他们那代人并不觉得这些小说只有史料价值，当年很震撼，肯定有审美价值，浩然的小说多好看啊！所以，我现在已经初步形成了自己的框架，还是一句话，充分历史化的基础上给予客观的文学性定位。

周明全：这段研究对你从事当下文学批评的启示是什么？

刘芳坤：庆祥师兄在接受你的访谈时说过，文学批评应该有向后看的功能。小说要经受历史的筛选从而确立经典。文学批评的有效性更建立在广博的历史视野中，甚至要站在历史之上。文学批评也是有隐含读者的，我越来越意识到，批评家的隐含读者不是小说家，他指向历史和自我。

周明全：你在给中国现当代文学专业硕士生讲授"世界华文文学研究"，其中有一章是讲"东南亚华文文学"，这个很有意思。我和很多人聊过，大家对欧美、日本、俄罗斯等的文学是非常了解的，但对东南亚的文学却显得很陌生，能给我们介绍一下东南亚文学的整体情况吗？

刘芳坤：世界华文文学是现当代文学专业的必修课，当时院里提出让我代课，我也是从那个时候才真正开始关注这个领域的，一旦进入一个新的领域,就会发现收获真的不少。东南亚华文文学在大陆介绍很少,有的介绍也要多谢台湾的中介,马华文学的作家绝大多数都是留台的,比如李永平、张贵兴、陈大为。再如,对于我们的邻邦越南,因为戛纳电影节的缘故,就只知道陈英雄导演的电影《青木瓜之味》《三轮车夫》。博士同届有位来自越南的同学,我曾特意向他请教过,他解释说,陈英雄有点像中国的张艺谋,而越南文学的发展有点像中国的 20 世纪 70 年代末。我所涉猎的这方面的书籍中,2007 年山东文艺出版社出过一套《新生代华文作家文库》,包括了黄锦树、钟怡雯、陈大为这些有代表性的马来西亚华文写作者。另外,还有人民出版社2011 年出版的《东南亚文学简史》,这恐怕是国内唯一一本系统的梳理专著。要总结整个东南亚文学态势,对我来说还为时过早,但是可以说一部分感受。第一,东南亚与中国在地缘上接近,受汉文化的影响更深。例如,鲁迅的作品就在那个区域内被广泛地翻译介绍,而汉语写作在他们的文学构成里占有很重要的地位。第二,东南亚文学受殖民主义以及后殖民思潮影响较重。第三,内容上掺杂了各自民族传统的口头文学、传说,等等。例如,缅甸、越南的文学都各有不同,这些小说中还时常洋溢着浓郁的南洋风情。前不久在微信平台上看见有介绍马来西亚作家黎紫书,她的小说《山瘟》《夜行》等是写马来西亚英雄传奇的故事,其风格就很典型。可能由于语言文化等原因吧,希望未来我们能看见更多的东南亚地区的文学作品。

周明全:我看你这几年每年都写山西的评论综述,这不仅需要海量的阅读,还需要在阅读中找到共同点加以概述,这个工作对你了解山西评论的整体创作实力帮助很大吧。通过这一工作,你的收获是什么?

刘芳坤:从我博士毕业回到太原,可以说得到了省作协所有领导、老师的支持,一个刚毕业的学生受到的重视,是我根本没想到的。我注意到你之前的访谈,恐怕在"边远"地方上的批评家只有咱们两人?

地方批评实力有待强化，这也是批评发展存在的问题之一。省作协每年都组织出版各类选集，还有就是年度文学报告，这是非常重要的工作，为研究山西文学留下了一笔珍贵的资料。评论综述这块，由省作协评论委员会承担，本来大有我包圆之意，后来因为哺乳期写到头发掉得很厉害，段崇轩老师说不敢再交给我了。这个工作使我一下子对山西文学批评有了整体性的认识，又因为批评的对象很多是山西的创作，对创作也有了了解。更重要的是，在与以往的知识域和全国视野的碰撞当中，我切实感受到家乡文学发展的脉络、价值和问题。地域文学一定不能因为边远而边缘，百年之后留给我们文学史的作品不能没有地方的。现在就有个趋势，所有作家批评家都住在北上广，这太悲摧了！

周明全：年轻教师都抱怨在高校很辛苦，而且你孩子又小，是"双重苦难"啊，工作、生活上的烦琐，影响到你做文学批评吗？

刘芳坤：俗话说得好，"苦难出文章"嘛。思想不会被摧毁，影响可能是具体在时间上的。我电脑里有好多未完成之作，没办法的事儿。

周明全：我一个女性批评家朋友常和我说，为什么那么多女博士在读博士时能写一手漂亮的文章，但一旦工作后，反而默默无闻，是因为女性无法像男性一样洒脱，必须照顾家庭，自己没办法精心做学问，是这样吗？

刘芳坤：嗯，这是相当大群人的心声。说来也奇怪，母性和文学难道是相斥的吗？在我的阅读里，居然没有一个女性小说告诉我小婴儿是需要一天哺乳十次的。你回忆一下张爱玲、萧红，一直到当代，母性经验似乎必须是一个扭曲了的形象表达。即使冰心，她的母爱也是很抽象的。看过无数女学者、女作家，要不就是没孩子，要不就是没有纯母乳喂养，要不干脆把孩子送到别处，但我很珍视自己生命里有段岁月和奶牛一样，睡醒了就喂奶，两小时一次，这种"动物本能"和"动物"的生存状态，也曾激发了我的想象是否可以是文学"超验"的来源,而在小宝宝的成长中,我真的有神性的升华感。不能洒脱是很具体的,比如,孩子只要有妈就不跟别人,怎么办呢? 那只有等他慢慢长大,和我一起学问,还有就是挤出时间吧。

周明全:在中国,女性批评家在数量上并不多,但在质量上,却属上乘,比如说梁鸿、张莉、岳雯等,都是批评界的翘楚。你觉得女性批评家做文学批评有优势吗? 比如说在文本细读上,可能比男性批评家更加细腻,还有,女性评论家可能在批评上,女性评论家也比男性批评家更柔和。

刘芳坤:原来如此啊! 柔和与性别无关。如果说女人的细腻是相似的,男人的细腻却各有各的不同……

周明全:你对你的文学研究和文学批评有规划吗? 具体的规划是什么?

刘芳坤:我要做什么,内心非常清晰的,就是"前后掘进,上下求索",在知青一代和"80后"两个向度上思考批评方向。但对我来讲,目前具体规划恐怕是,写下去,写下去,一定要写下去。

三、独立之人格是第一,甚至是超会享受孤独

周明全:在你的批评文章中,学院派那套严格的学术规范很少见,读起来很舒服,作为在学院经受严格训练出身的批评家,你是如何看学院批评的?

刘芳坤:好惭愧啊,上到了博士后也没有个严格的学术规范,没有办法,个性使然。我觉得你说的"学院派"应该不是以身份划分的意思,"学院派"的东西也可以很"舒服"的。问题是,你所指的"不舒服"是现在出现了越来越多的"学术八股",千人一面,说了和没有说是一样的。要不就是套些理论,不知所云。为什么我们现在的批评分为"作协派"、"媒体派"和"学院派"呢? 文学批评难道不是因为风格而分类的嘛? 所以,这种分法本身就应该警惕,什么时候我们的批评又

分为"性灵派""社会剖析派""逍遥派""天马行空派"……是不是更好点？

周明全：你个人追求的文学风格是什么样的？比如文体上，语言风格上。

刘芳坤：文学风格的确是一种私人化的追求，所以你的提问方式我很喜欢。在文体上，我近来喜读中篇小说，短篇是那种需要智慧的，有时精巧未必过瘾。长篇应该过瘾了吧，但经常会发现铺排很多，大有把中篇拉长的架势，结构、故事、人物这三个维度还需要我们思考的。长篇小说也确实有精品，近三十年来杰作频频是毋庸置疑的事实。但我仍非常不客气地说，"长篇小说热"背后的部分心态和机制、运作、价值等是需要反思的。我读中篇正好，过瘾而有余味和想象空间。至于语言，我是反"鸡汤"的，喜欢有质感、有力量的，甚至劈头盖脸砸晕我的。但力量不是那种在叛逆张狂的表壳里，而是有修养、内涵的力量。都说我们这代是"文艺腔"，我自己有时候也是，但有对生命和时代深刻思考的东西，我想一定不是这样的腔调。

周明全：你如何看待当下的文学批评，或者说，你认为当下的批评存在什么问题？

刘芳坤：倒不是完全没思考，我并不觉得文学批评式微，文坛还是有些"热闹"了，余秀华的事情上就是表现。我就算是"不识庐山真面目，只缘身在此山中"吧。

周明全：你心目中好的文学批评应该是什么样的？

刘芳坤：在我心目中，好的小说不一定是"好看"的，它可能会疙疙瘩瘩，有的认同障碍还比较大的。但好的批评一定要"好看"，张文东老师这学期就想开设类似诗话批评的讨论和专栏，不规定批评文章必须有多少字数。他再度强调文学批评的诗性，是指文学批评与我们的生命体验和心灵发现之间建立起了一种特殊的审美结构，这很有道理。因为文学的本质是诗性的，这一本质体现为人对自身存在的全面观照、深刻的生命体验以及隽永的心灵感悟,并在同样的意义上呼唤着诗性的文学批评,我说的"好看"正包含这种诗性的特质。好的批评是不能"注水"的,我们应该对自己要求严格一些。

周明全:我看你对"80后"作家的关注也很多,写过孙频、曹永等人的评论,你如很看待"80后"作家群体的创作?

刘芳坤:首先我还是想说说作家群体这个概念,如果以代际来组成一个"群",这无疑自然忽略了文学本身的要素。在文学社会学上,"世代"与"群体"有交叉,但不是完全相同的。我们说"东北作家群""七月派""山西新锐作家群",现在这个"80后"到底是不是一个"群"、一个"派"?既然是一个"群"了,那么它的审美特征、作品的共性思想旨归是什么?虽然,我毫不怀疑同代作家会创作出好的作品,属于我们这代人的精神史的好作品,但目前看来,个体体验式的写作还是多些。有时候想,确实也是的,上一代经历的是波澜壮阔的革命史,在壮烈的情怀下萌动、激扬、凝滞、忏悔。我们是不是就站在他们过后的瓦砾下了?完全虚无呢?

周明全:你觉得"80后"作家和上几代作家的差距主要体现在哪些方面?他们相较其他几代作家的优势又是什么?

刘芳坤:刚才说的个体体验和时代体验之间的关系,可能就是一个问题,但这恰包含另外一面:历史的知识是关于心灵在过去曾经做过什么事情的知识,而不仅仅是对变化的一种说明。没有历史的背负走向个体,不也就意味着走进心灵的知识?优势是还年轻,大家慢慢来吧。千万不要停止"试错",不能认一条道。省作协的老领导杨占平老师说,没有了作家的持续探索,那么批评家就成了玩"空手道"的。

周明全:近三年来,"80后"批评家也受到了主流的关注,逐渐为外界所认识,你认为,包括中国作协、中国现代文学研究馆以及《南方文坛》《名作欣赏》《创作与评论》等主流刊物集中推介"80后"批评家,你个人觉得这些推介对"80后"批评家的成长是有益还是有害?

刘芳坤:首先,我们还是必须得感谢主流的关注,我们不能永远"非主流"的,推介是必然的。其次,在这其中我们也确实喊出了自己的声音。但任何的"围观"都值得研究,头脑要冷静。而且我特别不希望到了最后代代都是如此轮回:我们来了,闹了,累了,我们慢慢老了。

周明全:同辈批评家的文章你平时看得多吗? 你觉得他们的水准和上几代批评家相比,主要优势是哪些? 劣势又是哪些?

刘芳坤:非常虚心向诸位学习,同辈有时候还更有认同感,和很多朋友认识都是因文"神交"。至于你这个问题,我举个例子,我到省作协开会的时候,基本都是一个"80后"对无数个"50后",大家自然觉得我发言是要新锐的,甚至尖刻的。有一次,有一位老师直接鼓励我:"'80后'必须站在我们的对立面。"其实,发言风格是个人的事儿,不关乎是哪年生。那我也想啊,是否我这个体的也是群体的呢? 不然大家怎么一下子就把我划成了"80后"代表,而不是以女性代表、博士代表之类的名头。那么,我就姑且代表一回"80后",说一说别人"印象"或者是被"塑造"的优势和劣势统一体:自我,懂得自己的骄傲;风格化,懂得逆向思辨;虚心接受,死不悔改。还有一例,相当多的人和我聊天的时候说:"杨庆祥,是你师兄? 开玩笑,他不是'60后'嘛?"两个例子说明了全部。

周明全:最后想请教你一下,你认为好的批评家应该具备什么样的素质?

刘芳坤:独立之人格是第一,甚至是超级会享受孤独。接着是对文学的真爱,有天特别难受了,能想起用文学来自我抚慰。于是就在那一天,拿起了手中的笔,懂得怎样来表白真诚,后来,一个好的批评家可能就诞生了。

原载《都市》2015年第3期

附录3　电影《米尼》的"故事新编"

　　王安忆曾在访谈中谈到《米尼》这部作品对自己创作的重要性,在《米尼》之后,她甚至"停了一年写作,当时心态特别不好,似乎是,面临了一个时刻,需要重新安置自己的感情与认识"。在20世纪八九十年代,王安忆完成了众所周知的创作转型,停滞创作一年后,她尤为重视"小说就是故事"。无独有偶,电影版《米尼》的编剧赵川表示,要创作一部属于自己理解的"故事",他在没有细读原著的基础上就大胆地开始改编。"每一时代都必须按照它自己的方式来理解历史流传下来的本文,因为这本文是属于整个传统的一部分,而每一时代则是对这整个传统有一种实际的兴趣,并试图在这传统中理解自身。当某个本文对解释者产生兴趣时,该文的真实意义并不依赖于作者及其最初的读者所表现的偶然性。至少这种意义不是完全从这里得到的。因为这种意义总是同时由解释者的历史处境所规定的,因而也是由整个客观的历史进程所规定的。"对于电影《米尼》所阐释的新"故事",我们不能以是否忠实原著做简单的判断,而应站在电影是对小说的发现之不断延续的立场上,探求两个本文互文中所展现的历史语境。

一、故事与身份的转换

　　王安忆的长篇小说《米尼》叙述了"知青一代"主人公米尼与阿康近半个世纪的沧桑经历。电影版《米尼》则是一个全新的故事,故事的背景换在了当下,米尼摇身一变为上海杂技团空中飞人,而阿康是小音像店的伙计。电影的开头以画外音的形式昭示了一种悲剧观念:"每一行都有自己的苦痛,有的痛在肉体,有的却苦在心里。在苦与痛之间画上等号的，那一定有着沉浮的往事。"其实，在小说当中，更加沉浮的往事却被推置于世俗生活的背面："公历一九七二年十二月的凌晨，米尼将生产队分配的黄豆、花生和芝麻装了两个特大号旅行袋，一前一后搭在肩上，和她的同学们回上海了。"时间点的择取是改编最为着力之处，这恰为受众提供了浏览中国现代性一个世纪跨度中绵延不断的进程。王安忆通过追忆与怀旧，来寻找一个可为叙述的历史合法性；而电影中知青二代陨落的亲情则暗含了在商品经济的氛围中，这个"寻找"构成了一种社会化的想象力，力图在消费的景观中逆流而上。因此，电影改编从故事的表面上虽然没有循章而为，却在表意的内核上与原著构成一种互文关系。

"知青一代"米尼的思想肇始于20世纪80年代，现代化在此时无疑还是一个强有力的召唤，阿康的爱情召唤是新时期社会对返城知青吸纳性的表征。小说中，米尼在列车上加入一群下乡流浪青年的队伍中，阿康因盗窃入狱后，她也开始以小偷生活养育私生子，最后，更在"下海"浪潮中组织卖淫团伙。米尼的叛逆，植入了时代盲动的热情，她的生活在日常的情绪中走向了非正常——犯罪的深渊。电影版的知青后代米尼同样为生存的艰辛付出了身体的代价，但是身份的转换背后是不同代际的焦虑表征。母亲（知青一代）远嫁海外，寄居在舅母家中的米尼将"爱的寻找"置于生命的第一位置。就在这个"寻找"支点上，两个米尼合二为一却又分道扬镳。

两位米尼对小偷阿康的"一见钟情"同样带着某种偏执色彩。知青米尼在多年后回味那具有"分水岭意义的一天"似乎布满了征兆，这个征兆就是阿康那富有男子汉气息的召唤力，或者说是"平头"具有性启蒙意义的引诱。但是，电影的表达显然更具有理想化色彩。阿康的偷盗行为被灌注进"文艺"的格调："我叫阿康，父亲给我取名的意思是希望健康成长。其实我还是挺健康的。可是有太多不健康的人和事，总让我有着窥探的欲望，我渴望窥觑每一个灵魂的深处，发现本属于他们的善良是如何在都市的樊笼里渐行蜕变。"阿康就这样变成了欲望都市的观看者,他偷来的各种身份证、护照、钱包,甚至变成了"不健康人和事"的监督媒介。小说中迷惘的回城知青在当代社会的"古惑仔"身上找到了延续,不能不说,这是编剧的大胆想象。同时,这种身份的转换和延续也在中国社会的现代性变革中构成绵延的隐喻。在20世纪70年代,大批青年处于肉体与思想的双重"留滞"状态,那时候革命的狂潮已经趋于平淡,知青下乡的热情也在劳作中磨平。米尼和阿康滞留在蚌埠,无疑是幻灭的七十年代的象征。而影片所描述的知青二代,在经历了20世纪的现代化浪潮以后,成为都市生活的局外人,知青一代的逃离(以母亲出国为标志)再次于下一代的情感中留下了奋斗的空虚结构。

二、结构与结局的双重消解

东关于小说和电影的结构差异,乔治·布鲁斯有一段颇为经典的论述:"小说采用假定的空间,通过错综的时间价值来完成它的叙述;电影采取假定的时间,通过对空间的安排来形成它的叙述。"小说《米尼》在时间的延展中,存在空间上的"三城记"结构:蚌埠 – 上海 – 深圳,在情节上,蚌埠和深圳两段具有江河之下的人生悲壮与苍凉的交结,而上海一段则充分发挥了王安忆弄堂市井人生的描写专长,如此,整个小说的结构犹是用三段空间构成的时间飓风,而风暴的中心,恰是风平浪静的生活镜面。

米尼在整个故事中皆处于被暴风左右的不自主状态,蚌埠与阿康一见倾心后,她俨然一副"吃错药"的状态,抛却了"最冷静、最谨慎"的常态,在喧嚣、肮脏的浴室里交付了自己迷蒙却又纯洁的感情。回到上海后,米尼发现自己俨然成为家庭的衍生物,无论是阿婆还是兄妹,除了一份嫌恶外别无亲情。最后米尼在阿康的阁楼上找到了自己理想中的小日子。阿康入狱,私生子的诞生,与公婆的交往,时间的流逝后,日常生活磨损消耗着她的激情。事情的突转来源于阿康给米尼介绍了一个叫"平头"的男人,一个中年女人的沉陷就从一次莫名其妙的性关系开始,这沉陷一路向下,最后发展到深圳集体卖淫的闹剧。小说的精彩之处在于,米尼的沉陷似乎步步有章可循,作家对人性的昭示具有人生无意义解剖的悲剧之感。"后来当米尼有机会回顾一切的时候,她总是在想:其实阿康时时处处都给了她暗示,而她终不觉悟。这样想过之后,她发现自己走过的道路就好比是一条预兆的道路现在才到达了现实的终点。"银铛入狱的米尼,终于将生活"落实",这注定是一个没有救赎的结局。

电影《米尼》的时间被固定于当代上海,高楼林立、快节奏的都市摩登生活是故事发展的空间背景。电影对原著三元空间结构的简化,势必抛弃小说人物赖以生长的复杂历史背景,这样,影像上海的展示并没有生活的哲学追问,从而更加容易变成一个单纯的青年男女的爱情故事。阿康对米尼的期许带有现代世外桃源的寄托:"每一次看着米尼在空中飞翔,总是会心生情愫,那份期待与痴迷或者说是向往所激发的情绪。"于是,阿康与米尼的地位在电影中进行了翻转,米尼变成阿康精神灵感的来源,而米尼对阿康的爱,是一个流浪者对亲情的向往。当阿康将日本动画片《樱花雪》送予初次见面的米尼,电影的故事新编显然为人物增添了更多的同情。米尼的沉陷从而也就变成了主动的爱情殉道,她的追求和牺牲是纯情至上的宣言。米尼在表演中骨折,再不能进行表演。阿康出狱后,为生计所迫,米尼不得不将自己出卖给演出商大陈哥,但即使是对待这样一个觊觎美色的奸商,米尼的表白也是极为"超然"的:"你记得我曾经跟你说过我是一只飞鸟,我属凤凰的。"米尼的内心深处显然保有精神的底线,在她那里,这次性交易甚至具有凤凰涅槃般的崇高。

影片的结局,阿康为了分担"爱的重任"而贩毒被抓,米尼的灵魂彻底走向了孤寂:"俗话说,情到深处人孤独,可当你漂泊在半空中的心底没有了一丝支撑，那已不再仅仅是孤独，而是一种悲凉。当我随着悲凉去寻找温暖的时候，所有关于情感记忆的闸门都将喷涌而出。"米尼在最后一次空中飞舞时平淡的自杀，在她的最后一眼中："随着那股激流的炫目，它将带领我去向那遥远的彼岸。"爱情的纯洁性，为米尼消散的亲情找到了凭托，生命虽然在最后时刻消散，但是灵魂却到达了救赎的彼岸。就这样，影片的故事新编从结构到结局完成了对原著悲剧性的双重消解。

三、余论：大众文化与改编的实现

众所周知，20世纪后半期开始，影视文化飞速发展，大有压倒文字作品的趋势，小说也经常在经过改编后变成更易于消费的商业产品，即影视剧。影视剧更加符合当代人的消费习惯，已经基本代替了印刷品而成为人们主要的精神文化消费产品，甚至是获取信息的主要来源。在这种大趋势的指引下，著名小说被改编成影视剧往往更加造成轰动效应。其实，对于影视改编的研究，早已列入了批评家的视野，尤其是美国和苏联已经在这方面走在了前列，提出了很多关于改编的理论。我国也在20世纪80年代初形成了改编的热潮，各地纷纷召开关于改编的讨论会，仅论文集就出版了数十本之多。学者们对改编的看法是不容乐观的，讨论的焦点大多围绕着"忠实原著"这个命题，对改编的效果颇有微词，更对改编背后所寓意的大众审美转变深感担忧。

《米尼》的"故事新编"是对文本叙事互文性的分析，有利于将小说和电影这两种虚构叙事作品进行综合考量，从而得出改编转换的可能性以及背离性，这当然是我们审视媒介转换的一个重要方面。但是，论证到了这里，我们不免走入这样一个境域：在文学叙事诞生的漫长岁月里，以书面为载体的文学一直以来是人们精神接受的重要媒介，或者说是统治性载体。而时至今日，无论书面的魅力如何巨大，叙事又如何存在着巨大的互文性，其统治性地位依然在逐渐降低，人们享受影像的时间在客观上已经超越了阅读文本的时间。这样，对互文性的分析更折射出历史语境的变迁，而"互文性的特殊功劳就是，使老作品不断地进入新一轮意义的循环"。在改编作品中，新意义的生成已经不可避免，并且这种意义的生成并不是绝对消极的。媒介的转换，新意义的生成，这一切都预示着一个新的接受时代的来临，两种文学传播媒介分庭抗礼。

以近年来电影文化为代表的消费文化，不只是一种参与的文化，更是消遣的文化。小说中，米尼一步步地沉陷背后都有强大的社会思潮作为作家创作的记忆动力，而电影快餐文化本身决定了精英文化向世俗文化的渐进。于是，电影中难免会突兀地出现这样的对白："你能不能吃的别那么影响市容啊"；"我这样一个绅士，穿一身名牌，然后跟一个恐龙在一块"；"没缘，百万富翁也不嫁；有缘，亿万富翁我也嫁"。光影传递的往往不是小说蕴藉系统的挖掘，却缔造了"心理能量节约"的新读解。

参 考 文 献

一、文学作品类

丰村:《丰村小说选》,成都:四川人民出版社,1981年。

韩邦庆:《海上花列传》,北京:人民文学出版社,1982年。

胡兰成:《今生今世》,台北:远景出版事业公司,1986年。

金宏达、于青编:《张爱玲文集》,合肥:安徽文艺出版社,1992年。

鲁迅:《鲁迅全集》(第4、8、9卷),北京:人民文学出版社,2005年。

穆时英:《白金的女体塑像》,南京:江苏文艺出版社,2009年。

茹志鹃:《她从那条路上来》,上海:上海文艺出版社,2005年。

沈西蒙:《霓虹灯下的哨兵》,上海:上海文化出版社,1964年。

沈从文:《沈从文全集》(第9、17卷),太原:北岳文艺出版社,2002年。

苏青:《苏青文集》,上海:上海书店出版社,1995年。

施蛰存:《施蛰存作品新编》,北京:人民文学出版社,2009年。

王安忆:《黄河故道人》,成都:四川文艺出版社,1986年。

王安忆:《纪实和虚构》,北京:人民文学出版社,1993年。

王安忆:《长恨歌》,北京:作家出版社,1995年。

王安忆:《王安忆自选集》(第1—6卷),北京:作家出版社,1996年。

王安忆:《独语》,长沙:湖南文艺出版社,1998年。

王安忆:《男人和女人·女人和城市》,昆明:云南人民出版社,2000年。

王安忆:《岗上的世纪》,昆明:云南人民出版社,2000年。

王安忆:《69届初中生》,太原:北岳文艺出版社,2001年。

王安忆:《寻找上海》,上海:学林出版社,2001年。

王安忆:《茜纱窗下》,上海:上海文艺出版社,2002年。

王安忆:《流水三十章》上海:上海文艺出版社2002年。

王安忆:《王安忆说》,长沙:湖南文艺出版社,2003 年。

王安忆:《我爱比尔》,北京:中国电影出版社,2004 年。

王安忆:《街灯底下》,济南:山东画报出版社,2005 年。

王安忆:《遍地枭雄》,上海:文汇出版社,2005 年。

王安忆:《富萍》,上海:文汇出版社,2005 年。

王安忆:《上种红菱下种藕》,上海:文汇出版社,2006 年。

王安忆:《悲恸之地》上海:文汇出版社,2006 年。

王安忆:《启蒙时代》,北京:人民文学出版社,2007 年。

王安忆:《窗外与窗里》,北京:中国文联出版社,2008 年。

王安忆:《王安忆短篇小说编年》(第1—4卷),北京:人民文学出版社,2009 年。

王安忆:《月色撩人》,昆明:云南人民出版社,2009 年。

王安忆:《桃之夭夭》,昆明:云南人民出版社,2009 年。

王安忆:《米尼》,昆明:云南人民出版社,2009 年。

王安忆:《小鲍庄》,广州:花城出版社,2009 年。

王安忆:《王安忆小说选》,北京:人民文学出版社,2009 年。

王安忆:《天香》,北京:人民文学出版社,2011 年。

汪曾祺:《汪曾祺小说选》,北京人民文学出版社,2009 年。

吴趼人:《恨海》,天津:天津古籍出版社,1987 年。

卫慧:《卫慧精品集》,长春:时代文艺出版社,2000 年。

徐沉泗、叶忘忧编:《张资平选集》,上海:万象书局,1936 年。

严家炎编:《新感觉派小说选》,北京:人民文学出版社,2009 年。

周作人:《周作人散文全集》第4卷,桂林:广西师范大学出版社,2009 年。

止庵主编:《张爱玲全集》,北京:十月文艺出版社,2009 年。

二、著作类

阿英:《晚清小说史》,北京:东方出版社,1996 年,

[美]阿尔伯特·莫德尔:《文学中的色情动机》,刘文荣译,上海:文汇出版社,2006 年。

[德]阿伦特编:《启迪:本雅明文选》,张旭东、王斑译,北京:生活·读书

·新知三联书店,2008 年。

[英]安·格雷:《文化研究:民族志方法与文化生活》,许梦云译,重庆:重庆大学出版社,2009 年。

曹聚仁:《上海春秋》,北京:生活·读书·新知三联书店,2007 年。

陈惠芬:《想象上海的 N 种方法——20 世纪 90 年代"文学上海"与城市文化身份建构》,上海:上海人民出版社,2006 年。

陈青生:《画说上海文学》,上海:上海文艺出版社,2009 年。

陈晓明:《中国当代文学主潮》,北京:北京大学出版社,2010 年。

邓如冰:《人与衣:张爱玲〈传奇〉的服饰描写研究》,南宁:广西师范大学出版社,2009 年。

[荷]D. 佛克马、E. 蚁布思:《文学研究与文化参与》,俞国强译,北京:北京大学出版社,1996 年。

费孝通:《乡土中国》,北京:人民出版社,2008 年。

[美]费正清主编:《剑桥中华人民共和国史》,俞金戈等译,北京:中国社会科学出版社,1992 年。

[美]冯姝娣:《饕餮之欲:当代中国的食与色》,郭乙瑶、马磊等译,南京:江苏人民出版社,2009 年。

[美]佛雷德里克·詹姆逊:《政治无意识》,王逢振、陈永国译,北京:中国社会科学出版社,1999 年。

葛红兵主编:《城市批评上海卷》,北京:文化艺术出版社,2002 年。

[德] 顾彬:《20 世纪中国文学史》,范劲等译,上海:华东师范大学出版社,2008 年。

洪子诚:《中国当代文学史》,北京:北京大学出版社,1999 年。

韩冷:《现代性内涵的冲突:海派小说性爱叙事》,哈尔滨:黑龙江人民出版社,2008 年。

黄亚平:《城市空间理论与空间分析》,南京:东南大学出版社,2002 年。

黄淑祺:《王安忆的小说及其叙事美学》,台北:秀威咨询科技,2006 年。

[美]柯文:《在中国发现历史——中国中心观在美国的兴起》,林同奇译,北京:中华书局,2002 年。

罗小未:《上海弄堂》,上海:上海人民美术出版社,1997 年。

林剑主编:《上海时尚:160 年海派生活》,上海:上海文化出版社,2005 年。

连连:《萌生:1949 年前的上海中产阶级—— 一项历史社会学的考察》,北京:中国大百科全书出版社,2009 年。

李洁非:《城市相框》,太原:山西教育出版社,1999 年。

李今:《海派小说与现代都市文化》,合肥:安徽教育出版社,2000 年。

李淑霞:《王安忆小说创作研究》,青岛:中国海洋大学出版社,2008 年。

刘永丽:《被书写的现代:20 世纪中国文学中的上海》,北京:中国社会科学出版社,2008 年。

刘绍铭、梁秉钧、许子东编:《重读张爱玲》,济南:山东画报出版社,2004 年。

刘小萌:《中国知青史. 大潮:1966—1980 年》,北京:当代中国出版社,2008 年。

[法]罗贝尔·埃斯卡皮:《文学社会学》,王美华、于沛译,合肥:安徽文艺出版社,1987 年。

[美]李欧梵:《上海摩登—— 一种新都市文化在中国》,毛尖译,北京大学出版社,2001 年。

[美]李欧梵:《苍凉与世故》,北京:人民文学出版社,2010 年。

[美]理查德·利罕:《文学中的城市:知识与文化的历史》,吴子枫译,上海:上海人民出版社,2009 年。

[挪威]拉斯·史文德森:《时尚的哲学》,李漫译,北京:北京大学出版社,2010 年。

马逢洋编:《上海:记忆与想象》,上海:上海文化出版社,1996 年。

马春花:《叙事中国——文化研究视野中的王安忆小说》,青岛:中国海洋大学出版社,2007 年。

马尚龙:《上海女人》,上海:文汇出版社,2007 年。

孟繁华、程光炜:《中国当代文学发展史》,北京:中国人民大学出版社,2009 年。

孟悦、戴锦华:《浮出历史地表》,北京:中国人民大学出版社,2010 年。

裴艳艳:《王安忆小说主题研究》,北京:中国戏剧出版社,2010 年。

秦瘦鸥:《小说纵横谈》,广州:花城出版社,1986 年。

任湘云:《服饰话语与中国现代小说研究》,成都:四川大学出版社,2010 年。

[法]热拉尔·热奈特:《叙事话语;新叙事话语》,王文融译,北京:中国社会科学出版社,1990 年。

上海市地方志办公室编:《上海:通往世界之桥》,上海:上海社会科学院出版,1989 年。

上海通志编纂委员会:《上海通志》(第 1、8 册),上海:上海人民出版社,2005 年。

唐振常主编:《上海史》,上海:上海人民出版社,1989 年。

唐小兵:《英雄与凡人的时代——解读 20 世纪》,上海:上海文艺出版社,2001 年。

王午鼎主编:《90 年代上海的流动人口》,上海:华东师范大学出版社,1995 年。

王德威:《想象中国的方法:历史·小说·叙事》,北京:生活·读书·新知三联书店,1998 年。

王德威:《当代小说二十家》,北京:生活·读书·新知三联书店,2006 年。

王德威:《落地的麦子不死——张爱玲与"张派"传人》,济南:山东画报出版社,2004 年。

王安忆:《王安忆导修报告》,北京:新星出版社,2007 年。

王安忆:《王安忆读书笔记》,北京:新星出版社,2007 年。

王安忆、张新颖:《谈话录》,桂林:广西师范大学出版社,2008 年。

王进:《魅影下的"上海"书写:从"抗战"中张爱玲到"文革"后王安忆》,南宁:广西师范大学出版社,2006 年。

吴亮、高云主编:《日常中国——80 年代老百姓的日常生活》,南京:江苏美术出版社,1999 年。

吴福辉:《都市漩流中的海派小说》,长沙:湖南教育出版社,1995 年。

吴义勤等主编:《王安忆研究资料》,济南:山东文艺出版社,2006 年。

吴芸茜:《论王安忆》,上海:华东师范大学出版社,2010年。

[德]韦伯:《非正当性的支配——城市的类型学》,康乐、简惠美译,桂林:广西师范大学出版社,2005年。

[美]韦勒克、沃伦:《文学理论》,刘象愚等译,南京:江苏教育出版社,2005年。

熊月之、周武主编:《上海—— 一座现代化都市的编年史》,上海:上海书店出版社,2007年。

熊月之主编:《上海通史》(第12、13卷),上海:上海人民出版社,1999年。

忻平:《从上海发现历史》,上海:上海人民出版社,1996年。

许纪霖、罗岗等:《城市的记忆——上海的多元历史传统》,上海:上海书店出版社,2011年。

徐华龙:《上海服装文化史》,上海:东方出版中心,2010年。

许道明:《海派文学论》,上海:复旦大学出版社,1999年。

向楷:《世情小说史》,杭州:浙江古籍出版社,2001年。

肖进编:《旧闻新知张爱玲》,上海:华东师范大学出版社,2009年。

[法]西蒙·波娃:《第二性》,桑竹影、南珊译,长沙:湖南文艺出版社,1986年。

姚玳玫:《想象女性——海派小说(1892—1949)的叙事》,北京:中国社会科学出版社,2004年。

袁念琪:《上海:穿越时代横马路》,上海:上海教育出版社,2004年。

杨义:《京派文学与海派文学》,上海:上海三联书店,2007年。

杨扬、陈树萍、王鹏飞:《海派文学》,上海:文汇出版社,2008年。

颜湘君:《中国古代小说服饰描写研究》,上海:上海世纪出版集团,2007年。

严家炎:《中国现代小说流派史》,武汉:长江文艺出版社,2009年。

叶中强:《上海社会与文人生活1843—1945》,上海:上海辞书出版社,2010年。

[英]约翰·托什:《史学导论——现代历史学的目标、方法和新方向》,吴英译,北京:北京大学出版社,2007年。

邹依仁:《旧上海人口变迁的研究》,上海:上海人民出版社,1980 年。

朱学范:《旧上海的帮会》,上海:上海人民出版社,1986 年。

赵毅衡:《当说者被说的时候:比较叙述学导论》,北京:中国人民大学出版社,1998 年。

赵园:《北京:城与人》,北京:北京大学出版社,2002 年。

赵园:《地之子》,北京:北京大学出版社,2007 年。

子通、亦清编:《张爱玲评说六十年》,北京:中国华侨出版社,2001 年。

周芬伶:《艳异——张爱玲与中国文学》,北京:中国华侨出版社,2003 年。

张永杰、程远忠:《第四代人》,北京:东方出版社,1988 年。

张志忠:《九十年代的文学地图》,太原:山西教育出版社,1999 年。

[德]汉斯、格奥尔奥、加达默尔:《真理与方法——哲学诠释学的基本特征》,洪汉鼎译,上海:上海译文出版社,1999 年。

[美]乔治·布鲁斯东:《从小说到电影》,高骏千译,北京:中国电影出版社,1981 年。

[法]蒂费纳·萨莫瓦约:《互文性研究》,邵炜译,天津:天津人民出版社,2003 年。

张新颖:《打开我们的文学理解》,济南:山东文艺出版社,2005 年。

张新颖、金理编:《王安忆研究资料》,天津:天津人民出版社,2009 年。

张静:《身份认同研究》,上海:上海人民出版社,2006 年。

张文东、王东:《浪漫传统与现实想象——中国现代小说中的传奇叙事》,北京:中国社会科学出版社,2007 年。

张仲礼主编:《近代上海城市研究》,上海:上海人民出版社,2008 年。

张旭东:《批评的踪迹》,北京:生活·读书·新知三联书店,2003 年。

张旭东、王安忆:《对话启蒙时代》,北京:生活·读书·新知三联书店,2008 年。

[美]周雷:《妇女与中国现代性》,上海:上海三联书店,2008 年。

三、论文类

程德培:《"雯雯"的情绪天地——读王安忆的短篇近作》,《上海文学》1981 年第 7 期。

程德培:《面对"自己"的角逐——评王安忆的"三恋"》,《当代作家评论》1987 年第 2 期。

程德培:《她从哪条路上来——评王安忆的长篇〈流水三十章〉》,《当代作家评论》1988 年第 1 期。

程德培:《消费主义的流放之地——评王安忆近作〈月色撩人〉及其他》,《上海文化》2009 年第 1 期。

程光炜:《狂欢年代的"荒山之恋"——王安忆小说"三恋"的叙述经验》,《吉林大学社会科学学报》2007 年第 1 期。

程光炜:《王安忆与文学史》,《当代作家评论》2007 年第 3 期。

程光炜:《批评的力量——从两篇评论、一场对话看批评家与王安忆〈小鲍庄〉的关系》,《南方文坛》2010 年第 4 期。

程光炜:《小镇的娜拉——读王安忆小说〈妙妙〉》,《当代作家评论》2011 年第 5 期。

程光炜:《"批评"与"作家作品"的差异性——谈 80 年代文学批评与作家作品之间没有被认识到的复杂关系》,《文艺争鸣》2010 年第 11 期。

柴平:《王安忆的上海书写新探》,《南京社会科学》2005 年第 6 期。

成秀萍:《都市话语与城市女性的孤独漂泊感写作——张爱玲、王安忆小说文本比较》,《江苏社会科学》2004 年第 5 期。

陈思和:《营造精神之塔——论王安忆 90 年代初的小说创作》,《文学评论》1998 年第 6 期。

陈思和:《论海派文学的传统》,《杭州师范学院学报》2002 年第 1 期。

陈思和:《双重叠影,深沉象征:谈〈小鲍庄〉里的神话模式》,《当代作家评论》1986 年第 1 期。

陈思和:《对古老民族的严肃思考－谈〈小鲍庄〉》,《文学自由谈》1986 年第 2 期。

陈思和:《根在哪里? 根在自身——读王安忆的新作〈小城之恋〉》,《当代青年研究》1986 年第 11 期。

陈思和:《从细节出发——王安忆近年短篇小说艺术初探》,《上海文学》2003 年第 7 期。

陈思和:《读〈启蒙时代〉》,《当代作家评论》2007 年第 3 期。

陈惠芬:《从单纯到丰厚——王安忆创作试评》,《文学评论》1984 年第 3 期。

陈惠芬:《"文学上海"与城市文化身份建构》,《文学评论》2003 年第 3 期。

陈惠芬:《全球化背景下的地域性知识重建:从小说〈长恨歌〉和上海石库门"新天地"谈起》,《江苏行政学院学报》2003 年第 1 期。

陈丹丹:《"都市"与"乡村"的辩证法——从张爱玲到王安忆》,《现代中文学刊》2009 年第 2 期。

陈华积:《"米尼"们的"沉沦"——王安忆小说转型研究》,《当代文坛》2010 年第 1 期。

陈卫平:《上海:城市精神、海派文化、人格形象》,《探索与争鸣》2003 年第 7 期。

董丽敏:《"上海想象":"中产阶级"+"怀旧"政治? ——对 1990 年代以来文学"上海"的一种反思》,《南方文坛》2009 年第 6 期。

高秀芹:《张爱玲、王安忆叙述中的经济话题》,《齐鲁学刊》2003 年第 6 期。

季红真:《流逝与追忆——论试王安忆小说的时间形式》,《文艺争鸣》2008 年第 6 期。

[韩]金秀研:《试论海派小说的性叙事及其颠覆性》,《中国现代文学研究丛刊》2001 年第 2 期。

柯灵:《遥寄张爱玲》,《读书》1985 年第 4 期。

旷新年:《"重写文学史"的终结与中国现代文学研究转型》,《南方文坛》2003 年第 1 期。

李海燕:《王安忆女性书写论》,《湖北大学学报》2004 年第 3 期。

李洁非:《王安忆的新神话——一个理论探讨》,《当代作家评论》1993 年第 5 期。

李楠:《海派文学、现代文学的通俗化走向》,《文学评论》2008 年第 5 期。

刘影:《王安忆小说研究述评》,《南京师范大学文学院学报》2001 年第 3 期。

刘东媛:《论〈长恨歌〉与海派》,《山花》2009 年第 9 期。

刘敏慧:《城市和女人:海上繁华的梦——王安忆小说中的女性意识探微》,《小说评论》2000 年第 5 期。

罗岗:《寻找消失的记忆——对王安忆〈长恨歌〉的一种疏解》,《当代作家评论》1996 年第 5 期。

吕君芳:《"用平淡达到辉煌":王安忆小说语言风格》,《安庆师范学院学报(社会科学版)》2001 年第 6 期。

黎荔:《论王安忆小说的叙述方式》,《唐都学刊》1999 年第 4 期。

梁君梅:《从独语式写作到物质性写作》,《山东科技大学学报》2000 年第 3 期。

倪文尖:《"海派"话语及其对于上海的理解》《华东师范大学学报》(哲学社科版)1999 年第 6 期。

倪文尖:《上海\香港:女作家眼中的"双城记"——从王安忆到张爱玲》,《文学评论》2002 年第 1 期。

南帆:《城市的肖像:读王安忆的〈长恨歌〉》,《小说评论》1998 年第 01 期。

皮进:《海派女作家笔下的空间意象——以张爱玲、王安忆、卫慧为例》,《船山学刊》2006 年第 2 期。

孙丽玲:《女性叙事话语的两种美学建构——张爱玲、王安忆小说审美风格比较》,《楚雄师范学院学报》2005 年第 1 期。

邵文实:《女人与城市·漂泊与寻找——王安忆小说创作二题》,《首都师范大学学报(社会科学版)》,2002 年第 2 期,第 77 – 86 页。

王晓明:《从"淮海路"到"梅家桥"——从王安忆小说创作的转变谈起》,《文学评论》2002 年第 3 期。

王晓明:《面对新的文学生产机制》,《文艺理论研究》2003 年第 2 期。

王富仁:《河流·湖泊·海湾——革命文学、京派文学、海派文学略说》,《中国现代文学研究丛刊》2009 年第 5 期。

许子东:《重读〈日出〉〈啼笑因缘〉和〈第一炉香〉》,《文艺理论研究》1995 年第 6 期。

许道明:《海派文学的现代性》,《复旦学报》(社会科学版)1997 年第 3 期。

徐德明:《王安忆:历史与个人之间的"众生话语"》,《文学评论》2001 年第 1 期。

谢有顺:《小说的物质外壳》,《当代作家评论》2007 年第 3 期。

谢维强:《寻觅与重现——长篇小说〈长恨歌〉对海派文化的诠释》,《武汉工程职业技术学院学报》2003 年第 3 期。

杨庆祥:《上海与"重写文学史"之发生》,《现代中文学刊》2010 年第 3 期。

杨剑龙、洪玲:《海派文学研究的历史与现状》,《东南大学学报》(哲学社会科学版)2004 年第 11 期。

杨义:《作为文化现象的京海与海派》,《海南师范学院学报》(人文社会科学版)2001 年第 2 期。

严晓蔚:《王安忆:"海派文学"振兴的主角》,《理论与创作》2004 年第 2 期。

燕子:《小说空间的混杂性——施蛰存、穆时英笔下的小城镇》,《现代中文学刊》2010 年第 6 期。

叶红、许辉:《论王安忆〈长恨歌〉的主题意蕴和语言风格》,《当代文坛》1997 年第 5 期。

曾镇南:《秀出于林:王安忆的短篇小说》,《读书》1981 年第 4 期。

张冀:《论 < 长恨歌 > 的叙事策略与海派承传》,《文学评论》2010 年第 6 期。

张鸿声:《都市大众文化与海派文学》,《郑州大学学报》(社会科学版)2000 年第 9 期。

周晓红:《中产阶级:何以可能与何以可为?》,《江苏社会科学》2002 年第 6 期。

后　记

　　这本书是在我的博士论文的基础上修改而成的,弹指一挥近十载,小情侣一般游荡在上海街头的夫妇,如今已是六岁孩子的父母。庚子年春节前后,一场始料未及的疫情和一次归程未定的地球流浪,又给本书十载的字迹增添了一道光阴苍凉的刻痕。虽说如此,我还是愿意先将当年博士论文后记抄录如下:

　　现在,论文终于进入最想表达的部分。关于论文,除了初踏学术之门的笨拙和糊涂,这本"纸"将无比苍白。因此,那些还能对这样的我充满希望并施以无私帮扶的人们,将构成我全部叙述的欲望。

　　进入中国人民大学攻读博士学位,这无疑是命运的恩赐。我总是想,在焦头烂额即将跑偏轨道的时候,一个梦寐以求的拯救并不是每个人都可获得的。我尊敬的导师马俊杰教授,他的睿智、和蔼、豁达,深深感动着我。马老师对学习的指导往往一针见血,对人生品德的指导更是入木三分。来人大的第一次报道、第一次过节、第一次讲课、第一次得奖,老师总是第一个发来祝福短信的人。没有回家的中秋节,也总是能和老师一起团圆。听老师的指导和读他的小说一样,无时无刻不让我感到温暖亲切并受益终生。为我的论文框架出谋划策的程光炜教授,其"重返八十年代"课堂之前瞻方法、踏实的态度实在给我以震撼。程老师的电邮已成为许多人大博士生的求学宝库,对我来讲亦是如此。如今重新点开这些邮件,从刚开始的逐句删改,连标题都要亲自总结命名,到后来的建设性意见和比较满意的评语,对我三年步履蹒跚的学术思考可一目了然。正是在两位良师的帮助下,我得以充实地度过博士生活。

　　我的硕士生导师张文东教授和师母王东教授,曾经对张爱玲的共同喜爱,成为我们一起探讨学术的开始。二位更是我的知己、闺蜜,去年7月在我心情最低谷的时候,是他们给予了我新的动力。现身在日本的老师,仍然十分牵挂我的近况。如果没有那些倾诉的时光,真不知我是否能如期完成论文。

　　我总是如此的幸运。读博期间,专业老师孙郁教授、李今教授的课堂散发出讨论热烈的启迪。论文开题期间,王家新教授、林建法老师的建议恳切真挚。台湾政治大学黄淑祺博士寄来的资料,使我的视野更为开阔。同时,感谢参加答辩的专家:白烨教授、吴义勤教授、陈福民教授、贺绍俊教授,让不算厚重的论文有了强大的后援团队。培养我的母校:中国人民大学、东北师范大学、四川师范大学,为我留下了太多的感动,我将终生感恩。

　　毕业论文的写作阶段是无比封闭、单调的,友谊的陪伴成为2011年冬季的火把。同窗屠毅力成为每日饭友,好脾气的她定时听取我写作的种种纠结和情绪发泄。好友贾立元总是在我的思路受阻时相约购物,当一位苦于小说情节的作家和一个苦于作家论的博士冒充刷卡控的时候,总是有很多的笑声。还有一起挑灯夜战的女博士们,互相的催促乃至恐吓然后抚慰,奏响了品园四号的生活进行曲。我还特别感谢经常给我帮忙的师兄张小刚、陈华积、罗文军以及师弟师妹们:艾翔、张书群、李雪、朱厚刚、朱茜,让小小的我时刻体味到集体的力量。

　　当毕业之日真的快要来临的时候,我深深想念远在海外的挚友。多怀念成为杨晓帆的"影子",一起大笑一起落泪,更偷偷从她那里汲取学习的养料。两个金牛座的人"偎"在一起,"抠"在一处,"奋"成一团。多希望再次在深夜卧谈中,充当张晶晶的"领导"和"知心姐姐",放肆地唤她的绰号。

　　无论顺境还是逆境,那些守护我的家人的面庞经常浮现于脑海。

感谢我的丈夫，三年来为我提供了经济基础、智力支持和精神动力。感谢我的姥姥、父母、公婆，总是无条件地信赖我、支持我。如今完成学业，我将继续用尽全力守护着你们。

也许有个期期艾艾的灵魂会在抬头看星的教二草坪忽然隐现，或许又是在品园四号的一盏孤灯影子里吧。事实上，就在今天，灵魂也已到而立之年，我想唱一首时髦的歌曲：再见，青春！再见，美丽的疼痛……

在引述往昔之后，大概所有的审美期待会自然而然指向"往事历历在目"，然而所有往事都在被遗忘的路上，记忆可以屏蔽掉痛感，现在最为清晰的只有当初温暖的东西。在疫情的劫难中，更加体会到记忆尤为重要，王安忆的作品当然是中国当代文学最重要的记忆。她是我第一个通读并"理解"的中国当代作家，如今想想，她的作品里有的是历史、时代，然而真的镌刻大悲大喜、大爱大恨、大疾大痛了么？迄今为止，王安忆还是我最为欣赏的中国作家，这种"最"不但来源于对其人格的敬重，更是因为对其写作理念的认同。王安忆写的是大时代，然而她镌刻的方式是精工式的、是一个女子工匠的韧性式的。如此说来，多年前编织的这"人间四记"倒是切中要领，不算过时。

我把最后一段献给帮助此书完成的人们：刘瑞、路静、白慧、赵培臻。没有大家的鼎力支持就不会完成我的这部记忆之书。愿人间更多镌刻下的是这些友情和温暖，也就不枉"人间四记"了。

刘芳坤

2020 年 2 月 22 日于太原老军营